江苏人民出版社

谁是日本人

Who Are the
Japanese

·似·近·若·远·看·日·本·

赵坚／著

图书在版编目（CIP）数据

谁是日本人：似近若远看日本 / 赵坚著. －－ 南京：
江苏人民出版社，2023.7
ISBN 978 - 7 - 214 - 28054 - 1

Ⅰ. ①谁… Ⅱ. ①赵… Ⅲ. ①随笔－作品集－中国－
当代 Ⅳ. ①I267.1

中国国家版本馆 CIP 数据核字（2023）第 055766 号

书　　　名	谁是日本人：似近若远看日本	
著　　　者	赵　坚	
责 任 编 辑	周晓阳	
装 帧 设 计	soleilevant	
出 版 发 行	江苏人民出版社	
地　　　址	南京市湖南路 1 号 A 楼，邮编：210009	
照　　　排	江苏凤凰制版有限公司	
印　　　刷	南京新洲印刷有限公司	
开　　　本	890 毫米×1 240 毫米　1/32	
印　　　张	13.5　插页 4	
字　　　数	240 千字	
版　　　次	2023 年 7 月第 1 版	
印　　　次	2023 年 7 月第 1 次印刷	
标 准 书 号	ISBN 978 - 7 - 214 - 28054 - 1	
定　　　价	78.00 元	

（江苏人民出版社图书凡印装错误可向承印厂调换）

目　录

观念

人物

风土

序

记得在哪次北京的饭局中，好像就设在北海的仿膳，由三联的沈昌文老板做东，大约是议论到了译笔优劣，李慎之突然冒出了一句：我生平最看不上的，就是把 *Gone with the Wind*，只给译成了一个字——《飘》！

他这话给我的印象很深，也很费我的琢磨。当然，如果单从"信"的要求来看，放着"随风而逝"的对译不用，而把其他的语素都给撇弃了，只化作一个孤零零的动词，肯定也是不无可议之处的。不过，要是再从"雅"的要求来看，这个"飘"字却也自有传神之处，它会油然触动读者们的好奇，想知道那是谁在"随风而飘"，从而再把那些丢失的语素，又从联想中寻找和补充回来，所以也可算是别有一番韵致，至少称得上别出心裁的译法。

更加重要的是，这个并无主语的、孤苦伶仃的"飘"字，反而比"随风而逝",或者说"随波逐流",更能道出某种人生的苦衷,它说明在海啸般的历史狂潮中,一个身不由己的渺小主体,有时候简直就算不得什么。我不知道,那位译者在看到 *Gone with the Wind* 时,是否想到了文天祥的名句,即所谓"山河破碎风飘絮,身世浮沉雨打萍"。可无论如何,我本人总时时在叨念这些,不然就不会在我的《五十自述》中,把生平给总结为"将错就错"了。

再来稍加联想,大概在构思《自题金山画像》时,苏东坡肯定也有同样的感慨,或者说,也曾在慨叹着身不由己,简直就像腾空"飘"了起来,不然他就不会写下这样的句子了:"心似已灰之木,身如不系之舟。问汝平生功业,黄州惠州儋州。"所以,要说古今间真有什么不同,也只在于古代的书生们,往往要出外去混官场,是东西南北地"宦游",就像王勃所讲的"与君离别意,同是宦游人";而现在的读书人,则要随着缘分四处"游学",如蜗牛在墙面上画出些轨迹来,就像米罗画布上的那些圈圈,而且就这么学着游着,便不觉用光了这一次的生命。

事实上,如果先翻开此书的后记,大家会发现此书的作者,正是这般"游学"或"学游"的。他先为了求学而来到沪上,尔后又考了托福想去北美,却不由己地被录取到东京,再从那边转学到加拿大,却又由于先前的这番经历,毕业后在日本找到了教职，并先后辗转于各大学府，一口气就教了十七年的书，最后却又因为什么缘由，任教于卡塔尔的一所高校，叫作哈马德·本·哈里发大学，而今竟已到了告老的年岁——这么天南地北地"学游"着，或者说，这么大洋大洲地"漂泊"着，即使以辛弃疾的那番慨叹，即所谓"平生塞北江南，归来华发苍颜"，都不足以形容生命中的跨度了吧，更不要说那漂泊中的沧桑感。

于是在慨叹之余，又心有不甘地想问一句：在无序无常的生活涡旋中，我们的生命除了这样四处漂泊，还有可供停靠和归依之处吗？——于是，又不免想起了另一首诗，就是惠特曼以蜘蛛为题的那首诗：

> 一只沉默而耐心的蜘蛛，
> 我注意它孤立地站在小小的海岬上，
> 注意它怎样勘测周围的茫茫空虚，
> 它射出了丝，丝，丝，从它自己之中，
> 不断地从纱锭放丝，不倦地加快速度。
> 而你——我的心灵啊，你站在何处，
> 被包围、被孤立在无限空间的海洋里，
> 不停地沉思、探险、投射、寻求可以连结的地方，
> 直到架起你需要的桥，直到下定你韧性的锚，
> 直到你抛出的游丝抓住了某处，我的心灵啊！

因此，对这些小小的乃至卑微的生灵来说，如果还想找到安身立命之处，那也先来看看我们自己，能否像"沉默而耐心的蜘蛛"，一边用目光"勘测周围的茫茫空虚"，一边用游丝"寻求可以连结的地方"，直到"抛出的游丝抓住了某处"。值得注意的是，惠特曼在这么一首短诗中，竟重复地写出了"我的心灵啊"（O my soul），而这也就加强地标示出了，他笔下那只"沉默而耐心的蜘蛛"，其实也正是我们的文心、我们的魂灵。无论那肉身漂泊到了哪里，这魂灵都会不住地打探、不住地思考，这文心也都会不住地感受、不住地吟哦。这正是我们唯一可以指靠的，也正是唯一不被连根拔起的。

要是从这个角度来讲，那么至少在相对而言的意义上，本书作者又算是幸运的了。要知道，当初参加 77 届高考时，我填写的第一志愿恰是日语；到了尼克松和田中角荣访华以后，收音机里每天都在教这个。照此说来，如果不是因为自己"出身不好"，从一开始就未能通过政审，讲我根本没资格给领导当翻译，那么，或许我也就有了那个命，去成为像他那样的"日本通"，整天去琢磨日本的这些风土人情。真要是这样的话，或者说，若不是造化如此弄人，那么眼下写出这本书来的，也许就该轮到区区在下了；而此刻正端坐在西湖边上，要为它写一篇简短序文的，说不定反而是本书的作者了——而且无巧不巧，这位作者还正是杭州人！

真要是这样的话，那么只要再打开这本书，就足可庆幸自己在此生之中，又加添了怎样的一番境遇，以及那境遇中的重重谜团，和种种神韵。这主要地还不是指，去观赏东瀛的樱花与梅花，去领略日本的料理和厕所，去琢磨倭人身高的变化，去体会和服上的文化战争，去弄懂和式住居的开间布局，那些毕竟都是还浮在表面上的，就连旅游者也可以注意到；这更多的是要去理解，他们是怎样去阅读《论语》的，他们为什么要自称大和民族，他们有着怎样的职人文化，他们怎样看待自己的邻国，他们内心深埋的复仇意识……凡此种种，才更足以吸引读书人的注意，而一旦想通以后才觉得过瘾；也才能见出眼下这个"日本通"，在那边生活了几十年以后，究竟对那个国家"通了没通"。

不管怎么说，正如我在《西方日本研究》的总序中追问的，"何以同远在天边的美国相比，我们反而对一个近在眼前的强邻，了解得如此不成正比。甚至，就连不少在其他方面很有素养的学者和文化人，一旦谈起东邻日本来，也往往只在跟从通俗的异国形象——不是去蔑视小日本，就是在惧怕大日本。而更加荒唐的是，他们如此不假思索地厌恶日本人，似乎完全无意了解他们的文化，却又如此无条件地喜欢日本的器物，忽略了这些利器玩好的产生过程……凡此种种，若就文化教养的原意而言，都还不能算是完整齐备的教养。"当然也正是鉴于这种知识窘境，我们就需要更多的这类作者，到谜一样的东瀛去边游边学、边走边读，再把切身的体会都写给我们。

说实在的，如果本人行有余力的话，就连我自己也想做这件事。还记得，当陈力卫教授陪着我，到京都街头去逛旧书店时，我实在欢喜赞叹那边的生活，那既可以说是更加节俭，也可以说是更加丰足，但总之都是更贴近自然，也更加闲适和风雅……以至于到了后来，我干脆想到那边去买套房子，甚至都让钱鸥教授代为寻觅了；只可惜，终究还是被一句话给堵住了，那就是到底"什么时候去住呢？"——就是呀，我们总共只有这一生一世，所以凡是进了这个房间的人，不管步入有多么偶然，也就看不到那个房间的风景了，这是我们实在抗不了的"命"啊！

那么现在正好，可以权且借这本书来"浇愁"了，或者说，是可以权且用古人所讲的"读万卷书"，来代替本当同步的"行万里路"了——而且，如果读者们也有这样的好奇心，也渴望更加贴近而深入地，来理解那个既最靠近我们，又最引起复杂感情的近邻社会，那么我也很愿向他们推荐这本书。

刘东

2022 年 4 月 2 日于浙江大学中西书院

谁是日本人？（作者代序）

谁是日本人？最简单的回答大概是"住在日本国土的民众"，这样的回答当然是没有意义的，因为你肯定会进一步询问，现代日本人从哪儿来？是怎么出现的？这就相当费辞了，你的回答一定会顺了姑意，则扫了嫂兴，左支右绌，动辄得咎。这是一个牵涉到神话、神道、国家意识形态、民间信仰、历史、现实和周边邦交的重大话题，在东亚三国爱恨情仇纠葛的语境里，牵动着各关系者的敏感神经。

成书于唐开元八年（720）的日本最早史书《日本书纪》，记载了早期的日本历史。称"书"称"纪"，当然是模仿中国史书的体裁，记叙皇家历史，就像隋唐以前中国史书的"本纪"一样，在记载初代帝王时，阑入很多神话和传说资料，以凸显皇族的神圣渊源。《日本书纪》分为"神代"和"人代"两个部分，"神代"是其神话传说时代，而"人代"则是日本皇族的历史。"人代"开篇于第 1 代"神武天皇",称其在"辛酉年"(前 660)即位,开启了日本皇室"万世一系"的端绪。《书纪》将神武天皇的谱系神祇化,追溯其玄祖为"天照大神",而"天照大神"的父母则是"神世七代"的天神伊耶那岐、伊耶那美夫妇神。从"神武天皇"到《书纪》成书时的"今上"——"女帝"元正天皇(715—724 年在位),近 1 400 年,共有 44 代天皇。据日本历史学家考证,至少前十余代天皇,缺乏史料佐证,其后的谱系也多有不足凭信之处。这对熟悉中国旧时史书编纂的读者来说,并不意外,意外的是日本进入现代社会后,在很长时间内仍然将其视为信史,并写入近代日本第一部根本大法《明治宪法》(1889),标榜天皇的法统,而且一直在官方教科书中采撷其说,直至二战结束。

明治政府为了高扬民族意气,在明治五年(1872)将神武天皇"践祚"之日以西历推算出来,定每年 2 月 11 日为"纪元节",作为日本国肇始的国庆日,全民庆祝。战后昭和天皇发表"人间宣言",宣布自己和所有日本人一样也是"凡人",放弃皇族谱系的"神性",1948 年"纪元节"也被废止。日本人夸耀皇族的"万世一系",其实也是自诩"大和"民族的源远流长,要夸示日本文化的正统性和独特性。虽然天皇本人在盟国占领军的胁迫之下放弃了皇族的"神性",但很多日本人并不愿意跟随放弃关于自己民族的优越感。1966 年在佐藤政权的运作之下，"纪元节"改名为"建国纪念日"，恢复为法定节日，把被美国人斫断的历史又重新接续起来。

持有这种强烈信念的日本人，当然坚信日本皇族血统的高贵纯粹，坚信大和民族起源于日本岛上的先民，其纯正的血统里不会掺和着外族的血液。江户时代（1603—1868）的国学者倡导"国体论"，认为日本是"一个以天皇为父、国民为子的民族国家"。但也有少数学者秉持异见，怀疑岛国的居民可能是"来自朝鲜半岛移民的子孙"。如著名儒学家和早期兰学者新井白石（1657—1725），就认为日本国民来自"三韩"之一的"马韩"，作为岛上先民的"熊袭"族和半岛"高丽"族本是同族血亲。稍后的儒学者藤贞干（1732—1797）更指称"记纪"神话中列于天皇祖先的"素戋男尊"（天照大神的弟弟）是"三韩"之一"辰韩"的先王，而《日本书纪》列于第一的神武天皇则是周文王父亲王季的长兄吴太伯的后裔。当时的国学者闻之，群情激愤，其领袖人物本居宣长（1730—1801）直斥其为"狂人之言"。

明治时代，倡导科学文明，"单一民族"的"国体论"失去了不少说服力，很多学者开始接纳日本历史上充斥"渡来人"（即外来移民）的异说。但是其中不少人断定大和民族使这些陆续涌进的渡来人"和化"，即被归化和同化了，单一民族"国体论"于是变种为"混合民族论"，成为后来统治台湾和朝鲜半岛的帝国主义扩张"口实"之一。既然皇族的血统中涌进了来自朝鲜半岛的血液，那就证明古来"日鲜同族"，朝鲜半岛就是天皇的属领之一了。以后这种"同文同种"说覆盖的范围还扩大到中国的东北地区，成为日本军侵占该地的所谓"法理"之一。你看，民族起源论，就远远不止是单纯的学术探讨了，竟然还成为现实政治的指南和国家行为的依据，怎么可以不谨慎立论和持论呢？

战前，津田左右吉（1875—1961）、清野谦次（1885—1955）和长谷部言人（1882—1969）等历史、病理和人类学者，从"单一民族"论中蜕变出各类"保守本流"言说，成为日本"国家主义"和"军国主义"的理论依据。如长谷部就主张人类发祥不久，日本岛在洪积世（200多万年前至1万多年前）就开始有日本先民居住，神话中"天照大神"的诞生地"高天原"就是日本岛。他认为人类可分成"良质""凡质"和"恶质"三等；"凡质"可以通过教育"改善"，而对"恶质"，就必须"断根"，加以"去除"。他宣称日本人生来就持有大东亚"最为贵要"的优质特性，所以呼吁警惕和朝鲜人混血，认为这会增加"大和民族"的"凡质"。这和纳粹的法西斯种族理论如出一辙，可叹在战后相当长的时间之内，日本学界仍奉长谷部氏为"泰斗"，尤其是在经济起飞、民族自豪感高涨之后，"单一民族"论又一度死灰复燃，甚嚣尘上，让单纯的民族起源问题，备受意识形态的干扰。

在这种学术气氛下，京大教授上田正昭（1927— ）在 1965 年出版的《归化人》一书中，提出第 50 代桓武天皇（781—806 年在位）的生母是朝鲜半岛百济国武宁王的子孙，遭到了当时右翼人士强烈抗议。他们叫嚣："天皇家怎么可能混入朝鲜人的血统呢?"纷纷给上田氏写信打电话，责骂其为"国贼"（日语版"汉奸"），诅咒其"必有天罚"，要其"滚出京大!"。萧杀的气氛让上田氏多年后回忆起来还是不寒而栗。学习院大学教授大野晋（1919—2008）通过比较日语和流行于印度南部、斯里兰卡东北部的泰米尔语，在其《弥生文明和南印度》（岩波书店，2004）中主张弥生人来自南印度。大野教授是卓有成就的语言学家，其"南印度起源"说也有深厚的学理依据。于是有一天，我读到一则书评，称"对于我们祖先不是来自中国或者朝鲜，而是来自印度系，觉得非常安心宽怀"云云，评论者还因此情绪性地高呼立论的大野氏和日本人的"原乡"南印度万岁，声称想"早日吃到印度制的饺子"（"饺子"是中国文化的象征，印度哪有饺子）。足见在"日本民族起源"问题上日本学界和民间弥漫的"嫌朝""嫌中"气氛。

2001 年年底，平成天皇发表谈话说："由于《续日本纪》桓武天皇的生母是百济武宁王的子孙这一记载，我深感与韩国的由缘。""由缘"一词和中文"血亲"比较接近，英语可以译成"kinship"。天皇的说法比起上田的客观持论，带有更多的感情色彩。《朝日新闻》和韩国的媒体对天皇谈话中释出的这种善意，反应积极热烈，而日本国内主流媒体如《读卖新闻》《产经新闻》和《每日新闻》等，似乎协商过一般，对天皇的"由缘"说却是反应冷淡，呈现出一派诡谲氛围。

近年来随着边缘学科如分子人类学（molecular anthropology）、考古遗传学（archaeogenetics）以及其他新兴学科研究的精进，有越来越多的证据表明东亚三国，尤其是日韩间的血亲关系。宝来聪（1946—2004）通过对线粒体 DNA（mitochondrion DNA）样本多型解析，发现日、韩两国间有多数共通类型。线粒体遗传基因可以显示现代人的母系来源，证明日韩拥有共同的母系（详见其《DNA 人类进化学》，岩波书店，1997）。NHK（日本广播协会）曾经播放过一档专题节目，指出在本州日本人独有的线粒体基因类型只占 4.8%，而一半与韩国（24.2%）以及中国（25.8%）共有。再从 Y 染色体（Y-chromosome）的研究结果来看现代日本人的父系来源：德岛大学的中崛丰（1956— ）教授将现代日本人的 Y 染色体分为四大类型，来自绳文人和弥生人的各占一半，他的研究发现这两组全都来自亚洲大陆，其中弥生组的 75% 经由朝鲜半岛移渡日本（详见其《从 Y 染色体看日本人》，岩波书店，2005）。另外佐原真（1932—2002）在其《日本人的诞生》（小学馆，1987）一书中，引用 Y 染色体的研究结果，指出在 1.2 万年前携带 D2 系统进入日本的"渡来人"，占当时绳文人的 34%，1 万年前携带 N 系统的占 5%，两者都来自朝鲜半岛。20 世纪优秀的人类学作家、《枪炮、病菌和钢铁》的作者贾瑞德·戴蒙德（Jared Diamond）专门写过一篇"日本人的起源"（Japanese Roots），以补苴《枪炮》一书的罅漏，他干脆称日韩两国人为"孪生兄弟"（twin brothers）。从遗传学的角度而言，此言大体不差。笔者想补充的是，其实东亚三国之间，若从人类学的视角观察，可以套用日语的一句惯用语，具有"团子三兄弟"的关系。再大而化之的话，既然现代人类的"亚当"和"夏娃"是在非洲诞生的，全人类都是他们的子孙，"四海之内皆兄弟"的古训也就不是虚言了。

很多人期待开放日本古坟时代遗留的皇陵，甚而发掘其中几座皇室视为圣地的陵墓，通过对遗骸和遗物的勘察研究，解明日本皇族的渊源所自。笔者认为已经无此必要，就算"宫内厅"同意化验先代天皇的遗骨，其结果中也不会有什么惊人发现的。借助现代基因探测技术的发展，罩在"谁是日本人"这一命题之上的层层面纱，已经在慢慢揭开，就让皇族的先灵继续安寝吧！

（原载：2010 年 3 月 17 日《中华读书报》）

文化

1.《论语》的日用和误用

　　中国古典在日本文化中可以说俯拾皆是，在不经意处，信手就可以拈出一则中国古典来。日本通行的年历并非西历纪元制，而是天皇的年号。众所周知，天皇年号如近代以来的"明治""大正""昭和""平成"，无一不是从中国古典而来。"明治"出自《易经》"圣人南面而听天下，向明而治"；"大正"也出自《易经》"大亨以正天之道也"；"昭和"出自《尚书》"百姓昭明，协和万邦"。"平成"年号，也是经过皇宫御前专家会议拟定，出典于《尚书》的"地平天成"和《史记·五帝本纪》的"内平外成"，然后由当时的官房长官①小渊惠三对外公布。皇太子德仁亲王的女儿"敬宫"爱子，也是得名于《孟子·离娄》的"仁者爱人，有礼者敬人"。这种"言必有据"的命名传统，作为皇室制度，源远流长，世代传袭。

　　皇室之外的官场和民间，引经据典，也无例外。日本人暧

---

① 　相当于日本政府秘书长。

违稍久相见时，常常会询问对方"别来无恙"。据《孔子和〈论语〉事典》的作者井上宏生介绍，很多日本人都会答以"无可无不可"，意思是没啥大变化，出典来自《论语·微子》。2001年，当时执政的自民党竞选总裁，小泉、麻生和谷垣三位候选人在自己的竞选履历表"爱读书目"一栏里都填了"中国古典"。尤其是竞选成功、后来成了战后执政时间第三长者的小泉首相，更喜欢引据汉文古典。他在政界出名的屡试不爽的神器"小泉语"，基本上就是以短音节音读"汉文调"的古典引用语为特征。他说自己睡前和夜间醒来不能成寐时，常读置于床头的一编《论语》，读书成癖让他常常睡眠不足，而读书所得的灵感也常常化作次日"小泉语"的精彩内容。如他常常引用"无信不立"（《论语·颜渊》）、"和为贵"（《论语·学而》）、"天将降大任于斯人也，必先苦其心志、劳其筋骨"（《孟子·告子》）、"居安思危"（《左传·襄公十一年》）、"君子豹变"（《易经·革卦》），都是来自先秦的古典。他自己创造的招牌标语"无结构改革便无经济成长"（总裁竞选演说辞），便明显是从"无信不立"得到灵感的。当其内阁首任外相田中真纪子受困于外务省内泥淖般的人事纠纷时，小泉特地赠送她一册《论语》，示意她可以从中寻求解脱的法门。名门庆应大学"日本《论语》研究会"第13次例会（2006年6月）请了当时的法务大臣杉浦正健演讲。曾在首相府挂职行走一年半的杉浦，有很多机会从近处观察过他的上司，所以他的讲题便是《小泉首相和〈论语〉》，从侧面印证了《论语》对小泉的巨大影响。

2002年小泉的亲信、农林水产大臣武部勤因为"疯牛病"被问责，在野党群起逼迫其辞职谢罪，连执政联盟的公明党也要求武部引咎下台。小泉坚拒，当记者问到执政联盟是否因此有崩溃之虞时，小泉回答说："虽然我们和友党之间，意见有所分歧，但在该合作处相互合作的方向未变"，意犹未尽，又引据《论语·子路》补充说："这就是'和而不同'嘛。"可以说是解释执政联盟两党关系的神来之笔。2003年在一次参议院"国家基本政策"答询会上，当时反对党民主党的菅直人（后为民主党内阁副总理）长篇大论，炮声隆隆，谴责小泉在出兵伊拉克以及30兆国债的问题上不肯明言自己的责任，小泉说："我据实答疑，不知道的事情就是不知道。《论语》里说，'不知为不知，是知也。'装知可不行啊！"引述古典进行反击，大有"四两拨千斤"之慨。

然而，小泉也有一些对《论语》的用法，可谓"强词夺理"。他在2005年参拜靖国神社后受到中韩等国强烈批判，竟然辩解说他去参拜，是为了表达对全体阵亡将士的敬意和谢忱，并不是为了某一被供奉的特殊个人而去的。然后话锋一转说："'恶其意不恶其人'是中国孔子的话。"他的引用在日本国内外引致如潮的媒体批评，《人民日报》载文批评他"断章取义"，讥刺他需要继续学习。日本很多媒体也批评他错乱角色，将"受害者"的宽恕说辞转到"加害者"的口中说出，使得所引古典面目全非。

　　这种错置角色的使用古典做法，小泉并不是始作俑者。1997年桥本内阁起用曾在洛克菲德事件中被定罪渎职的佐藤孝行为总务厅长官，在履新记者会见时佐藤援用《论语·先进》，提及自己的前科时说："'过犹不及'，让我们忘记过去，努力把现在的工作做好吧。"他大概以为"过"指"过去"，"及"为"触及"，想说"过去的事情就不要提了"。其实他该援引的是《论语·八佾》的"既往不咎"，结果误引而成笑柄。不过即便是"既往不咎"，也不应该出自其口。结果当然让记者们喷饭，也令媒体冷嘲热讽良久，成为日本人茶余饭后的一段笑资。

　　日本有一句流传很久也很广的成语，叫作"读《论语》而不知《论语》"（論語知らずの論語読み），就是对上述现象的微词和批评，即读了《论语》也白搭，不会准确使用；或者即便读懂了，也只是光说不练。从另一方面，这句成语也显示出，《论语》在日本已经成为日常普通的概念，达到了"日用而不知"的境界。《论语》传入日本，至少已经1500余年，其教诲已经深深嵌入日本民族文化的骨髓，日常使用而不知其所来何自，误用也许正是日用不可避免的副产品吧。

原载：2009年12月5日香港《文汇报》

2. 从"倭"到"和"

如果要以一个汉字来指代日本的话，毫无疑问，稍知日本的人都会拈出"和"字来。其实以"和"指称日本，就像"日本"这一国名的成立一样，都比较晚起，是在日本成为"律令国家"以后的事情。在汉字汉文传入日本以前，历经绳文、弥生1万余年，日本社会经历了有日语（口头话语，speech）而没有日文（书面语言，writing）的"先语言"（pre-literate）文明时代。其"日语"，是本土原住民绳文人旧有，抑或是"渡来人"（外来移民）携带而来，还是"渡来人"的语言和土著话语融合而成的？日本学界分歧很大。但可以确定的是，在古坟时代（3世纪中至7世纪末）400余年间，汉字汉文由"渡来人"、行旅僧民和外交使节传入日本，使得原先的话语（后世称为"大和语"）逐渐开始汉字化和文献化。但是由于当时的日本长期小国林立，传入的汉语很可能主要在大陆系的"渡来人"集团以及与之有交往的部族之间流传。

在此期间，有中国的史籍开始比较详细地记载日本国情，如《魏志·倭人传》（成书在先）和《后汉书·倭传》（成书稍后）等，都沿用更早的《汉书·地理志》，称日本为"倭"国。秦汉以来，史家多以音译给四裔国家命名，他们大多奉"华夷之辨"为圭臬，独尊中原，鄙夷四裔，音译汉字多寓贬义，如身毒（古印度）、匈奴、突厥、狗奴（日本岛小国）、狗邪（朝鲜半岛小国）等。《汉书·地理志》"燕地"条载："乐浪海中有倭人，分为百余国，以岁时来献见云。""乐浪"在朝鲜半岛，汉武帝时所置郡，其海中之国当指日本无疑，这可能是现存文献中以"倭人"指称日本人的最早记录。《山海经》的"海内北经"提到"燕南倭北"，称"倭属燕"，而燕地旧时领属部分半岛地区，"倭"当在其中。鉴于《山海经》保存了很多周秦的原始史料，很有可能"倭"的名称起源于秦汉之前，原为半岛南部的地名或部族名。后来有学者落实"倭"原先当指半岛古国"加耶"（即狗邪），后来延及日本，因此以"小倭"称加耶、"大倭"称日本加以区别。

加耶为朝鲜半岛最南端的一组小国，4 世纪初从三国的弁韩脱离出来，直到 6 世纪中消失。因为和日本岛隔岸相望，为半岛和日本交流的最前线。《日本书纪》记载日本曾在该地建立过政权机构"任那日本府"，为古代朝日关系最为密切的地区。如果"倭人"先指该地区的半岛部族，然后延指日本，也不无可能，只是"倭"名成立，早在加耶成国之前数百年。《魏志·

倭人传》未曾提及加耶，其中也确实有"大倭"一名，但细绎其义，似指有地位的"倭人"，并非特指日本岛上居住的一般"倭人"。"倭"很有可能起源于指称"加耶"及其先族，但《倭人传》的传主却是专指日本人无疑。

至于朝鲜半岛和日本的"倭"族起源于何处，近年来很多人类学者和考古学者都在加以研究。鸟越宪三郎在1992年出版的《古代朝鲜和倭族：神话解读和现地踏查》，提出倭族起源于7000年前长江下游流域的"河姆渡"文化。其中一支后来北上，通过山东半岛进入朝鲜半岛，征服了岛上原住的濊族和貊族，于公元前3世纪、公元前2世纪之间，在半岛南部建立其最早的政权"辰国"。辰国是"三韩"辰韩的前身，也有研究者认为其余两韩"弁韩"和"马韩"也起源于辰国。20世纪50年代，江上波夫曾提出著名的"骑马民族国家"说，指称日本古代国家起源于东北亚的"骑马民族"，它们在四五世纪之际渡海征服日本，建立了统一国家"大和王朝"。部分学者进而指称"骑马民族"便是来自起源于"倭"族的辰国，其中一系为日本皇族的祖先。

关于日人称"倭"，早在9世纪初成书的《日本书纪私记》中就有过这样的推测："日本国，自大唐东去万余里，日出东方，升于扶余，故云日本。古者谓之倭国，但'倭'意未详，或曰取'我'之音，汉人所名之字也。"可能当时旅行中国的日本人称自己的国土为"わがくに"（wagakuni，意即"我国"），"wa"与"倭"相近，华夏的史官便以"倭"称日本，可以聊备一说。"倭"字不见甲骨文，似为两周时新出之字，《说文》释为形声字，有"顺"之意。"倭"字其实也是"右文"字，其本字当为"委"，《说文》释"委"为"随"，"顺""随"同义。《汉书》称日人"岁时来献见"，恪守当时的外交礼仪，不逾分际。《魏志·倭人传》也记载日人主"敬"，描写其"下户与大人相逢道路，逡巡入草；传辞说事，或蹲或跪，两手据地，为之恭敬。对应声曰噫，比如然诺"。可见当时阶级差等之间，以"恭敬"相安。史官大概因此而对日本产生"柔顺"的印象。

日本岛上从弥生时代以来，小邦众多，《汉书》和《魏志》都记载有百余国之多，其中较强大的有三十余国联盟体"邪马台"国（约57—247），全盛期由女王卑弥呼统治。"邪马台"的日语古音为"Yamato"，《日本书纪私记》对此亦提出解释："通云'山迹'，山谓之'耶麻'，迹谓之'止'。……是以栖山往来，故多纵迹，故曰'耶麻止'。又古语谓居住为'止'，住于山也。"如前所述，日本在汉字传入之前已有话语，后来用汉字作为书面表记，只要同音，即可使用，不在乎其字本义。所以来自大陆的"邪马台"也好，源于本土的"夜麻登"（《古事记》）、"夜摩苔"（《日本书纪》）、"耶麻止"（《日本书纪私记》）也好，所指为同一物事，只是表记符号不同而已。此外在表意上，除了"山迹""山止"之外，尚有"山门""山处"等多种表记，其后一字的发音皆为"to"，都表示邪马台国傍山筑城之意。值得注意的是，当时日人似乎接受"倭"或者"邪马台"等为其国名，一直到飞鸟时代（592—710），在全面接受汉字、了解字义褒贬之后，国名称呼才有所改动。

飞鸟时代的第 33 代推古天皇（593—628 年在位）和圣德太子朝廷，开始有计划、有规模并且比较完整地引进隋唐典章制度以及儒释道文化，通过完善官制（排定"冠位十二阶"）和构筑官方意识形态（制定《宪法十七条》），组建朝廷集权统一国家。到第 36 代孝德天皇（645—654 年在位）推行"大化改新"，改革"国郡制"，进一步强化"律令制"，并完善冠位、礼法、户籍、土地、税收等制度，对外利用朝鲜半岛诸国纷争的局面，出兵干涉，维持庞大的军事力量。663 年的"白村江战役"，飞鸟朝廷投入 4.2 万兵士和 800 余艘船舶，在朝鲜半岛洋面和大唐、新罗联军作战。对比当时唐、罗联军的 1.2 万兵士和 170 余艘船舶，可见倭军兵力强盛。正是在这样的大背景之下，飞鸟朝廷开始滋生与中国分庭抗礼的意识，其最初的标志性事件为推古天皇十五年（607，即隋大业三年），日本使节小野妹子出使隋朝，携带圣德太子起草的国书，其中有"日出处天子致书日没处天子，无恙"云云，引起外交风波，隋炀帝指示："蛮夷书有无礼者，勿复以闻"，气得以后再也不愿读日

本国书了。当时隋朝陷于出兵朝鲜半岛的战争，国力大衰，使
东亚诸国的势力平衡发生变化。圣德太子精于汉籍，以"日没"
喻隋朝，很可能是故意为之，显示飞鸟朝廷不甘于"属国"地
位，而争取外交对等。炀帝虽然不高兴，但次年还是派遣文林
郎裴世清出使日本，作为回访。炀帝的国书开首便问候倭皇，
对倭皇慰勉有加，毫无不快之意。据《日本书纪》记载，圣德
太子于是回了一信，开端称"东天皇敬白西皇帝"，语气虽然恭
敬，但以"东天皇"对应"西皇帝"，平起平坐。据说倭皇自称
"天皇"始于此信。

大概基于这种平等意识，飞鸟朝廷开始审视其认为"不雅"
而近于蔑称的"倭"之国号。圣德太子一生礼佛，但他最为服
膺的是儒学典籍《论语》。他从其中撷出"和为贵"一句，作为
其《宪法十七条》的首款。"和"的音读"wa"，和"倭"完全
一致，而其释义有"柔软"一项，日人训读为"やわらぎ"
（yawaragi），也和"倭"义相同，于是就被拈出替代"倭"字，
成为新的国号。"大和"成了"大倭"的新表记汉字，"邪马台"
的汉字表记也被"大和"替代，但保持其"Yamato"的训读。
从《论语》而来的"和"字，于是成了日本的标志。

差不多与此同时，从"日出之国"引申而出的"日本"开
始成为正式的对外国号，并最迟在《日本书纪》成书的 8 世纪
初开始广泛流行。盛唐张守节在 8 世纪初撰成的《史记正义》

里提道："倭国，武皇后改曰日本"，应该有所本。2004 年在西安发现的遣唐使井真成的墓志铭，刻于唐玄宗开元二十二年 (734)，称井氏母国为"国号日本"。很显然，新国号"日本"最晚在 8 世纪早期已经被大唐王朝正式接受。

　　从"倭"到"和"，因此成为古代中日关系史上最重要的事件之一。

　　　　　　　　　　　　原载：2009 年 12 月 18 日香港《文汇报》

3. 和：日本文化的核心价值

从《论语》而来的"和"，不仅成了日本的国号和国民称呼，而且成为日本文化的核心价值。其起源为圣德太子（574—622）制定的《宪法十七条》，其中除了第二条"笃敬三宝"为礼佛之外，其余16条大部分来自儒学，尤其是受到《论语》的巨大影响。如"以和为贵，无忤为宗"（第1条），"君则天之，臣则地之；天覆地载，四时顺行"（第3条），"治民之本，要在乎礼。……君臣有礼，位次不乱；百姓有礼，国家自治"（第4条），"惩恶劝善，古之良典；是以无惹人善，见恶必匡"（第6条），"君臣共信，何事不成？君臣无信，万事悉败"（第9条），"背私向公，是臣之道"（第15条）等等，置入儒家典籍中，毫无扞格之处。

可以用两个字来概括《宪法十七条》的基本思路，即"礼"与"和"，来自《论语·学而》的"礼之用，和为贵"。对于圣德太子来说，礼是不同关系的"行为准则"，如君臣、上下、同侪、官民之间的关系，这些"准则"（礼）的实施（用），需要通过"和"之途径。《宪法十七条》中出现频率最高的德行概念便是"礼"字（6次），并一再提及"臣道"，"君言臣承，上行下靡"，最后还概括性指出："国非二君，民无两主；率土兆民，以王为主，所任官司，皆是王臣"（第12条），强调君臣关系是"礼"的本质。这种关系的理想境界（贵），需要通过"和"去达成，因此在867字不长的篇幅里，充斥着"和"及其近义词，如"顺""睦""谐""谨""慎""通""承""齐"等，拳拳之意，昭然若揭。

来自《论语》的"和"，本来就是一个组合或者团体内部关系的规范，如果用现代哲学的术语来表述的话，就是让一己的"个性"消融于集团的"共性"之中，也就是《宪法十七条》所说的"相共贤愚，如环无端"（聪明的和愚钝的共事，就像圆环一般没有首尾）、"我独虽得，从众同举"（虽然我独自行事亦有所得，却要跟随大众共同行动）。需要指出的是，这种"相共""从众"和"同举"是以"礼"的规定作为前提，而在同一"组合"或者"集团"内部实行的，这可视为圣德太子对《论语》里"礼""和"关系的精湛理解。孔子虽然在《论语·子路》里提出"君子和而不同"的观念作为对"礼""和"关系的补充，但无论在中国还是日本，"和"（和谐）的结果往往倾向于"同"（一致），孔子儒学，尤其是宋明以后的理学，归根结蒂强调的是"同"，"大同"是目标，"和"只是手段，这是儒学整体的时代局限。日语有个非常特殊的词汇"同和"，和中文词汇"统合"比较接近，"同"在"和"先，以"同"成"和"，相当能说明日本民族对"和""同"关系的基本看法。以"不同"保持和强调"个性"的观念，由卢梭率先在《忏悔录》中提出，在18世纪后期的欧洲开始兴起，但在东亚各国，"个性"理论传来较晚，还依然是个崭新的概念。

《宪法十七条》中的"和"，尤其是圣德太子从"相共""从众"和"同举"的视角所揭橥的"和"，成为后世日本文化的价值取向，一直延续至今。"和"在日本既是一种普遍的集团关系准则，也是一种普遍的思维方式。

作为集团关系准则，不少日本学者提到"和"的本质就是一种"场的伦理"。"场"是个体所处的周围环境与人际关系的总和，是个体生存和活动的前提条件。本尼迪克特在《菊与刀》（ *The Chrysanthemum and the Sword* ）中比较欧美人和日本人行为方式的不同，指出欧美人出于"原罪文化"（guilty culture），往往基于道德理念和正义观念行动，罔顾或者很少顾及周遭的反应；而日本人则出于"耻感文化"（shame culture），更多地视当时的状况以及周围的气氛，即基于对"场"的认识和判断采取行动。和本集团内其他人"相异"的行为，往往是"耻感"发生的原因之一。

当今的日本人还常常说"读空气"（空気を読む），"空气"

就是指人际交流时的环境"氛围"。在日本，关于这种"空气"
的书籍和文章可谓"汗牛充栋"，除了研究分析"空气"的成因
和特征之外，更多的则是指导如何应对"空气"。连以《日本人
和犹太人》一书轰动日本全国的著名作家山本七平（1921—
1991），也写过一部名著《空气的研究》，指出在日本做决策的
往往不是"决策者"，而是制约决策环境的"空气"。这种谁都
无法摸透，却谁都受其束缚的"空气"，是难以逃脱和抵抗的。
他甚至戏谑地撰出"抗空气罪"一名，表明"空气"的"不可
抗拒性"。因此，"读空气"在日本是一门大学问。其实，"读空
气"的最大目的就是维持"场"内的"平和"气氛，同集团内
的"竞争"乃至"斗争"是"和"的对立端"乱"的渊薮，所
以维持"和"就是维持集团内部的秩序，是集团成员生存和发
展的基本条件。"特立独行"的行为方式，往往被集团的"空
气"所窒息，所以在日本并不多见，当然不受鼓舞。相反，"居
中现象"（横並び現象），即不冒出头，居于两端的中间，成为
日本人行为方式的特征之一，追根溯源，来自对"和"或者其
延伸理念"中庸"思想的重视。

　　至于"和"的思维方式，也有很多学者指出日本人"兼收
并蓄"的思维特征。日本从绳文时代以来，一直是个多神信仰
的国度，据说光各类神祇就有 800 万之众。日本的传统祭祀常
常不分好歹，神鬼一同配飨。在飞鸟时代，从中国传入儒释道，

一直并行不悖，儒学的"和"与佛教的"同"以及道家的"阴阳"，从此互相掺和渗透，和本地的神道教一起构筑日本民族的意识形态。这种以"和"为特征的思维方式，其实是一种糅合"阴阳"两极的思维态势，两极的"共生共存"在很多日本人看来，比明断"是非曲直"的价值判断更为重要；"和"的主要功能就是将对立两极融合在一起，各尽其用。譬如说"神"和"鬼"之于人类，前者佑福，后者作祟，而人类通过共同祭祀这一"融和两极"的举措，让"神""鬼"各安其位，人类受其福泽。所以儒释道自传入日本以来，基本上相安无事。到了近代，"兰学"和"洋学"涌进日本，同传统的"儒学"和"国学"之间也未曾发生尖锐冲突，这大概都是"和"的思维方式在发生作用。日本民族对来自《论语》的"和"的偏执，虽然有些偏离孔夫子的初衷，却是"和式"（日本式）的指标性特征。

原载：2010 年 1 月 6 日香港《文汇报》

4. 似近若远看日本

"远"和"近"既是空间距离，亦是心理尺度。"远水不解近渴""舍近求远""由近及远"，都是地理上的远近；而"身远心近"，"其室则迩，其人甚远"，"日近长安远"，就把地理上的远近距离给颠覆了，变成了一种心理上的测量。至于"言近意远""心远地自偏"等，则是一种超凡的感觉能力，把远近重叠在一起，幻成一个时空复合体。其他如"踏破铁鞋无觅处，得来全不费功夫"，是说刻意远求结果一无所得，最后的收获却来自不经意的近处，就是所谓的"远在天边，近在眼前"，只需"近取诸身"，而不劳"远取诸物"了。但有时候太"近"了，也会"目穷千里之远，而不辨眉睫之近"，遇上"不识庐山真面目，只缘身在此山中"的尴尬。

其他如"咫尺天涯"和"天涯若比邻"等，虽然没有直接点出远近两字，但以"咫尺"和"比邻"喻近，而以"天涯"喻远，叙述的仍然是远近空间的倒置和错位。人之于远近，还常常受制于其审美眼光，是一种不受时空距离限制的主观判断，譬如说"熟视无睹",近在身边却不落眼帘,"望穿秋水",远在海角却锁定视线。著名诗人顾城在 20 世纪 80 年代写过一首题为《远和近》的诗篇:"你,一会看我,一会看云。我觉得,你看我时很远,你看云时很近。""我"在"你"的眼前,却不受"惠顾",而"云"在天际,却备受"眷顾"。人眼迷离,见所欲见,却又摆脱不了心中的审美尺度(先入之见)。

日本是我国近邻,近到什么程度?古人用"一衣带水"来形容相距之近,虽然中日之间横隔的东海,远比"一衣带水"原指的长江宽阔不知何几,但恢复邦交以来,"一衣带水"成了形容中日之间距离的专用词,多少和渲染友好气氛有关。不过从上海到长崎,地图测距才 750 余公里;乘坐一个半小时的飞机,就能从上海飞到大阪,确实很近。笔者某日考察发现,两国的旅客往来,光上海浦东和虹桥两个机场,一天飞往日本各地的航班就有近百个,其中飞往三大都市的,东京有 40 个航班,大阪有 22 个航班,名古屋有 14 个航班。根据日本官方的统计,2009 年到日本旅行的中国大陆游客超过 100 万人次,加上港台的 150 余万,中国游客稳占第一。而同年抵华观光的日本游客更多,超过 550 万,虽然比峰值的 2007 年短少了 100 余万,两国互访人数还是超过 800 万,多少得归功于地理之近便。

两国在生活文化方面也有诸多相近之处,我们的主食都是米饭，共同流行面食，主餐具都是陶瓷碗盆和竹木筷子。两国的民众都爱喝米酒和烧酒，只是前者在中国叫作老酒，在日本叫作清酒而已。此外，我们都喝绿茶，中国有工夫茶，讲究茶具和沏茶程序，具有高度的表演娱乐性质，为茶客助兴；日本有茶道，臻于高度的仪式化，饮茶成为一种程式，提升茶客的精神境界。日本的和服与我们的汉服、唐装属于同一源流，尤其是女装，都旨在突出女性的温柔婉约之美。日本的住宅建筑，梁柱构架、砖墙陶瓦、飞檐翼角，又和江浙一带的明式建筑十分相似。至于日本庭园和中国园林，皆重视小桥流水，花木草石的布局也如出一辙。日本到处都是佛寺，晨钟暮鼓，梵诵呢喃，香烟袅袅，让人仿佛置身"南朝四百八十寺"的光景。涉足山间道左，也不时可见地藏菩萨和双体道祖神的塑像，让人感受到华夏的古时光。总之，衣食住行，中日之间，初来乍到，会让人体会到一种"亲近"的感觉。

日本是"汉字文化圈"的一员，正式使用汉字汉文至少有1 600年历史。虽然日本人辅之以"假名"系统，并且有来自"大和"古音的"训读"系统和独特的语法体系，但是中日之间有着大量读音相近、字形相同的词汇，路标、站名、标题新闻等，大体能彼此了解，即便没到"宾至如归"的程度，也不至于让人如入"五里雾中"，大不同于不谙外语的国人到了欧美的感觉。对汉语来说，日语是世界上最为接近的语言，虽然从语言学角度论，它们分属不同的语系。不若朝鲜半岛上的朝鲜和韩国，其语汇 60% 以上来自汉语，但因为现代以来改以"谚文"（Hangul）书写，国人完全无法辨识，所以成为一种完全异质的话语系统。

日本崇尚儒学，《论语》家喻户晓，是很多品德的渊源所自，和本土的"神道"一起，构成了日本文化的核心价值。在日本从政和从商的佼佼者，如曾任首相的吉田茂、中曾根康弘、宫泽喜一、小泉纯一郎，以及商界巨子涩泽荣一、松下幸之助、稻盛和夫等都谙熟《论语》，不时引用，并用以治国和管理。在日本，除了《论语》是永恒的畅销书之外，《论语》类书籍也旺销不衰。映照国内知识界的国学热和民间《论语》话语的通俗化、大众化，两国不约而同地都用以《论语》为代表的传统价值体系抵消着经济转型时期所发生的剧烈社会摩擦和龟裂，如日本的"和为贵"和中国的"和谐社会"，使得两国的交流中多了一道共同的传统机制和话语系统。

但是东京、大阪与北京、上海在地理上的接近，仍然难掩它们在两国国民心理上的遥远。中日两国，尤其是民间，从清朝和江户各自锁国以来，尤其因为日本侵华战争所造成的巨创，隔阂之大，怨忿之深，为两国双边关系中不容忽视的一条特征。根据日本内阁府 2010 年初发表的"关于外交的世论调查"，2009 年在那么频繁的两国政要互访之后，日本国民的"对华亲近感"还是只有 38%，超过 58%的接受调查者认为不持"亲近感"。虽然比上一年改善了 8 个百分点，依然是很低的水准。中国社科院日本研究所自 2002 年开始，每两年举行一次"对日亲近感"调查，数值一直没有多大变化，2008 年对日本"感到亲近"的只有 6%，而感到"不亲近"的却超过 58%，国民间彼此"不亲近"程度相当一致，只是中国感到"亲近"的人数更少而已。"亲近"者，"亲"才有"近"的感觉，不"亲"则"疏"则"远"。但其悖论又是，"近"了往往不"亲"，由于历史冲突和地缘政治，近邻国家之间潜在的冲突性一般却颇大。中日之间不"亲近"，除了近代历史之外，地理结构性的矛盾，即两雄在发展空间延伸上不可避免的冲突也是主要原因。

中日两国饮食文化在表面相似的背后，也有着本质的不同。现代中国菜重视油炒，溢脂流香，分量足够，食客多求饱腹；现代日本料理重视水煮，自然清淡，原汁原味，不忌生冷，分量轻少，食客不求满腹。中国的茶文化，重视饮茶的情趣，佐以说书弹唱，热闹非凡；而日本的茶道，重视供茶和饮茶之间的情缘，浅斟慢啜，在静谧安详的品茗之际，体悟茶的禅机。中国人喝酒，常常是为了联络感情，增加友谊，甚至还是工作和生意的延续，划拳猜谜，称兄道弟；日本人喝酒，往往为了排遣孤寂、发散紧张，酒场不分上下尊卑，一杯落肚，可以放浪形骸、不拘规矩。

　　中国的汉字传到日本之后，虽然有不少保持了原义，但更多的在脱离原生的语境、生成联想后，在移植的土壤里发生"橘逾淮成枳"式的质变。像"手纸"（信束）、"御汤"（热水）、"勉强"（学习）、"怪我"（受伤）、"油断"（大意）等都是有名的词例，其他词形完全相同（近），而词义相去万里（远）的词例，在日语中也俯拾皆是。如"心中"一词，跟"内心之中"毫无关系，其词义为"自杀"，"心中未遂"是不成功的自杀，"一家心中"是厌世者把家人杀了之后自杀，"无理心中"是强迫家人和自己一同自杀。"交欢"在中文里指男女欢会，而在日语里只有"联谊"的意思，"交欢试合"译成汉语是"友谊比赛"，没有任何男女关系的指涉，因此"交欢会"就是我们的"联欢会"了。

　　再来看看两个带"屈"的词："理屈"并不是"辞穷"后的"理亏"，而是"理直"（道理）；"退屈"也不是屈身而退，而是"乏味无聊"。更妙的是三个带"束"的词："拘束"没有中文"不自然""拘谨"的意思，而有遭到"逮捕"和"拘留"之意；"约束"没有"限制""管制"的意思，而有"预约""允诺"之意；"结束"没有"完结""了事"的意思，而有"团结""连带"之意。这些同形异义词汇的似是而非现象，是中日之间"似近若远"关系的一种典型折射。两国之间，举凡地理、社会和人文现象，每每也是乍看很"近"，甚至一模一样，其实很

"远"，相互难以沟通。

思想史方面更是如此。儒学对两国文化皆有巨大影响，在中国，儒学是"体"，构成中国文化的理性基盘。儒学起源于家庭关系，这种关系概括起来就是"父仁子孝"，尤其"孝"在中国是一切德行的本源，被视为人类最基本的自然感情。因而作为"孝"发生地的"家"，是最为重要的社会基本单位，"国"是"家"的延伸，而父子关系的"孝"，在君臣关系中变身为"忠"。作为本源的"孝"，每每重于其延伸值的"忠"。中国人可以背井离乡去国，但只要在他乡异邦立足成功，无论天涯海角，许多人都会把"家"接过去。在日本，儒学是"用"，就是所谓的"和魂汉材"。飞鸟时代的日本人吸收儒学的同时，也将佛学和道学一并阑入，构成日本文化的实用理性框架，其本质仍然是起源于绳文时代、神秘非理性的"神道"。日本是多山地之国，进入农耕社会之后，以一家之力难以筹措有效的农业生产，而需要以村落为单位的"共同体"协作，所以非血缘的集团往往重于血缘家族，作为血缘纽带的"孝"，在日本从一开始就没有像作为集团内部上下关系纽带的"忠"一般受重视。

日本古代自然灾害频仍，经常发生食粮匮乏，为了减少"口粮"负担，老人和幼子首当其冲。日本曾有"姥舍"或者"姨舍"的风习，一些村落共同体有一条不成文的"掟"（潜规则），规定在发生饥馑的时候，70岁以上不能再事生产的老妪

（姥或姨），必须被送往深山，等待非命的死亡。与此同时，日本各地还经常发生"子返""子杀"等戕害幼童的惨事，民间统称为"间引"，原指禾苗生长过密，农民拔除一部分，使得剩余者能够得到足够的养分，后来转引为"处理"多余幼童的做法。当时的人们认为，婴儿出生后到7岁，一直还是"神之子"，在粮食危机的时候，将幼童处死，就是将他们的生命"返归"神祇，因而无须有罪恶感。日本一些神社和寺庙至今还保存着这类题材的图绘，图中神情安详的母亲们，将生下未久的婴儿按在地上，让其绝气，就像在处理一头小家畜一样，实在令观者战栗。弃老戕幼，这在以"孝""仁"为人伦中心的古代中国，一般是令人难以接受的事情。汉高祖刘邦为了自己逃命，不惜将子女推出车外，其部属夏侯婴舍命捡回，史官司马迁加以特笔记载，就是旨在批判挞伐高祖这种违反"常理"之举。

在历史观上，两国的持论也相去甚远。中国古代一直认为历史的发展在冥冥之中受到"天命"的左右，而"天命"其实是一种自然的道德法则，赏善罚恶，使有德者昌，失德者亡。这种不主"一姓""一族"的"天命"，循环不居，唯德是依，成为"异姓革命"的主要口实，如商纣失德，周武王就取而代之。中国历史上的朝代，短则十数年或几十年，长则数百年，以德之失得，展示天命的运行。日本人则认为其天皇一族，来自"神代"的神祇，从"天照大神"到"天孙"迩迩艺，再从

"天孙"到初代神武天皇，一脉相传，"万世一系"，皇族就是神族，而神族就是宇宙规则的安排者，独一无二，绝无可替代性，就像日本有千年以上历史的"屋久杉"，百年历史的杉树无法与其比拟，当然也无法更替之。神道把皇族尊为国家的守护神，认为不可能有皇族之外的第二种历史正统性。

在生死观上，两国之间更是迥异其旨。传统儒学重视"养生"，希冀"安死"，但对死和死后，感到"畏惧"和"悲哀"，不予深究。儒学还认为人生可以通过"立德""立功"和"立言"，追求死而不朽。"有德"的人生，可以将"生死"打通，而成为"永恒"。佛教传来并经过改造以后，有了"转生"之说，认为"现世"的命运是"前世"的报应，而"现世"所积累的善恶，又是"来世"转生的根据。有德者转生为菩萨，最后成佛，升入"天国"；失德者转生为禽兽草木，在"轮回"中历尽苦难煎熬。日本的神道是一种多神教，相信天下万物有灵，结成一个生命共同体，在此共同体中，没有"善恶"和"是非"的绝对二元对立，最多只有"洁白"和"污秽"之分。"污秽"可以通过"修禊"净化，受苦、服刑也是净化，而死则是最大的净化过程。中国人惜死，对死的态度比较消极，死了"一了百了"，是一种无奈的终结。日本人比较崇死，对死的态度相对积极，死是对今生的清算，重生（来生）的开始。儒家和佛家强调"积德""修行"，以抵达"彼岸"的永恒世界，神道则认为死了就能"成佛",再"污秽"不过的人,死后都可以转生为"无垢"的婴儿,将"前愆"全部洗净。

日本有一句熟语叫"遥远的邻居",纵观上述诸象,日本确实是我们一个非常"遥远"的邻居,它近在"一衣带水",却又远在"天涯海角"。在东亚的古代史上,日本很长时间都以中华文化为师,19世纪末日本近代化先行成功,中日关系逆转,在"爱恨情仇"之间跌宕至今。国人从先贤黄遵宪、梁启超以来对日本的介绍,总是"笔头常带感情",不是"喜爱",便是"厌恶",除此之外,恐怕就是"不屑"了。也许,我们需要一种出于平常心、具有平衡感的"平实"态度去观察周边国家。日本显"远"(距离),是因为我们不能辨识其"近"(现状),而把握其"近",或许还得从"远"(文化、历史)入手,通过厘清其历史、文化和信仰诸"荦荦大端",也许我们能把"近"在眉睫的邻国日本看得稍微清楚一些。

原载:2010年5月31日广州《南风窗》(2010年第12期)

5. 进化论与神道教：日本国民信仰的特征

在日本现存文献中最早提及达尔文之名的，为葵川信近的《北乡谈》（1874）。葵川当时是奈良一所神社的大宫司，地位仅次于祭主。书里不但提到达尔文，还简略介绍了生物由低级到高级、由猩猩到人类的进化，甚至援引佛说加以印证。但是史家一般认为，在日本系统介绍进化论的，是三年后的美国动物学者爱德华·莫尔斯（1838—1925），他于1877年在东京帝国大学开设生物学讲座，两个班90名左右当时最优秀的学子，后来多在医学、生物学、教育学、考古学等方面有所建树，成为宣传和普及进化论的主力军，如其得意弟子石川千代松就整理出版了讲义笔记《生物进化论》（1879、1883），并撰写《进化新论》（1891）一书，成为早期传播进化论知识最重要的著述，丘浅次郎的《进化论讲话》可以说是在其直接影响之下的撰述。莫尔斯后来在日记《日本的日复一日》（平凡社1970年日译本）里，记载有约600人听讲的第一堂讲座的情形：

　　1877 年 10 月 6 日，星期六　今夜在大学的大讲堂，我讲了有关进化论三讲的第一讲。有教授数名及其眷属，以及五六百名学生前来，几乎全部都在做笔记。……可见听众怀着极大的兴趣，没有在美国所遭遇过的那种因宗教偏见而引起的冲突，讲述达尔文的理论，真是一件愉快的事情。讲演结束的瞬间，响起了非同寻常甚至神经质的掌声，我觉得两颊热乎起来。一位日本教授对我说："这是在日本的第一堂有关达尔文的讲义，我怀着兴趣等待其后的讲义。"

　　150 年前达尔文发表《物种起源》，其进化论在欧洲最具冲击力的言说之一就是"人猿同祖"论，而且人猿都是在漫长的过程中从自然界的原始生物、低等动物发展而来的。这对基督教《圣经》的上帝创世说而言，无疑是根本性的颠覆，因为生物进化是容不下上帝创世过程的。所以进化论从一开始就在欧美遭遇风暴式的抵抗，怪不得温文儒雅的绅士赫胥黎竟然自称为"达尔文的斗犬"，几乎一生都在与反进化论者争辩。到如今，据调查显示，美国还是只有 30% 的人相信进化论，进化论与"创世说"之间仍然泾渭分明。

　　可是在东方的日本，在莫尔斯进化论布道的第一天，他所遭遇的精英层听众却如此热情虔敬，让他意外地"脸颊"发热。

一方面，当时很多日本人难以接受"人猿同祖"的进化论结论，他们认为人类，尤其是日本人，是"天孙"的子孙，是神祇的后代。但是另一方面，日本本土的神道教认为大自然本身就具备神格，世上的一切都是神创神造，自然会有一个从低到高的发展进化过程，人的先祖和猿的先祖都来自神代的神祇，从这一观点出发，接受"人猿同祖"的生物进化理论就可以心安理得了。这就是为什么像文端所引的葵川这样的神职人员也会欣然接受进化之说，并且自然以佛学对应的原因。

日本固有的思想资源，尤其是经过"神佛习合"的神道教的"万物有灵"、物物相生的自然观，为日本人接受进化论做了铺垫。江户医学者镰田柳泓（1754—1821）在其著作《心学奥栈》（1816）中说过这么一段奇妙的话："一种草木之变，成千草万木；一种禽兽虫鱼之变，成千万种禽兽虫鱼。……以此而论，天下生物，有情无常，一种之散，以成万种。人身亦如之，起初唯禽兽胎内，展开变化，生而来者。"已经非常接近进化论的叙述了，只是镰田说是一种缺乏实证的随想而已。

明治十七年（1884），神道成为国家宗教，成了官方意识形态的核心，作为明治科学思想代表的进化论，就更有与其妥协的必要了。我们可以从当时四位顶尖的学者来考察这种努力是如何实施的。

第一位是加藤弘之（1836—1916），明治政府最重要的御用学者。加藤早年信奉自由主义，在其所著《真政大意》《国体新论》中倡导"天赋人权"，相当左翼激进，后来接触了海克尔（1834—1919，德国动物学家、哲学家），改信国家至上论，贬斥"天赋人权"，认为它在一个以"优胜劣败"为法则的社会里是一种"谬见妄说"。在宗教问题上，无神论者加藤认为"宗教是迷信，并对日本的国体有很大害处"。一则宗教与天皇制有龃龉，危害国家的统治基础，信奉宗教者就不会忠于国家。二则作为迷信的宗教，信奉未知之物，不利于"知识的进步"。但他认为宗教这种有害的信仰或多或少还是必要的，因为下层社会不通事理者仍占多数。加藤认为进化论是一种一元论，相信因果主义，即宇宙只有"因果法则"一个本源，万物的生灭都受其支配。进化论威胁到"皇国史观"，神道家和国粹主义者对其严加排击，但加藤认为国体和进化论是"位相"（phase）不同的两码事情，是不同层面的东西，两者择一的选择方式本身就是错误的，实际可以两立。

第二位是基督教牧师海老名弹正（1856—1937），他一生宣扬社会进化论的"适者生存"，因而支持日俄战争和"日韩合并"，认为其体现了基督教精神和进化论发展观。他最出名的论调就是"神社非宗教论"，认为国家神道并非宗教，而是"超宗教"的意识形态，可由高等宗教基督教辅佐，剔除围绕"神道"民间信仰的"迷信"和"虚妄"，完成日本古来的"敬神思想"

而达到建立"新日本精神"。这种将"道德性"涵养注入本土宗教的论调，被称为"进化论宗教论"。他主张"基督教魂（逻各斯，logos，理性、理法）与大和魂（国家神道）的一致"，还认为"国家价值"高于基督教的"宗教价值"，譬如他认为日本传统的"纪元节"和"天长节"就比主的"安息日"优先重要，他也曾经批评基督教徒对皇室的不敬姿态。以"国家至上主义"为核心的海老名"神道基督教"，是基督教的本地化、神道化或者日本化，是基督教在日本本土的变容，其方法论正是进化论。

第三位是科学家丘浅次郎（1868—1944），其《进化论讲话》第十九章标题为"进化论与宗教"，谈论宗教问题。丘氏最醒目的观点就是："一切宗教皆为迷信"，但是他又认为："迷信却因为其非常强有力的缘故，为了自己所属人种的繁荣，消除迷信与此方针相矛盾之处，保护与其方针一致的迷信成为必要。……对做学问者来说，宗教是没有必要的，但对不务学问的大多数人来说，为了安心立命，却需要采用某一宗教。……溺于迷信程度的信者众多，在世上无法去除迷信，是很明显的事情。如果迷信无法去除，只能保护适合人种维持目的的迷信，别无他道。"所以他非但未对神道教和"皇国史观"明确加以否认，而且从进化论的角度证明神道教的合理性和现时必要性。

最后一位是佛教徒加藤玄智（1873—1965），战后广为诟病的"国家神道"（State Shinto）一语，就是加藤的造语，占领军总司令麦克阿瑟在著名的《神道指令》中就使用其语发布"政教分离"的命令。加藤认为神道的神髓精华为日本国民的忠君爱国之情，他认为日本国民的天皇奉仕精神呈白热化状态，形成以天皇为至极对象的国民宗教。加藤神道论有四个特点：激进神皇论、强烈宗教性、宗教进化论的路径（与国学和复古神道观对立，走新宗教路线）以及包容性格（强调同化力和习合性，吸收佛教、儒教等其他教义教理）。原本神人分离，神是神，人是人。神人交涉、神人融合归一，这种神人的接近和结合，加藤认为就是宗教史的发展和进化。他认为"宗教与人文开化的历程相呼应而进化发展"。"宗教进化"的过程，在他看来就是"演进发展的宗教意识"。

战后非常出名的社会史学者山本七平和小室直树在对谈集《日本教的社会学》（1981）中，有这样一段对话，颇发人深省：

　　山本：如果是天皇制极端主义者，就不能不否定进化论。谁能容忍天皇是猴子的子孙之说呢？他是神的子孙呀！

　　小室：但是谁也不把这个看作问题呀。

　　山本：那真是不可思议，战时谁也没有在乎过进化论教育啊。当我在菲律宾的战俘收容所听一名美国兵宣讲进化论时，我比起来知道的多得多。那个傻瓜，真不知道在说什么。只有中学程度的知识，却对俺解释进化论，什么德性？反过来我给他解释比格尔号（即 Beagle，达尔文考察时乘坐的英国海军帆船——引者注），那家伙大吃一惊，就问我："那么你们认为现人神（亦人亦神，指天皇——引者注）是猴子的子孙吗？"

小室：日本人谁也不觉得有什么矛盾。

山本：不觉得有什么矛盾，但被美国兵一提起，轮到我吃惊了。天皇被视为现人神的国度，应该不会有进化论，在他们看来，这是逻辑的结论，所以会热心地解释进化论。

小室：反过来如果相信进化论，就不会相信天皇是现人神。所以除了两者择一别无他法，不可能两者兼信。

山本：不可能。那么为什么在日本教里会两者兼信呢？这就是日本极端主义的最基本问题。

真的，据说现人神的本尊昭和天皇在卧室里一直挂着达尔文的肖像，并以自身是生物学者为傲。大多数日本人对兼信科学的进化论和宗教的神道教不以为忤，这也许就是日本人国民信仰的特征吧？

原载：2015 年 12 月 22 日 上海　澎湃新闻"外交学人"

6. 中日文化中的水意象

　　中日两国同属东亚季风型气候，温热多雨，是世界主要的稻作地区，水在东亚农业文明中举足轻重。中国的黄河与长江流域，是华夏文明南北最重要的两个策源地，水是中国传统经济和文化的主要元素。日本遍布山冈丘陵，其山麓平野居住区河湖港汊众多，水资源充沛，水在其文化中也占据着无可比拟的重要地位。但是仔细观察起来，中日两国从水中汲取的文化意象，却又有诸多不同。考察其歧异诸相及其生成缘由，有助于理解两国文化在很多重大事项上何以多相径庭。

　　先说中国。一说到水，人们常常会有这些第一意象："水能载舟，亦能覆舟"，成事在水，败事也在水。"滴水穿石"，假以时日，柔软的水滴可以击穿坚硬的实体。"水火无情"，这一对自然元素对人类不可或缺，造福无穷，可是作为水火之神的共工和祝融，也经常肆虐，给人间带来祸害。"上善若水"，水也可以越出其自然属性，充满德性。从这些水的意象，我们看到的是自然的力量，以及这种力量在精神领域的折射。老子和孔子，作为华夏最古老的思想家，最早构筑了这两种水意象。

老子的《道德经》，论道说德，"迎之不见其首，随之不见其后"，汗漫大水这种"无状之状"和"无物之象"，与老子"不可名状"的"道"最为接近。"道冲而用之或不盈，渊兮似万物之宗"，"湛兮似或存"，"大盈若冲，其用不穷"。他又用水的持满守柔来譬况"道"的渊深含蓄。为什么水和"道"如此接近呢？老子认为："天下莫柔弱于水，而攻坚强者莫之能胜"，"天下之至柔，驰骋天下之至坚"。水之以柔克刚，就像"道"能浸润包容万物。老子的结论就是"上善若水，水善万物而不争，处众人之所恶，故几于道"。哲学的"道"，就像自然元素的水一样，以"趋下"和"不争"的姿态，持托万物，成为首善。老子之"道"，可以说就是水之"道"，成为后世国人"修身"和"处世"的最高智慧之一。

如果说老子是哲学家，以水喻道，用水之有形无状的力量来形容"道"之无处不届、无所不适的话，孔子则是伦理学家，他沿着"上善若水"一途，进而将水转喻为人际的伦理道德，重视其化物于无形的精神力量。孔子爱用水"说事"是很出名的，譬如他说过"智者乐水"，又曾经临川观水，感叹"逝者如斯夫，不舍昼夜！"。当他的学生曾点说自己最大的理想是："莫春者，春服既成，冠者五六人，童子六七人，浴乎沂，风乎舞雩，咏而归"，孔子给予了超过对其他抒发远大抱负的学生如子路、再有的评价，可见他也喜好"浴乎沂"，对水爱着之深。学生子贡有一次问他："君子见大水必观焉，何也?"孔子回答道："夫水者，启子比德焉。遍予而无私，似德;所及者生，似仁;其流卑下，句倨皆循其理，似义;浅者流行，深者不测，似智;其赴百仞之谷不疑，似勇;绵弱而微达，似察;受恶不让，似包;蒙不清以入，鲜洁以出，似善化;至量必平，似正;盈不求概，似度;其万折必东，似意。是以君子见大水必观焉尔也。"孔子借水喻德，将水完全拟德化和人格化了。水之"比德"，可以"仁""义""智""勇""察""包""化""正""度"和"意"，人间美德，水都具备了。

　　再来看看水在日本文化中的意象。伊邪那岐和伊邪那美是日本神话中最重要的一对男女神祇，他们在高天原下方的大海上用水珠创建了日本列岛。女神在生产火神迦具时被严重烧伤而死，男神追寻亡灵去了地狱"黄泉国"，而在那里违诺偷窥了亡妻爬满蛆虫的尸体，惊骇而遁。历尽险阻逃出地狱后，他做的第一件事，就是在筑紫地方一条叫阿波岐原的河流里洗澡，将在"黄泉国"里沾染的"污秽"全部洗净。这一过程是日本神话史上最重要的事件，被称作"禊祓"（misogiharae）。"禊祓"的结果就是从男神双目和鼻子里诞生了"三贵子"：日神"天照"、月神"月读"和海神"须佐之男"。日本的皇室据说就是来自女神"天照"一系。

　　其实"禊祓"是从华夏传过去的旧称，只是我们的古人称为"祓禊"（日本人喜欢把引进的华夏词汇倒过来，看上去就像自创的了），孔子和他的弟子要在沂河里泡澡，应该就是这一习俗的实践，而东晋王家父子的"兰亭"集会，就是在举行"祓禊"仪式。这是一种"除秽"的仪式，大概近水的民族都曾有过，如印度圣河恒河，至今还在流行"洗礼"。日本人大概绳文时期就开始了这一习俗，这可以从其古老神道教的教义里找到线索。神道教认为人和神祇具有两个共同点：一是生来俱善，二是都会犯"错"甚至犯"罪"。"记纪"神话里并不讳言神祇的罪孽，反而还津津乐道，就跟希腊神话一般，与华夏神话尽是完美"圣贤"迥异。如反目成为怨偶的伊邪那岐夫妇，在阴阳界的交汇口吵架，一个发毒誓说要"日杀千人"以行报复，另一个也发狠话说"日生一千五百人"来加以反击，把无辜生灵当作筹码。日神天照与弟弟打赌，输了却不践诺，还躲到"天岩屋"的洞里，把自己锁起来，让世界一片漆黑也在所不惜，最后还是因为"妒忌心"而被众神"骗"了出来，恢复了日照的职能。她的弟弟须佐之男更绝，在天庭里大开杀戒，最后被驱逐出界，贬回人间。但是后天的"污秽"甚至"罪愆"，只要斋心"禊祓"，都可以洗得一干二净。日谚有"死ねば佛"（死则成佛），死就是最大的"禊祓"，死了，谁都可以成佛了。

　　"禊祓"是神道教最重要的"通过"仪式。参拜一座神社，进门后一般会见到一个叫"手水舍"的水槽，人们掬一瓢水，漱口净手，洗掉人间的尘滓，干净了才能进入神界。还有一句日谚叫作"水に流す"，可以译作"付之流水"，是指不管什么污秽，放在水中冲洗就干净了。这当然不仅仅是指物理的污垢，而泛指一切人类的过失，包括邪恶和罪愆。"付之流水"是劝诫人们忘记过去，志向未来。在有相同文化和宗教背景的同村落、同民族之内，提倡不记前愆，勠力向前，这也许具有一定的号召力，但在异民族和不同邦国之间，由于文化、宗教和历史等原因，在沟通同异和辨明是非之前，还真难有效实行。

你看，同样是水，国人重视其"以柔克刚"的力量，而日本人却重视其"洗涤净尽"的能力，因而形成的意象大相径庭，当然延及对物事的看法，也每每南辕北辙。中日之间，这"一衣带水"，还真不易望穿。

原载：2016 年 2 月 2 日 上海　澎湃新闻"外交学人"

7. 谁发明了"适者生存"：
中日文化交流的一桩公案

　　严复在 1898 年出版半著半译的《天演论》后，一举成名，当时一流的学者名人，很多对其赞不绝口，如桐城文派的掌门吴汝纶，与严氏有师生之谊，不但将全稿抄录一过，置诸枕边诵读，而且为其付梓作了一篇提纲挈领的序文。看过手稿的梁启超，则逢人说项延誉，还在自己的著述里屡次引用严氏的立论。梁氏的导师康有为读完手稿后，更是赞誉有加，称赏严氏为"眼中未见有此等人"，"为中国西学第一者也"。

　　《天演论》出版后的一二十年，因其沾溉之宏广，影响之巨大，触及之深远，被称为"天演论时代"。尤其是概括全书旨意的"物竞天择""适者生存"两语，更被列入 20 世纪最为响亮的警策励志语之林。

**　　《天演论》曾是其铁粉的"取名宝鉴"**

　　有关其书影响所及的各种掌故美谈，不胜枚举，其中最出名要算胡适因之改名的轶事了。胡适（1891—1962）本名嗣穈，学名洪骍，字希疆。他在自传文《四十抒怀》中详细描述了自己因为《天演论》改名的经纬：在他 1904 年入学的澄衷学堂，有杨姓语文老师给学生出作文题："物竞天演，适者生存，试申其意。"胡氏的作文洋洋洒洒，受到老师"推阐无遗"的好评，并获得一份不菲的奖金。稍后他让兄长取个表字，兄长说："就用物竞天演适者生存的适之吧。"1910 年胡氏考取官费留美时，就正式改名"胡适"，字"适之"。

不单单胡氏，当时以《天演论》的流行语命名取字的事情还十分普遍，如民国闻人陈炯明（1878—1933），曾经就读政法学堂（1906—1908），就给自己取字"竞存"，也来自"物竞"和"生存"两语。

当时有一位叫邓镜人（1865—1936）的开明乡绅，生有一对非常出色的儿子。邓氏也是《天演论》铁粉，因此将长子改名"演存"，取字"竞生"，次子"演达"，取字"择生"，来自"物竞天择、适者生存"和"天演"这一组与"达尔文"有关的词语。

《天演论》全书无"适者生存"四字

时至今日，只要说起严复，说起《天演论》，人们就会自然而然提及"物竞天择""适者生存"，"维基""百度"等被广泛使用的网络百科辞典，无一例外将此语与严氏挂在一起，视严氏为造语之父。

近年比较有代表性的纪念文章，如《从大清到民国：解读

"中华民族"近代构建的一个视角》一文称:"严复翻译的《天演论》介绍了'物竞天择,适者生存,优胜劣败,弱者先绝'的社会达尔文主义理念,这是与儒家传统、道家理念、佛教伦理等中国人熟悉的文化传统全然不同的另一种生存与发展之道。"另一篇《达尔文〈物种起源〉昨日迎来发行150年》称"在《天演论》中,严复接受了斯宾塞'适者生存'的口号,且加上了'物竞天择,优胜劣败'这八个字"云云。几乎千篇一律。

《天演论》中使用"天演"(evolution)一词共23次,"物竞"(struggle for)51次,"天择"(natural selection)84次。

"适者生存"的原文为:"the survival of the fittest",原为斯宾塞的造语,后来被达尔文和赫胥黎采纳。赫氏在其《进化论与伦理学》(《天演论》的底本)里使用"fittest"一词共16次,其中五次为"survival of the fittest"连用,基本上是在负面意义上使用这一概念的。

严氏在翻译时还特地指出"斯宾塞尔曰"(赫氏原文略过),其译语为:"存其最宜者也",是严氏难得的直译和信译。《天演论》从头到尾从来都没有提过"适者生存"一语,连"适者"和"生存"分开单独使用都未曾有过。严复自己在译作的《译例言》里明确指出:"他如物竞、天择、储能、效实诸名,皆由我始。"确认自己所发明的四个术语,而未及"适者生存",显然后者不属于他的发明。

中外学者如普嘉珉、陈力卫等先后注意到这一问题，但囿于学术性著述，无济于纠正媒体的以讹传讹。那么，这一震天响的词汇究竟是谁发明的呢？怎么会安在严复头上的呢？

偷龙转凤的梁启超

根据现有的研究成果，"适者生存"是日本人率先使用的，估计是在井上哲次郎《哲学字汇》再版的 1884 年以后，因为井上从 1881 年字典的初版开始，一直以"适种生存"翻译"survival of the fittest"。

其后"适者生存"一语见于如森笹吉《文明的目的》（1888）、久浸见厥村《耶稣教冲突论》（1893）、小仓孝治《新编博物初步》（1896）和日本最初的达尔文《物种起源》全译本《生物始源：一名种源论》（立花铣三郎，1896）等著述。

尤其是立花的译本有"生存竞争与自然淘汰之关系"一章，其中有"自然淘汰即最适者生存"一句译语，"适者生存"定型，开始广泛流行。影响重大的著述，此后有饭冢启的《植物学新论》（1901）和丘浅次郎校订的第二本《物种起源》日译本《种之起原》（1905），丘还特地按了一个副标题："生存竞争适者生存之原理"，标志着"适者生存"一语的完全定型。

至此"适者生存"为日语造语应该已经没有疑问了，那么是谁在何时将其介绍给国内读者的呢？从现有的资料来看，可能性最大的是严复的文友梁启超。

戊戌政变失败后，梁氏亡命日本，断续十余年，一直到清廷被推翻后才离开。他此后的思想深受日本启蒙学者福泽谕吉、中村正直、中江兆民，尤其是加藤弘之的影响，可以说除了针对当时中国特殊的国情之外，他的基本思路与明治学术思想关系密切。

他主编的《清议报》在 1899 年 4 月刊出日人望月莺溪的《对东政策》，开首就有"优胜劣败，适种生存"一语，有一条旁注说明："即《天演论》物竞天择之说也。"

同年 9 月发表的梁氏本人文章《放弃自由之罪》，有"物竞天择，优胜劣败，此天演学之公例也"一句，其后有一条作者按语："此二语群学之通语，严侯官译为'物竞天择，适者生存'，日本译为'生存竞争，优胜劣败'。今合两者并用之，即欲定以为名词。"

这里有三条事项值得注意：

第一，日译的"适种生存"和"适者生存"，同年先后由《清议报》介绍进入中国。

第二，梁氏声称"严侯官译为'物竞天择，适者生存'"，将"物竞"和"适者"串在一起，而且挂在严复名下，是他故意为之，抑或记忆出错，不得而知。

第三，梁氏想要统一稍有歧互的专门术语，将来自日语的与严复自创的相关术语"合两者并用之"。从此"物竞天择、适者生存"作为流行语，开始挂上严复的商标，畅行无阻，所向披靡。

严复本人对赫胥黎的进化论本来就存在诸多"误读"，而在进化论上立场更为激进的梁启超，由于自觉接受明治日本的社会达尔文主义思潮，将起源于日本的"适者生存""优胜劣败"等提法置入严复的"天演思想"，又把对严复的"误读""误解"推向极致。

因此可以这么说，影响中国现代社会发展进程的"天演思想"，其"适者生存"说，其实不是严复一个人的创造，而至少是他和梁氏的共同制作，其中还闪烁着严复原本力图排斥的日本因素。

原载：2016 年 4 月 12 日 上海　澎湃新闻"外交学人"

8. 假名与汉字

万叶假名

上古日语即所谓口耳相传的"原日语"（Proto Japanese），俗称"大和日语"或简称"和语"（Yamato Japanese），以与后来传入的"汉语"对应。和语是没有书面记录系统的，这种情形从绳文时代持续至弥生时代，至少绵延了 1 万余年，直到公元四五世纪的古坟时代，汉字汉语大规模传入日本时才发生改观。其时大和政权在势力所及的地区引进汉字、汉文、汉典，乃至汉制衣食住行体制，建置政体，构筑社会。汉字成为和语的书写符号，和语开始有了自己的文字记录。

就像清季林则徐、魏源组织大规模编译介绍海外物事的《四国志》与《海国图志》一般，用汉字音译标注西方文物制度时，往往捉襟见肘，出现像"布力士顿阿付离墨阿付观特罗尔"（President of the Board of Control，汉译：运营委员会主席）和"占色腊阿付离律治阿付兰加司达"（Chancellor of the Duchy of Lancaster，汉译：兰开斯特直辖领地之国王代表）这样难以卒

读的词语。用汉字标记和语，就出现过同样令人费解的词语，如《古事记》里男神、女神"合体"后的相互赞叹："阿那迩夜志爱袁登古袁"（あなにやしえをとこを，汉译：多棒的男人啊！）、"阿那迩夜志爱袁登卖袁"（あなにやしえをとめを，汉译：多棒的女人啊！），没有后世的语体转述，当代日本人谁也读不懂。不同的是，七八世纪的日本人用外来的汉字语音，标记自己固有的和语，而 19 世纪的林、魏所组织的译介，则是用自己固有的汉字语音，标记海外的文物制度。

当日本人逐渐理解和掌握汉字的音义后，他们就开始极力规避当初音译所引起的难解与尴尬，于是在 7 世纪中的平安时代，据说受到当时在朝鲜半岛业已成熟的汉字表记系统"吏读"的影响，贵族们在创制书写"和歌"时，用一些耳熟能详的固定汉字，如"阿""伊""宇""江""於"等表记和语发音，称为"借字"或者"假名"，即"假借"汉字以"名物"。因为这些和歌后来都收录在《万叶集》中，所以这些借用于标记和语的汉字，就被称为"万叶假名"。不过万叶假名虽然克服了当初随意使用汉字标记和语的陋习，却依然没有完全脱离汉字音译的窠臼与不便，就像 7 世纪的和歌"皮留久佐乃皮斯米之刀斯"（はるくさのはじめのとし，汉译：春草初长之岁），还是令人费解。

平假名·片假名

大约在八九世纪之交，一群奈良的学僧在研读汉籍佛典时，嫌"万叶假名"所取借字过于繁复，尝试只取其偏旁，以求省简之便，如"ア""イ""ウ""エ""オ"，除了"エ"取"江"字的声符外，其余皆取"阿""伊""宇""於"的义符。此外，更多的是只取汉字的一部，如"サ"（散的左上）、"ク"（久的左侧）、"フ"（不的左上）、"ム"（牟的上部）、"メ"（女的右下）、"ヤ"（也的上部）等等。因为取自"万叶假名"借字的一段半截，所以被称为"片假名"，"片"即"片断""单只"之意。片假名未脱方块汉字的硬拙，一笔一画书写，稍嫌滞碍，稍后又以同一途径，从书写简化的汉字草书发展出另一种假名，如"あ""い""う""え""お"，就分别取自"安""以""宇""衣""於"的草体书写，因其平滑圆转，被称为"平假名"，而且因其多用于知识女性，又被称为"女手"，以区别于多用于男性扎堆的官场、寺院而被称为"男手"的汉字及其片假名。

后世所称的"假名"，一般不再包括过渡时期的"万叶假名"，单指"片假名"和"平假名"，以与被称为"真名"的汉字对称。当时的日本人崇奉汉字，将其冠以"真"字，指其正统性与永久性，而谦卑地用"假"字冠于自创的"假名"表记系统，指其假借性与临时性。假名虽然出身汉字，但是已经完全摆脱汉字母体的音义束缚，成为一种表音系统。其后假名逐渐脱离原初的单纯注音功能，在担当自成一格的词汇之外，还承担了和语的语法功能。假名在歌谣文章中与汉字混用，经过后世的日益改善，逐渐成为日语不可或缺的组成部分。假名的诞生，使得日语成为一种富于表现力与能够兼收并蓄的独立语言。可以说假名的发明，是日本古代语言与文化发展史上最为重要的事件。

表意表音相兼

假名与汉字的混用，使得日语既是一种像汉语一样的表意语言，又同时是与汉语相异的表音语言，兼取表意语言语义结构的稳定性和形象性、表音语言词汇生成的灵活性和兼容性。一种语言里同时具备表意文字与表音文字的优越性，大概在当今世界主要语言里，还非日语莫属。

假名的"五十音图"，剔除"や行"与"わ行"的五个重复音标后，其实只有46个音标。除了最初"あ""い""う""え""お"五个元音与最后的鼻音"ん"可以兼做音素之外，其余从"か行"到"わ行"的40个音标，都是音节，即辅音与元音的组合。加上此外派生的几十个浊音、半浊音、长音、促音、拨音与拗音，假名（也是日语）的音节数才一百多个，简单易学，亦便于掌握。而根据权威的《现代汉语词典》的排列，汉语拼音共有一千多个音节，超过假名的11倍以上。尤其是拼音的声调，不经过较长时间的训练，很难遽然把握。

掌握"五十音图"后，即便不识汉字，也能用日语简单书写记录。日语虽然也有重音、轻音之分，但没有声调，能读出假名，即能成句成文，大体无碍于传达交流，亦能单以假名书写行文。而不谙汉语拼音的声调，不明语句的轻重缓急，往往会构成对语义传达的妨碍，无法完成交流。而且即便掌握了汉语拼音，不能辨识汉字的话，仍然无法书写行文，因为汉语拼音只是个纯粹的表音工具，并不是构成汉语的书写成分。

假名的能耐

假名在传译外来地名、人名、机构名、一部分概念时，以其音译功能，能够达到快速、准确、标准等指标，进入书写系统。日语能够快速、准确地移译外语著述，假名功不可没。假名的这种快速音译功能，使得现代日语充斥外来语，光被称为"カタカナ语"的片假名外来语，根据 2002 年出版的近 600 页的《カタカナ语新辞典》所列，就超过 1 万词条，可说到了"泛滥"的程度。汉语像"カタカナ语"这样明显的外来语大概要少得多，因为拼音并不参与汉语外来语的构成，在此不作论述，但以汉语外来语做参考比较，就可以看出假名在构成日语外来语方面的活跃程度。一份 2008 年对当时《人物》《读者》和《电脑爱好者》三种畅销中文杂志的统计，共得外来语 2684 条，其中包括很多电脑缩略语。比起日语中的外来语，明显见少。

假名的神妙，还在其超强的拟声、拟态功能。日语大概是世界主要语言中拟声/拟态词最为丰富的语言之一，根据小野正弘 2007 年出版的《拟音语/拟态语 4500 日语拟音·拟态语辞典》（擬音語·擬態語 4500 日本語オノマトペ辞典），日语共有4500 余拟声/拟态词，其中至少两成左右活跃于日常会话中，如"メーメー"（羊叫声）、"ガチャン"（门关上之声）、"ドキドキ"（心脏悸动之音）、"めろめろ"（恍惚的神态）、"ばらばら"（散乱的情形）等，对声音与形态的模拟惟妙惟肖，绘声绘色，把黏着语精于描述声音形态的长处发挥到极致。如果没有假名，设想日语一直沿袭"万叶假名"的路径，使用汉字标音，至今不变，一定很难生成这么多传神的拟声/拟态词汇。

作为对照参考，英语大约有 350 余拟声词，常用的不多。中文方言的拟声/拟态词资源非常丰富，但是大多无法著录于书写汉语，只能口头流传。高文达的《近代汉语词典》（1993），收录晚唐至清末词语 1.3 万余条，其中拟声词（亦称象声词）148 条；龚良玉的《象声词词典》（1991），收录现代汉语常用拟声词 800 余条；复旦大学韩籍留学生李镜儿所撰博士论文《现代汉语拟声词研究》（2006），其研究的主要语料来源为《现代汉语词典》（第五版，2005）收录的拟声词，外加词典未收却日常使用的拟声词，共 845 个。汉语拟声/拟态词书面著录的数量，远远低于其在方言里流行的总数量，也许主要是因为汉语缺乏像假名这样方便的著录工具，无法避免遗珠之憾。

便利与不便的悖论

当然假名也有问题，就像前述的日语外来语，因为假名作为工具的方便，可以随意生成，其中大部分只能稍领风骚，转瞬消失，极其缺乏稳定性，不像汉语的外来语，大多"痦生"难产，但一旦诞生，稳定使用，安享天年，多数自然成为汉语的有机组成部分，丰富汉语整体的表现力与时代性。假名作为表音工具，如此便捷，让日本人尤其是年轻一代过度依赖，逐渐出现了在行文中取代汉字的趋势，使得日语原本非常丰富的意象性与生动性日渐降低。明治时代"废汉字""废汉文"的"欧化"运动甚嚣尘上之时，因为汉字假名的混用已经成为日本人思维结构不可废离的组成部分，终于未蹈其他东亚文化圈中废除汉字国家的覆辙，汉字在日本被保存了下来，继续成为日本人思维与美意识的滋生基盘。不过在当今的"后情报时代"，假名得媒体之便，愈益蚕食汉字，对日本人既有的思维定式构成了严峻的颠覆威胁。

假名的便捷也严重束缚了日本人对外语，尤其是外语发音的掌握。日语中充斥外来语，多数来自英语的"カタカナ语"，是日本人日常会话的基本成分之一，也就是成了母语的一部分，习惯使用"カタカナ语"的日本人，无法轻易摆脱其母语式的外来语发音，这就严重干扰了他们对外语语音的掌握。所以日本人的外语发音，如英语与汉语的发音，常常会带着同样的缺陷，很难纠正。究其原因，除了日语本身缺乏音素、元音过少和不分辅音与元音之外，一如给汉字注音，日本人也喜欢以假名给所习外语注音，这类母语干扰的强度，应该是语音缺陷的主要病因。假名的方便，过度使用反成不便，于此可见一斑。

回到主题，就假名在日语中的功能而言，来自汉字的假名，天生与汉字水乳交融，让借用汉字的古日语添上翅膀，让现代日语成为一种叙事、名物、象声、拟态、抒情、表意的灵活语言。

原载：2016 年 5 月 5 日《中国学术》（第三十六辑）

9. 日本新年号"令和"解读

等待良久的日本新年号，终于在 4 月 1 日（2019）仲春时节问世了。当日本内阁官房长官菅义伟举出写有新年号"令和"的牌子时，我想绝大多数观察者都会觉得有些意外。

美好心愿还是春日景色？

这是日本自公元 645 年仿效中国朝廷、发布第一个年号"大化"以来的第 248 个年号。如果说有其特殊性，是因为这是第一个并非直接出自汉籍的年号。根据日本学者的考据，此前史上 247 个年号，主要来源于如下这些中国典籍：源自《尚书》的年号最多，达 36 个。即将结束的"平成"年号，即来自《尚书·大禹谟》的"地平天成"；来自《易经》的 27 个；来自日本古代文士钟爱的文学宝典《文选》的 25 个，《后汉书》24 个，《汉书》21 个，《晋书》和《新唐书》各 16 个。其余可考的散见于其他各种汉籍，还有一部分未能查到出典。

"令和"典出《万叶集》

新年号"令和"来自成书于公元 780 年左右的日本第一部

和歌合集《万叶集》，出自其第五卷收入的《宇梅乃波奈》，即《梅花歌三十二首》介绍创作缘起和主旨的题记（原文称"题词"），其中有"初春令月，气淑风和"一句，取其第三字和第八字，成为新年号。安倍因为兹事体大，一改惯例，亲自面向媒体说明新年号的意义。

他说新年号蕴含着"在人们美好心愿的契合中文化产生成长"的意思，大概指在新年号开始的年代里，民众以美好的心愿，促进新文化的成长壮大吧。这无疑是日本政府和民众的美好愿望，但与年号的直接出典却有些暌离。

就《梅花歌》本文而言，紧接前文两句八字之后，还有这么两句："梅披镜前之粉，兰薰珮后之香"，是说在初春的美好日子里，肃气转温，熏风送暖，梅花披上了像化妆粉黛的颜色，而兰花也散发着服饰环佩般的馨香。这与其说是在描绘美好心愿的契合，倒不如说是在描绘梅开季节的风物景色。

年号"脱汉"或成新标准

安倍的长期执政，代表着日本政治的保守化，新年号在年号史上第一次突破直接来源于汉籍的惯例，恐怕会使很多日本保守人士视之为"划时代"创举而欣喜雀跃。估计这也会引领以后的年号取向，使选自所谓的本土"和籍"成为新的标准。

日本早在"趋汉""亲汉"的顶峰、平安时代的后期就开始"国文化"运动了。只是"汉籍"与其所代表的汉文化已经进入

日本民族的心智结构，成为其民族精神的遗传因子，而所谓
"和籍"，譬如《万叶集》，追本溯源也都是汉文学光芒之下展开
的创作总集，至少其形式结构与汉文学有着千丝万缕、不能分
割的联系。

新年号"令和"，虽然出自《万叶集》日本本土诗人之作，
但明眼的日本学者早已看出其脱胎自《文选》（成书于6世纪
初）所录的东汉张衡《归田赋》："于是仲春令月，时和气清；
原隰郁茂，百草滋荣。"《梅花歌》的诗人大伴旅人差不多是照
抄的，把"仲春"改成"初春"也未见"青出于蓝"，因为"仲
春"二月更称得上是"令月"，而奈良、京都地区的"初春"也
较少是"气淑风和"的天气。

日语汉字语境下的"令和"

不过，日本人过去在择取年号方面，在汉籍、汉文的基础
上也是有所创新的。就说近代人们熟知的日本年号吧。"明治"
来自《易经》的"圣人南面而听天下，向明而治"；"大正"同
样来自《易经》的"大亨以正，天之道也"；"昭和"来自《尚
书》的"百姓昭明，协和万邦"，"平成"除了《尚书》，还有一
个来自《史记》的出处："内平外成"。这四个年号从汉籍取字
重新组合，基本上都逸出了原典的本意，不失为一种创新。

再回到"令和"的新年号，"令"在甲骨文里是一个具有
"大嘴巴"之人在发号施令的象形文，用作动词，有"命令"和

"使得"的本意。后来发命令者也叫作"令",成了名词,如"守令""司令"等,这些人以其尊贵而受敬畏。以后"令"又成了形容词,有"尊贵的"之意,如新年号出典的"令月",以及"令郎""令尊""令慈"之类,主要修饰名词,一般是不能与另一个形容词连用的。

而新年号的"和"字,出自"气淑风和",或者"时和气清",显然都是联合主谓结构。将原为形容词的"和"用作中心语,中国学者估计大多不敢如此随意使用。所以当笔者看到菅义伟的举牌时,还以为是动宾结构,即"令"字为使役动词,有"使得"之意,而宾语"和"为名词,有"和平"之意,觉得表达了日本民众使"和平"成为新时代主旋律的愿望。稍后得知日本政府将"令和"用作偏正结构,即形容词"令"修饰名词"和",意为"美好的和平",在惊奇日本学者颠覆传统之余,又不禁对其笔形简洁、朗朗上口和语义创新表示欣赏了。

自从平成天皇宣布退位以来,日本的学者与民众一直都在猜测新年号,曾经发表过连篇累牍的分析报道,结果"令和"一词从来不曾被猜到。而且"令"字是第一次在日本年号中使用。德川幕府末年,学者们曾经提议使用年号"令德",不过风雨飘摇中的幕府认为有"命令德川"之嫌,将其否决了,而改用"元治",典出《易经》:"乾元用九,天下治也。"

更为神奇的是,日本的数据处理公司"东京商工研究"在宣布新年号的同一天，对其所登录的 317 万家公司数据库进行了搜索作业，结果发现没有一家公司是以"令和"命名的。从这两点也可以看出新年号的"创新"之绝。

不过，笔者还是想从一个中国语文学者的角度理解日本新年号的意义，希望 5 月 1 日（2019）开始的"令和"新时代，会"令"日本继续享受"和平"。当然，时逢"仲春令月"，日本各地正在进入樱花季节，风和气清，让民众和游客先享受眼下的烟景吧。

原载：2019 年 4 月 2 日 上海　澎湃新闻"外交学人"

10. 日本的职人文化

菊与刀的统合

美国人类学家鲁思·本尼迪克特（1887—1948）在名著《菊与刀》中，以菊和刀概括日本的民族和文化性格，认为"刀"是日本民族性格"好勇斗狠"的标志，"菊"则是日本民族性格"纤细柔美"的象征，"刀"和"菊"共同构成日本民族矛盾的文化性格。

其实在古代日本，刀和菊很早就统一在一起了。笔者举两个事例予以说明。第一是平安末年的后鸟羽天皇（1180—1239）：这位天皇对刀和菊似乎特别钟爱，他把各地的工匠召集到朝廷制作刀剑，甚至亲自烧冶，把自己设计的十六花瓣菊纹镌刻于剑身。他还将菊纹印在皇家服饰和车舆之上，使其成为皇族家纹，后来就有了"菊花王朝"之雅称。第二个事例是江户时代的"肥后武士菊"：肥后藩主细川重贤（1720—1785）在藩府设立菊坛，指挥属下佩刀的武士四季种菊，很多武士因而成了"菊细工"，即掌握高超菊艺的"职人"。武士秀岛七右卫门，菊艺精湛，自成门派，被称为"秀岛流"；所撰《养菊指南车》（1819），成为古典菊谱的最高经典。这一传统赓续了240余年，使"肥后武士菊"成为日本古典菊文化的最高典范，堪称"菊道"。

无论是后鸟羽天皇的菊刀，还是肥后武士的菊艺，都将菊与刀融汇在一起，前者是刀中有菊，后者是菊中有刀。将两者糅合在一起的，便是天皇下窑、武士艺菊的"职人"精神。再说本尼迪克特的《菊与刀》，写成于六十余年前。战后日本被迫制定了《和平宪法》，"刀"被锁入库中。不能碰"刀"的日本人，将其精力倾注于以"菊细工"为代表的"职人"活动，通过精益求精的"日本制造"，创造了"日本奇迹"。"刀"已淡出，"菊"则独存，所以再以"刀"和"菊"来形容日本当今的文化性格，恐怕有点过时了。从这个角度而论，如果一定要拈出一个意象来指代日本民族性格，恐怕首选还是"职人"气质吧。

"老铺"与"职人"

日本420余万家中小企业，是"日本奇迹"的主要创造者。其中有超过10万家百年以上的"老铺"企业，成为中小企业中的台柱，由几十万"职人"充任其主要构成。韩国中央银行在几年前对世界41个国家的"老铺"企业做过一个统计，发现有200年以上经营历史的共有5 586家，其中日本占了3 146家而居榜首。其余老牌工业国家，依次为德国837家，荷兰222家，法国 196 家，三国总共还不到日本数字的四成。其他还有美国 14 家，我国 9 家，印度 3 家。所以日本可以称为"老铺大国"，而支撑"老铺"的便是"职人"。从这个意义上说，也可以把日本称作"职人"国家。

日本从飞鸟时代传入华夏的典章制度之后，也将社会分成"士农工商"，但是"劳心者"和"劳力者"之间，壁垒并不森严，"工"即"职人"受到相当尊重。司马辽太郎在其《日本的原型》中指出："日本保存了世界上少有的尊重职人的文化"，他把这种文化称作"重职主义"。他举镰仓和室町的武士为例，他们一边当"兵"习武，一边兼"职"打工。不单单武士"兼职"，连室町名门"伊势"家，贵为"领主"，竟然也世世代代"兼职"，制作"家传"马鞍，以"劳身"为荣。上述后鸟羽天皇亲自锻冶刀剑，当然也是这种"重职主义"的体现了。

"职人"的"神业"

"职人"文化在江户进入全盛时代，江户城（现首都东京）人口繁盛，顶峰时超过 100 万人，其中一半为本地和各地驻京的武士，而大约有 25 万手工艺职人，为贵族和武士提供日常生活用品，如织染、陶器、涂漆、五金、玉石、人偶、和纸和木竹品之类，当然更多的还有餐饮、栈房、钱汤（公共澡堂）等服务行业，一时"职人"高手辈出。"职人"是传统工艺（服务）的承传者，他们从上代承受技艺，一生以"目无旁视"的专注精神从事其职，完善技艺，然后传薪给下一代职人。

职人往往把自己的职业视为"神业"，尤其是承自祖上的家业，更是先祖神灵的托付，职场就是"神棚"，"人在做、神在看"，必须持有十二分的"虔敬"，就像对待神祇一样，秉持"敬畏"的态度来从事其业，以维持先代传下来的"祖业"。既然是"神业"，各行业职种就没有高低贵贱之分。如果一定要分出高低的话，手工艺职业，似乎当今依然受到高度尊崇。日本有个出名的"Hello, Work!"职业调查机构，专门调查 13 岁以下少年儿童的"憧憬"职业。这些"童稚"心目中的理想职业，往往具有指标性质。其统计显示，历年最受憧憬的职业是蛋糕师，领先于专业运动员、医师和公务员。

传统的日本职人往往一生从事一职，很少会"见异思迁"。日本人自造了两个成语，很能说明问题。一个叫作"一生悬命"，即"一生"把"命"都"悬"在所从事的"职事"上，是敬业精神的具体写照。另一个叫作"一筋"，有点类似笔者的家乡话"一根筋"，就是专注于"一道""一艺"，从一而终，绝无变心。其出典为"无能无才，仅此一筋"（《幻住庵记》），本来是指别无长才，只好"以勤补拙"。日本人尊重勤勉的"职人"，往往超过崇拜出类拔萃的天才。

"泛职人文化"

日本文化主"敬"，除了多神教传统背景之外，恐怕更是

"职人"精神的反映吧。"敬业"精神使得职人不敢怠慢自己的
"神业"，通过勤勉和努力，追求技艺的完善。这一完善过程，
归纳起来有三大境界。首先为"达人"，即"通达"本业技艺，
达到于本业"无所不知"的境界。其后技艺更为精进者为"名
人"，即以"一艺之秀"，声名远播，成为本业的代表人物。技
艺最高者为"国宝"，或称"人间国宝"，是国家"文化财"或
者"无形文化财"的创造者和保有者，作为行业的最高境界，
技艺臻于炉火纯青，出神入化，作为行业之"神"受到全社会
的尊崇。日本政府到 2010 年 9 月为止，在"工艺"一项，共认
定全国陶艺、漆艺、织染、竹木金石诸工等 165 名手工艺职人
为"人间国宝"，给予特别资助。

　　日本传统的"职人"精神，并不限于"职人"行业，而是
遍及整个社会，笔者将此现象命名为"泛职人文化"。譬如在日
本媒体常见"政策职人""相扑职人""科学职人"和"教育职
人"称呼，均指在本领域里掌握高超技艺的能人，而不一定是
以手工谋事的职人。尤其是"劳心"的政治职业，本来和手工
艺职人相去甚远，但日本多有以政治为业者，祖孙相传，有迄
四五世代者，被称为"政治屋"，好比说是政治老铺。因此，
"泛职人文化"是日本文化性格的主要特征之一。

　　各行业从业人员的"专精""道地"式的努力，是"泛职人
文化"的最大优点，使得日本继荟萃各国科技精英的美国之后，

成为握有世界"最高技术"的第二大国。美国军方用于阿富汗和伊拉克战争的尖端武器，如诱导炸弹和电波干扰装置等，其关键部品多由日本的企业制造。又如理化学研究所和富士通联合开发的超级电脑"京"，其运算速度达每秒8 162兆次，被评为今年（2011）"世界第一"，而且明年（2012）计划达到1万兆次，一时几乎无人能望其项背。再如渊源于江户"节能"传统的日本当代节能技术，一直处于世界领先地位，到去年（2010）为止，和环境、节能有关的世界专利技术申报，八成来自日本，其中大部分为相关行业的"职人"所提供，节能技术被看好为日本第三度崛起的重要法宝。

"职人文化"之瑕疵

不过这种"泛职人文化"也有诸多弱点，作为日本民族的文化性格，引起不少问题。首先，职人全神贯注于自己的行业，目不旁视，往往缺乏对行业发展方向的前瞻性；而且因为将自己的行业视为"神业"，导致心胸狭窄，无法接受外来的新事物。笔者举一个事例：中国人"海盗"首领王直，在1543年带领葡萄牙商船，进泊日本的种子岛，向日本传入原始的铁炮（长枪）。铁炮技术传入以后，引起战国之雄织田信长的高度重视，他组织所辖职人研制改进铁炮技术，迅速武装自己的军队，使其在短期内所向披靡，差不多摆平了中部、近畿地区的各路诸侯。其后丰臣秀吉踵继其事，以枪炮的优越技术统一日本，继而进犯朝鲜半岛，还梦想并吞华夏。当时日本的枪炮制造技艺处于世界领先地位，全世界泰半的长枪都由日本制造。但德川家康建立江户幕府之后，尊崇武士。而江户武士崇尚一对一的剑术，认为枪炮"素人"能使，不需要十年磨一剑的历练，不成其为"技艺"。当然也由于枪炮在民间难于控制、日本四面环海而无外敌入侵、江户长久和平等缘故，枪炮制作从"许可"制开始，稍后改由国家"垄断"，最后全面停止了制作。当1853年佩里舰长率领的"黑船"，开来横滨发炮叩关时，日本军队已无枪炮可使。武士阶级拘泥于传统武艺的短视，是枪炮"进而复出"的主要原因。

"泛职人文化"的第二大弱点是将从事职业细分化，囿于单一思考的习惯，缺乏整体把握的能力。持单向思维的职人，往往见树不见林，而且陷在"树"间不能自拔。

看来日本要再度崛起，"职人"精神不可或缺，但是日本若要在亚洲或者世界上发挥更大作用，尤其是和邻国和睦相处，却又必须摆脱职人的目光短浅和心胸狭窄等气质。作为"职人"国家的日本，"职人"精神亟待更新。

原载：2011年11月10日 北京《百科知识》（2011年第21期）

习

俗

1. 新年拜神

今年（2009）正月前三天，在日本各地，"初诣"（一年中第一次的参拜）盛况空前，东京明治神宫、千叶成田山新胜寺、京都伏见稻荷大社、福冈太宰府天满宫等十大社庙，各吸引了200万以上的朝拜者，有近50所神社、佛阁接待民众超过40万。据日本警察厅1月9日发表的元旦3日间统计数字，全国共有9 939万民众去神社或者佛寺参拜，比去年同期增加了121万人，约占日本总人口1.277亿（日本总务省统计局2008年12月1日的概算数字）的78%，也就是说，超过四分之三的日本人在新年拜神，祈求神祇降福。相对这一组数字，再看这三天去日本主要游乐场所如东京的迪斯尼乐园和大阪的环球影视城的人数343万，还不及拜神者人数的29%——"寻欢作乐"的人相对少了许多。

专家分析说，那么多人去拜神，除了元旦期间天公作美之外，最大的原因和景气有关。"平成不况"延续了十余年，前年以来经济好不容易开始出现正增长，总算让日本民众喘了口气，仿佛见到隧道末端的一丝微光。讵料太平洋彼岸平地起了金融风雷，导致9月海啸，又将日本的经济增长打回负数。不动产和股票价格再度触底，企业破产率、毕业生未就业率、劳动者失业率再度高腾，让成千上万受到祸及的人们不知所措。《产经新闻》元月4日发表对日本107家主要企业的问卷调查结果，称2008年度"减益"的企业有69家，占65%。曾经是日本第一纳税大户的丰田汽车，2008年第三季度原本预计盈利6 000亿日元，结果亏损1 500亿日元，减产汽车台数超过100万台，出乎所有关系人的意料。人到无可奈何之时，理性和常识都无济于事，只好求神问卜，将希望寄托在神祇身上了。据报道，今年丰田汽车自社长渡边捷昭以下，全体管理干部齐集在有"丰田汽车神社"爱称的丰兴神社（爱知县丰田市），集体祈求神祇保佑渡过难关。

　　日本是个多神、泛神的国度，不少思想趋于保守的日本人将自己的国家视为"神国"。大家应该还记得21世纪初的森喜朗首相，一度出言不慎，公开主张日本为"神之国"，违反宪法"政教分离"的原则，给反对党抓住把柄，被迫下台的旧事吧。不过日本民间的多神信仰认为，山川树石之间，到处都蛰居着各类神鬼；人死了以后，成佛成鬼，并不都去"彼岸"定居，而在"此世"与"生民百姓"共居。日本人视鬼神同源，善者为神，恶者成鬼，只有造福和作祟不同。日本的神祇，号称有"八百万神"之众，鬼魅更不计其数，怪不得日本当今最有名的连续剧作家桥田寿贺子（《阿信》的编剧）创作、从 1990 年开始热演至今的名剧叫《世间唯有鬼》（渡る世間は鬼ばかり）了。

因此，新年"初诣"成了正月里的重要之事，甚至有"一年之计在初诣"一说。人们从正月初一的零点开始，穿戴齐整，赶到神社佛寺，虔诚地向神祇祈祷许愿，计划一年间的要事，如升学、成家、生子、创业等等，并祈福禳灾、祷告神明保佑，日本人把后者叫作"神頼み"（拜托神明）。去哪家神社或者佛寺拜神，并不是随随便便就可以决定的。日本人把新年的神祇尊称为"岁德神"，每年神祇们都从不同的方向降临，事关趋吉避凶，所以事先必须研究"岁德神"的降临方位，才不至于拜错神祇，搞乱吉凶。"岁德神"的降临方位叫作"惠方"，可以通过"九星术"检索准确方位。具体来说，就是通过年岁的"干支"（甲乙丙丁戊己庚辛壬癸）系统，查得坎、艮、震、巽、离、坤、兑、乾所谓"八方"的年度所属，然后以居住处定位，确定今年该去的神社寺庙的方位。如去年是南或东南方向，今年就是东或东北方向了。兹事体大，马虎不得，这方面的专著汗牛充栋，如新近出版的荒井弘子的《拜神正法》（正しい神頼み）和饭仓晴武的《拜神入门》（神頼み入门）就拥有大量的读者。

当然拜神也有一定的仪式，先在大殿前"参道"的"手水舍"舀一瓢水，神道尚左，先用右手持瓢，洗净左手，然后换洗右手，再换到右手执瓢，往左手掌心注一掬水，送入口中漱口，最后将余水冲洗左手。手净口馨以后才能去神殿，一鞠躬后往"赛钱"箱投钱。"赛钱"起源古老，大概是平安时代，"留学僧"在"入唐求法"时从中国引进，不过当时唐朝称"散钱"（见韩愈《论佛骨表》），指向佛寺贡钱。货币经济发达之前，一向是"散米"，即向佛寺贡纳粮食。传入日本后"散钱"音变为"赛钱"，虽然只是一音之转，"赛钱"的意义就费解了，这里先按下不表吧。投钱也有讲究，譬如有投 5 日元的，因为 5 日元叫"五円"，和"ご縁"（缘分）同音，取其和神祇结缘之意。15 日元（十分ご縁）、25 日元（二重ご縁）、35 日元（三重ご縁）和 45 日元（始終ご縁）都是吉利的数目，不过一般人都会投入 105 日元。当然有人嫌其数目太少，不成礼敬，如很多私营业主会投 2 951 日元。为什么会如此不惮麻烦呢？因为这一数目的日语读音为"fukukoi"，和"福来い"（来福）同音，就像国内的民众在新年里倒挂一个"福"字，预示"福"的"到来"，"其揆一也"。神殿前往往挂着门铃，摇一下，据说可以驱散作祟的鬼魂，并向神祇报告前来参拜。然后"二礼二拜手一礼"，即两鞠躬后两击掌，然后合手再一拜，参拜如仪而退。

　　根据各家市场公司的抽样调查，日本人在"初诣"时，一般投币在 100 日元到 500 日元之间。此外跟往年一样，今年也有很多参拜客投币 2 009 日元，以契合公元纪年，图个吉利。如果以人均 300 日元的折中数字来计算的话，今年光"赛钱"收入一项，就超过 298 亿日元。这已经是一笔相当庞大的数字了，还不算其他如"参拜料"（一般 5 000 日元）、上香料、求签料和庙社纪念商品的销售额，这几项加起来估计还会超过"赛钱"好几倍。

"初诣"后很多日本人都会吃一种特别的寿司，叫"惠方卷"。饭团的外层用海苔包起，芯子由七种食物构成，如干瓢（干葫芦丝）、黄瓜、椎茸（香菇）、鳗鱼和田麸（鱼松）等，称"七福神"，有把众"福"包裹起来享用的意思。民间还把"惠方卷"的红色田麸称为"赤鬼"，把绿色黄瓜称为"青鬼"，一口食尽（日语叫"平らげる"），有把一年的"晦气"全部吞下，新年不再来作祟的意思。"惠方卷"的吃法也有讲究，必须对着"岁德神"降临的方向进食，而且必须默默进食，不能吭声，不然会招致神祇的责罚。

一个"愚公"，立志移山，结果感动天神，把挡路的终南山给搬走了。今年（2009）有接近 1 亿日本人拜神祈福，老天大概不会无动于衷吧？

原载：2009 年 1 月 23 日香港《文汇报》

2. 日本的"汉字之日"

　　日本有很多特殊的法定假日，如"成人之日""春分之日"
"宪法纪念日""绿化之日""敬老之日""秋分之日""体育之
日"和"文化之日"等，此外还有众多不属于节假日的纪念日
和行动日，借以纪念或者推动一些社会运动。就说 12 月份吧：
有"铁之纪念日"（1 日）、"日历之日"（3 日）、"国际义工日"
（5 日）、"神户开港纪念日"（7 日）、"牙刷替换日"（8 日）、
"残障者日"（9 日）、"人权日"（10 日）、"汉字之日"（12 日）、
"中餐日"（15 日）、"头发之日"（18 日）、"聊天日"（19 日）、
"派出所日"（21 日）、"夫妇日"（22 日）、"游戏日"（23 日）、
"入浴之日"（26 日）、"鸡之日"（28 日）、"肉之日"（29 日）、
"酱汤日"（30 日）等等，隔天就有一个纪念日，有时甚至一天
重叠好几个纪念日，没有详细记载的日历本，真是难以一一
记住。

　　这一类民间制定的纪念日（行动日），都有一些讲究，并不
是随便取的，其中多和日子的读音有关，譬如 10 发音"とう"

（头），8 发音"はつ"（髪），听起来就像"头发"，这天该去理发；同理，9 发音"く"，19 听起来就是"トーク"（说话），这天应该好好跟人沟通；2 也发音"ふ"，两个 2 就是"ふふ"（夫妇），这天要多念叨夫妇情感；2 又发音"に"，加上 9 便成了"にく"（肉），这天一定要吃肉。依此类推，不一而足，有趣吧？

　　再看 12 月 12 日，有两个 12，如上述所介绍，日语数字的读法繁复，12 既可以读成"yiyiji"，和"いいじ"（良字）同音，又可以读成"ichiji"，和"いちじ"（一字）同音，两个 12 合在一起正好可以读"良字一字"，即"一个好字"，所以被推广汉字的官方公益法人组织"日本汉字能力检定协会"选为"汉字之日"。自 1995 年开始，每年这一天，协会在京都法相宗名寺清水寺举行仪式，发表从民间汇集的最为代表这一年"世相"的年度汉字，称之为"今年的汉字"，由当家住持方丈，用如椽大笔在一张 1.5 米见方的和纸上，一气呵成写下这一汉字，然后奉纳于寺内的本尊千手观音菩萨像前。其时仪式的观礼台上坐满嘉宾，各大媒体云集，记录下这一颇能反映日本民间心态的年末大事件。

　　2008 年的代表汉字为"变"，在一个月以来网上参与投票的 11 万 1208 人次中获得 6031 票，列第一。媒体专家们纷纷解读这一年度汉字"变"的多种含义：美国当选总统奥巴马决意

"变革"（change），日本首相走马灯式的不寻常"变换"，美国
"雷曼兄弟证券"破产引起世界性金融危机的"剧变"，地球温
暖化导致的全球气候灾难性"异变"等等。从国际角度看，
2008 年是 20 世纪 90 年代以来世界变化最为剧烈的一年，美国
无力单独解决由其滥觞的世界性金融危机，标志着"后冷战美
国巨无霸时代"的终结。在日本国内，民心思"变"，战后几乎
无间断连续执政的自民党遭遇结党以来的最大危机，两年里替
换了四任首相（小泉、安倍、福田、麻生），中间两位执政都未
超过一年，而现任首相人气低迷，看来也很难挨过一年。根据
近期的民意调查，大部分选民已经放弃永久执政的自民党，认
为"换党做做看"不失为一种选择。日本国会的参众两院，由
执政党和反对党各据一隅，相互对峙，执政党已经无法有效执
政，无法快速回应国际国内的各类紧急挑战，除了重新洗牌选
举新的众议院，已经别无良策。如果今天解散国会、进行选举
的话，自民党必然惨败，很可能下野而一蹶不振。

　　日语汉字的"变"，除了用作"变化""变革"等正面意义
之外，更多用于"变异""变态"等反面意义，"变"具有"怪"
的含义。笔者以为 2008 年选择"变"字作为年度世相代表汉字
的大部分投票者，大概着眼于其负面意义，他们震慑于这一年
所发生的一系列"怪异"事件，感到不可理解。只要看今年高
踞榜位的其他汉字如"金"（金融危机）、"落"（股价暴落）、

"食"（食品卫生）、"乱"（政界、财界以及人心混乱）、"高"
（物价高腾）等，都主要从负面观察和感受一年的世相，"变"
应该较少蕴含"期待"等积极意义。

民意低迷的麻生首相也被问及他所属意的年度汉字，这位
看漫画比看正经书还起劲的"贵胄子弟"，随口说了"气"字。
他解释说第一是"元气"和"活气"，如上野由岐子（女垒好
手）和北岛康介（亚洲蛙王）等选手在北京奥运会所取得的优
异成绩，尤其是去年有四名日本人跻身诺贝尔奖得主名单，淋
漓尽致地显示了日本在体育和科技上的元气和活气。麻生似乎
为了保持平衡，补充说"气"还指"景气"，不过他于此语焉不
详，不知道他是指时下的"不景气"，还是指待恢复的"景气"。
这位前不久还在国会答辩时，把"未曾有"和"频繁"两词读
错的首相，在醉心于汉字读音测验（quiz）节目的日本民众前
丢尽脸面，让他来拟出年度汉字，他自己大概也觉得心虚和
"底气"不足吧。于是，这位好勇斗狠的贵公子用"气"字给自
己壮了胆。

原载：2009 年 3 月 9 日香港《文汇报》

3. 和服上的战争

"雅装"和服

和服是日本的传统服装，尤其是其女装，婉约娴雅，穿在娇小玲珑的东方女性身上，极大限度地衬托出温柔之美。根据文物考古，绳文和弥生时代的日本人大抵穿着一种直筒装，《魏志·倭人传》中，称其为"贯头服"。这种起源于狩猎采集时代的服装，是以植物的枝叶和动物的毛皮编成，中间开一孔，从头颈套入，再从两胁各开一孔，伸出双臂，腰间束一带，男装长及胯部，女装则及地，或分上衣下裳，逐渐由御寒遮羞发展到装饰展示。

古坟时代起，日本人向往华夏的文物制度，中国的服饰也开始在日本流传，有"吴服"和"唐衣"等称呼。"吴服"是从三国孙吴传入的服饰，看过吴宇森电影《赤壁》的观众，应该会对林志玲饰演的小乔风姿绰约的服饰有深刻印象，那就是所谓的"吴服"。"唐衣"是奈良、平安时代引进的盛唐服饰，采为官服和贵胄的华装，其女装有"十二单"之称，春有"樱重"

"山吹", 夏有"菖蒲""花橘", 秋有"里菊""红叶", 冬有"雪梅""紫薄", 均以当令花卉命名。日本人统称其服装为"着物", 即"穿着之物", 直至明治时代, 洋服开始盛行, 便将传统服装称为"和服", 和"洋服"拮抗相对。

文化"符号"和"载体"

"和服"的名称虽然起于晚近, 但"和服"的历史, 如从官定的"唐衣"算起, 至少也有 1 400 余年了。和服与盛唐服饰, 虽有渊源关系, 但经过漫长的发展, 早已成为日本的民族传统服饰, 像樱花和富士山一样成为日本的象征符号了。

服饰作为文化符号和文化载体, 蕴含着一个国家和民族的重大信息, 其变化往往见证了历史的变迁和嬗替。作为民族服装的和服, 在日本近现代史上, 曾经长时间裹带滚滚硝烟, 见证着军国主义风潮在岛国的汹涌。和服在明治时代"成名", 也从明治时代开始加速了成为文化符号尤其是文化载体的进程。作为载体, 和服的"图柄"和"纹样"(装饰图案)记载了近代日本所经历的战争。让我们暂时撇开历史文献, 换一个角度, 从和服上看看日本的战争和战争中的日本。

战火延烧和服

"军国主义"日本崛起于 19 和 20 世纪之交的两场战争, 第一场是 1894—1895 年的"日清战争"(即中日甲午战争), 第二场是 1905 年的"日俄战争"。明治维新以来急速近代化的日本,接连打败其一直仰为文化"上国"的中国和西方列强之一的俄国，以军事力量跻身于世界强国之林。和服"图柄"从奈良平安时代以来，一直以动植吉祥物及纹饰为主流，尤其是华族和富庶阶层的女装，以"绚烂华丽"作为主色调。明治时代绢丝生产产业化，印染技术也大幅提高，和服穿着普及化，和服图案也呈多样化，并开始反映社会生活主题。当对外战争成为日本强国的主要途径时，战争题材开始进入和服的图案。明治政府的策士们认为不光要打赢战争，还要在民意的支持下发动和进行战争。在大众媒体尚未成形的年代，和服图案当然就成了承载这种诉求的上佳媒体了。

大阪是近代日本织业的主要基地，和服的战争图案，就是从大阪开始流行的。先从男装，然后扩展到女装。日本东海大学教授乾淑子在 2007 年出版了《图说：从衣饰看战争》，通过她本人以及其他收藏者所收藏的 170 余件和服以及服饰的摄影图片，细说和服所承载的战争。编者将其主要分成"日清战争"（中日甲午战争）、"日露战争"（日俄战争）和所谓"十五年战争"三个部分。所谓的"十五年战争"是日本部分人士的用法，其时间范围为从 1931 年到 1945 年《波茨坦公告》发表、日本投降时，是九一八事变、日本全面侵华战争和太平洋战争三场日本对外侵略战争的统称。

和服硝烟滚滚

"日清战争"部分有"日清战争战场图",描写"平壤之战"中穿黑色制服的日军遭遇穿蓝色制服清军的场面。另一幅"军人风景"描写日军炮队占领高地。还有一幅"日清战争绿地战斗",场面上流弹四飞,有穿橘色军服的日军和穿绿色军服的清兵。"日露战争"部分有"日露战争图",画面上"对马海战"和"奉天会战"分列,汹涌的海面,白色的日舰围攻黑色的俄舰,陆地上的日军炮队正在攻打奉天城门。另一幅"战斗图"描写日俄两军相遇、挥刀互砍,江上俄军的舰只正驰向日舰。还有一幅"旅顺港闭塞作战",画面上日军水陆围攻俄军巨舰。

"十五年战争"部分的图案最多,涉及的范围也很广,大多是为战争准备的宣传图案,炫耀战力,渲染包括妇孺加入的所谓"全民战争"。

"雅装"变"武装"

这些战争图案大抵出于和服女装,为战时女性所欢迎,表明日本妇女也在相当程度上被动员起来,卷入了国家发动的战争。和服战争图案的盛行并不单单是政府和军部鼓励的结果。当一国的民意被接踵而来的对外战争的胜利煽动并臻于"狂热"时,"激扬国威"的战争图案也成了印染商的趋利途径,成为时髦装束,战争成了"消费"的主要对象。可以说先有穿戴者的狂热,然后才有战争图案的流行。有"昭和烈女"之称的井上千代子，在"满洲事变"之后、丈夫出征中国东北的前夜，穿着有纹章图案的和服自刃而死。她在留给丈夫的遗书中叮嘱"毋有后顾之忧，为国前驱"。不知道她穿戴的和服上有无战争图案，但她的"壮举"，确实激起丈夫的"斗志"——据说，次年日军残忍屠杀平顶山 3 000 无辜平民，指挥官之一便是这位井上中尉。

　　日本军国主义曾经让战争延烧到和服，而和服上的战争，又刺激着穿着军服的兵士和穿着和服的女性投入疯狂。60 余年前，东亚硝烟滚滚，和服硝烟滚滚。

原载：2009 年 10 月 21 日香港《文汇报》

4. 透过厕所看文化

"进"和"出"的文化含量

上海世博会"日本产业馆"有两大卖点：高级日料店"紫"的上品怀石料理和号称"世界最舒适"的厕所。一"进"一"出"，给产业馆主题"来自日本的美好生活"，做了最佳的诠释。其主题剧场称为"宴"，而场中高清大型屏幕上最为引人注目的内容，为全息影像"青花便器"，呼应主题"进"和"出"，充满着文化匠心。日本文化近年来进入中国，尤其是在上海等大都市，最为显著者便是"和食"和"和式"便器，主要街道上随处可见各类"和食"餐馆，而"东陶"（Toto）和"伊奈"（Inax）的陶瓷洁具如便器，成为酒店宾馆盥洗室的上等设备，而且正在大规模地进入普通民居，据说光东陶一家的便器，每年在中国就销售 100 万台以上，而且还大有增长潜力和趋势。

"和食"作为一种健康自然的美味，在世界各大都会攻城略地，迅速崛起，因其顺应都市生活的新潮流，将来或许成为世界上最受欢迎的料理之一，这里暂且不做细论。本文拟通过日本的厕所这一扇窗口，窥探日本文化的某些特点。

浪漫的"川屋"

厕所和烹调，作为文明的表征，具有一般古老的历史。根据日本考古学家的推测，日本岛多河川溪流，绳文时代的厕所，不少建于川边河岸，用木材搭成一座高台，临河置坐杆拉手，坐于杆上方便，泄物入河，随波逐流，既不留下污秽，又成鱼虾之饵，俨然形成一道良性循环。当时有语言但尚未有文字的绳文人，把这类方便处所叫作"kawaya"，飞鸟时代传入汉字汉语后，其汉字表记就是"川屋"，即"河边小屋"。"厕"字传入后，一直作为正式称呼沿用，直到近代才被土语"便所"和洋风"トィレ"所代替。"厕"在保持其汉语古音"し"（shi）如"厕坑"（shikou）之外，大和音"kawaya"成为其训读，其他如关联字"圊"和"溷"，也都读作其音。汉代人发明了马桶的前身"虎子"，可以携带进入朝廷，供皇帝和大臣们内急时方便，这种虎头造型的圆形便器似乎后来也传入日本，当时被日本人称为"omaru"，汉字表记就是"御虎子"。就像后来的"青花便器"一样，日本的厕所文化，显然和中国文化有着千丝万缕的纠葛。

"川屋"所代表的远古厕所文化，还充满着原始的浪漫气息。《古事记》中卷写到日本初代的神武天皇择偶时，有过这样一段神话："（神武天皇）求为大后之美人时，大久米命曰：'此间有媛女，是谓神御子。其所以谓神御子者，三嶋湟咋之女，名势夜陀多良比卖，其容姿丽美故，美和之大物主神见而感。其美人为大便之时，化丹涂矢，自其为大便之沟流下，突其美人之富登，尔其美人惊而立走，乃将来其矢，置于床边，忽成丽庄夫，即娶其美人生子，名谓富登多多良伊须须岐比卖命，亦名谓比卖多多良伊须气余理比卖，故是以谓神御子也。'"其中"命"为"神祇"，"比卖"（姬）为"女神"，"富登"为"女阴"。神武天皇的岳父母在厕所遭遇，男神不惜化身"丘比特"的爱箭，直捣黄龙，最后和女神喜结连理，生下神御子，后来的神武天皇皇后，让后世的读者艳羡不已。

这种古老的"川屋"式厕所，在日本一直延续到晚近。近代"耽美主义"文豪谷崎润一郎写过一本《阴翳礼赞》，就是从写厕所开始，到写厕所终结，字里行间，流露着对传统"美意识"的眷恋。谷崎称文学泰斗夏目漱石视每天早晨的"出恭"为其人生"一大快事"，因为在排泄的"生理快感"之上，传统厕所光线的"薄暗""彻底的清洁"和"可以听到蚊呻声的静寂"，让他"最为感心"。这就是谷崎所追求的"阴翳"世界的"幽玄"之美。他还描写自己在"川屋"方便的体验，当骋目下望时发现："令人目眩的下面，可以看到远处河滩上的泥土和野草，菜地上有盛开的菜花，蝴蝶纷飞，行人往来，这一切都历历在目。"没有亵目的污秽，也没有掩鼻的臭气，伴随着释放的

"痛快"，是赏心悦目的烟景，相得益彰，与其说是单纯在"解溲"，还不如说是同时在"审美"呢。

东西厕所文化

与此相对比，中国的厕所文化中，不乏春秋晋景公踏空溺毙粪坑，战国蒯聩和孔悝的"厕中之盟"，汉高祖内急时把臣下的"儒士帽"翻过来当便器撒尿，其发妻吕后将斫断手足的戚夫人投置厕中当"人彘"，晋代大将军王敦如厕时食尽"漆箱"里消臭用的干枣而让人耻笑，宋太祖误将便盆当酒器，明末穆太公"淘粪"发财，清末慈禧太后火车外游时出恭用的"如意桶"以水银置底消臭等描述。《论衡》早就下过结论说："夫更衣之室，可谓臭矣。"而连这样臭气熏人的公共厕所，整个北京城，跨越明清两代，却屈指可数，故"道中便溺"，在在可见，以至"重污叠秽，处处可闻"。故明代有学者指出，"京师无厕"的结果，让京师本身变成了一座巨大的"厕所"，臭不可向。

城市规划比较先进的欧洲怎么样？"香江一支笔"林行止先生，足迹遍布欧美，见多识广，他写过一篇专文《古今"便便"业》，收在他的随笔集《说来话儿长》中。林先生大幅介绍中世至近代的欧洲"便便"业，举凡伦敦、爱丁堡、纽伦堡、佛罗伦萨等大都会，都在相当长时间里有当街倾倒"夜香"（我们说"黄金万两"）的习惯，臭气逼人，巴黎一时更有"臭都"（city of smells）之称，看来也好不到哪儿去。

回到日本，再说飞鸟时代的贵族。城居生活当然使得他们不能再去流连"川边小屋"了，而且在野外堂而皇之地"暴臀露阴"（现在叫"走光"），也有违他们的贵族身份，于是就把路边的壕渠、阴沟之类引进宅邸，设置厕所，让排泄物通过明渠暗沟流走。奈良时代，因为排泄物污染下水道，又有碍观瞻，政府发布政令禁止在平城京内排出泄物，"引沟入居"的厕所逐渐消失，在平安时代开始，代之以竹木制的"樋筥"或者"樋箱"，一种由"御虎子"发展而来的可携带坐式便器，也有将其置于专用的房间，称为"樋殿"（我们叫"马桶间"），成为后世厕所的前身。而庶民百姓，大概还是一如既往，溺便于旷野，任自然去净化秽物。因而住居有无厕所，成了当时身份高低的标志。

清洁的国度

从镰仓时代开始，粪便作为有机肥料，称作"下肥"，大规模使用于农田，对提高农产量发挥过很大的作用。十五六世纪绵延了150余年的"战国时代"，虽然出现大量战死人众，而日本的总人口却从1 000万上升到1 700万，不少历史学家将其归因于农业产量的提高。当时的江户城（即现在的东京），"公众便所"林立巷口街首，由业者雇人用杉桶或者竹桶挑去回收集中地，车载船运，送往郊外，施肥农田。下肥作为"商品"，随着市场价格浮动，史载其价昂贵时，农民无力购买，抱怨连连，曾经联袂举行过要求降价的"示威游行"。

十六七世纪开始，江户城的常住人口超过 100 万，是当时世界上人口最多的城市之一，却很少发生同时期欧洲大都会所遭遇的"臭气熏天"，让来访的欧洲传教士们目瞪口呆。写过影响巨大的《日本史》的葡萄牙籍耶稣会教士路易斯·佛洛伊斯（Luis Frois，1532—1597），后来在其《日欧文化比较》一书中大赞："日本的街道真的太干净了！"这类惊叹并不少见，如江户后期旅日的德国医师佛朗兹·西波德（Franz Siebold，1796—1866），也在其旅行记《参府纪行》中，记叙日本人善于管理秽物和清扫街道。

如厕之道

京都的东福寺，保存着日本"最古的厕所"。厕所在禅寺的东侧，称为"东司"，雅号"百雪隐"，至少已有 600 年的历史了。长 30 米，宽高各 10 米的木制建筑，其中置两列一大一小一组的瓮缸，右侧大者用于大便，左侧小者用于小便。禅寺是佛门修行重地，如厕规矩森严，可以称为"便之道"。如厕者先将衣物挂于专属的衣架，然后在厕所门口右手提桶汲水，左手拉开扉门，脱下草屐，换上厕所专用的草鞋，跨上便器解便，完事后用三角形木片揩净屁股，置入盛水的木桶洗净，右手持桶水，并以左手居中掬捧，以防溅突，注入便器清洗一过，换回草屐，将桶送回门首，待后一批僧人使用，然后正衣离开。

这种迹近仪式化的如厕行为，看起来颇有点麻烦，但古今的日本人却大多不惮拘泥，借以保持厕所的洁净。

日本是亚洲最干净的国度之一，大概和这种传统"洁癖"有关，而这种传统，据说和日本的本土信仰神道教有着密切的关系。如果对神道教的教义用两个字来概括，也许最合适的便是"清洁"一词。《记纪神话》中伊邪那岐逃出"黄泉国"（地狱）后，首先从事的便是在阿波岐原的河川里，"褉袚"净身。传说正是在他净身的过程中，诞生了日本人的祖先神"天照大神"等"三贵子"。神道教讨厌"污秽"，信徒参拜时必须净身，否则不为"神佑"。据说因为这种"洁癖"，日本的神社向来只管"结婚"和"生子"，而把其认为"不洁"的"丧葬"，推给佛教寺庙去操作。神道偶尔也会举办"神葬祭"，但绝对不能在神社举行，而必须在丧葬社或者丧主的居所举行，以免玷污神社洁地。

信仰层面的"洁癖"

日本人的"洁癖"，正是因为来自卫生措施（形而下）以上的宗教信仰（形而上），所以会那么拘谨执着。日本人从小学开始，就被灌输这种"清洁"信仰，使用便器之后，要将其清理干净，让下一个使用者也能干净使用。譬如说用过卷筒手纸后，常常有人会将手纸的端口叠成三角状，以便下一个使用者快速找到端口等等。而将便器搞脏不加清洗的人，会受到师长的斥责和伙伴的鄙夷。笔者发现不少日本人宁可憋屎忍尿，也不在不洁的厕所方便。很多人在家使用坐式马桶，外出却选择蹲式便器，因嫌坐式垫圈不洁。日本人外游归来后，通常抱怨最多的是旅行地厕所不洁的程度。

日本的公共厕所，大抵设在车站或者商场之中，很少在大街上看到。目前（2010）日本全国的便利商店和加油站数目相埒，各有4.7万家左右，大多都设有厕所，可以自由方便，未必要求使用者购物或者注油。笔者在日本待了十多年，在外使用最多的便是这一类厕所，大部分都比较清洁。除了便利店和加油站安排专人轮流清扫看管之外，使用者的卫生意识和卫生习惯，是维持清洁的首要条件。笔者年前指导本科生写过中日便利店比较研究的毕业论文，曾经指示该生建议国内便利店也普遍安置厕所，既解决大城市的"就厕之难"，也提高顾客的光顾率。现在想来，至少在当下有点难以实行，因为不单单空间不易筹措，鉴于维持远比设置难的情形，目前似乎还缺乏使用者参与维持这一保证条件，大部分的便利店需要设置专人管理厕所，才能让其持续发挥作用，就像大街上的公厕一样，这目前看来仍属"不可能的任务"（mission impossible）了。

兼及人性与环保

日本厕所设备在人性关怀和资源节省之上，可谓动足脑筋。近年来"温水洗净便座"型厕所，在日本迅速发展，普及于政府机构、公共机关、学校、旅馆饭店、商铺等处所。便后洗净，不但是清洁问题，而且是健康问题。美国人的痔疮患病率为人口的 80%，德国人为 70%，国人有"十人九痔"的说法，估计也在七八成，而日本人的发病率才两三成，明显较低，除了饮食沐浴和运动的习惯之外，卫生条件和习惯也是重大原因。洗净式厕所，绝对有助于降低痔疮、肛裂等的发病率。

日本女性在用厕时，有八成以上在意排泄的声响，于是一再按钮冲洗，以水声抵消排泄声，造成用水的严重浪费。因此近年来很多女厕都内置"音姬"装置，按钮之后，模拟水流声或者音乐声顿起，以免浪费水资源。最近日本国内流行"环保音姬"商品，女性携带这种小挂件如厕，方便时按钮播乐。东陶和伊奈等大洁具开发商，开始向市场投入"高科技"便器，在自动消臭清洗干燥功能之外，还有化验粪便功能，在显示器上列出各项指标，及时报告隐患。东京羽田机场的女厕所内，安置大型彩显屏幕，播放和健康美容有关的各类资讯，大受使用者欢迎。最近伊奈投放市场的"无臭无水小便器"，成为环保节能利器。小便器每次冲洗原本需要 4 立升用水，以男子平均白天使用 4 次、（2010 年）全国男性劳动人口十分之一的 370 万人使用计算，一天可以节约 5.92 万吨水，一年就是 2 160 万吨水，一年"减碳"量为 8 579 吨，是一个巨大的数字。

厕所是一国科技发展的窗口，更是一国文化乃至文明显示的窗口，理应和餐馆一样，可以登入"大雅"之堂。《说文解字》说："厕，清也。"《释名》诠释说："至秽之处，宜常修治，使洁清也。"让我们回到立厕的初衷去吧。

原载：2010 年 8 月 10—11 日 香港《文汇报》

5. 话说和服

和服的名称

以"和服"指称日本传统民族服装，是相对晚近之事。日本人早先把自己的服装称为"着物"，顾名思义，便是"穿着之物"，为服饰的通称。后汉三国时期，华夏的织染服饰及其技术传入日本，被称为"吴服"，大概这类服装主要产自绢绸织染业发达的东吴，以和本土被称为"太服"的棉麻服装相区别。吴服逐渐成为日本的主流服饰，以致此后的成衣铺被通称为"吴服店"，裁缝集中居住区为"吴服町"。到了明治时代，大规模导入西洋文明，洋服风行，成为主流服饰，传统服饰便被称为"和服"，作为"着物"的一个配称，与外来"洋服"分庭抗礼。

十五六世纪，进入东亚的商人、传教士，渐次向其母国介绍他们所遭遇的东方文明，"中国风"（Chinoiserie）和"日本风"（Japonisme）相继吹入欧洲的主要都会。其后法国印象派画师醉心于日本的"浮世绘"，日本元素充斥其画作，其传统服饰以绚丽妩媚的色彩风格，颇受关注，"着服"（kimono）一词，作为定称，进入欧洲各主要语言的权威词典。而 19 世纪晚期成名的"和服"一词，指称虽比"着服"精确，却无法在西洋取代家喻户晓的后者。不过，当时留日的中国学生却选择了"和服"一词，与"和歌""和食""和式"等新词，一并携入华夏。日本人自称其传统服装为"着服"，西洋人也人云亦云，国人却视若无睹，而将其配称"和服"带入了中国。在汉字发明之邦，虽然于词义学上有不得已的苦衷，却面对不在乎"字源"的日本人和不谙"原典"的西洋人，算是"捍卫"了一回汉字的纯洁性。

和服的渊源

比起中国，日本较晚进入农业文明，直到弥生时代，中国大陆和朝鲜半岛的文化由"渡来人"（移民）携带进入岛国，日本社会从绳文的狩猎采集文明过渡到农业文明。"渡来人"的服饰主要有"吴服"和"胡服"，成为当时上流社会的时髦。"吴服"为中国南方农耕民的服饰，而"胡服"则为东北亚游牧民的服饰。当时随葬的人物埴轮（一种陶制土偶）显示，"胡服"分上衣和下衣（男为裤，女为裳），戴冠束带，紧身窄袖，适宜骑马。据《三国志·倭人传》的记载，当时庶民的服饰仍是"贯头衣"，即在长方形的棉麻布中间开口，套入头颅，挂在肩上，腰间束带，成其衣裳，遮体御寒。进入飞鸟时代后，尤其是在推古天皇治下，由圣德太子主导，全面引进大陆文化，律令制度之外，还参考隋制，制定官服，有"冠位十二阶"，以紫、青、赤、黄、白、黑各色的深淡两种冠冕，界定十二等官位的排次。

《续日本纪》记载，8世纪初有一批官员出使大唐回国，在谒见天皇时，穿上大唐朝廷赠授的官服，天皇惊艳不已，隔月便诏令朝野改变服制。大唐宫廷的男女礼服，于是成为奈良、平安两朝的正装。女装经过改造，被称为"十二单衣"，在9世纪末废止大陆使节派遣、"国风"开始高涨的时代，趋于定型，成为后来民族服装"和服"的原型。成书于12世纪末的《源平盛衰记》称："弥生（三月）之末，穿戴藤重（藤色重叠套装）之十二单衣。"为记载其名称最早的文献，说明唐代宫廷服传来日本之后，成为在一般贵族间流行的服饰，逐渐脱离大唐宫廷礼仪的拘限，变成日常装束，被注入了对季节变换敏感的本地文化元素。

晚唐以后，唐装失传，而作为其一支的"十二单衣"却域外开花，经过镰仓、室町武家实用文化的改造，在江户时代与发达的庶民文化相结合，蔚为壮观，直至成为当代日本"裹缠生命"（いのちを纏う）之文化符号。大唐之"礼"，失诸"朝"而得诸"野"，得失之际，让人唏嘘。

和服的嬗变

"十二单衣"从最上面的罩衫"唐衣"数起，其下"表衣""打衣""衣"和贴身的"单衣"，腰以下前面为"绔"，后面为

"裳"和"引腰",脚下有袜和履,加上"玉簪""肩带"和手执的"桧扇",共十三件。日本学者大多认为"十二单衣"的名称,只是服饰的笼统件数,穿戴简单时少则七八件,繁复时多达二十余件,端视场合而定。

在8世纪初"平城京"建成后传入日本的大唐宫廷礼服,其女装从繁复的"十二单衣",经过1 400余年的发展变化,简化成襦袢、长着和束带三件一套的现代和服。又以袖袂之长短,分为振袖和留袖两种。未婚女性穿着振袖,为长袖,多为亮色,青春火红,分大袖、中袖、小袖三种,袖口在1米上下,长抵足踝。"振"有"舞袖"之意,表示爱情,多见于成人式、结婚场合。留袖则是已婚女性的和服,袖幅较窄,袖身较短,仅及腰身。据说古代女子婚后,便将长袖割短,表示"留"起"舞袖",切断"外缘",此后专心于"相夫教子"。和服既是重大场合的正规礼服,又是居家外出的日常装束。

和服的赞美

日本岛上四季分明,又是一个多山的国度,从《万叶集》开始的日本文学,传达着古代日本人对四季、色彩和层次的特殊感受。作为和服母体的大唐礼服,更多地体现出上层社会的等级体制和繁文缛节,传到日本成为"十二单衣"后,就融入了"平安京"的特殊风土,如上文提到的颜色"藤重",便为春季四色套装之一,其余三色为堇色、桃色和牡丹色。此外,春季还有"樱重"和"山吹"，代表夏季的有"菖蒲"和"花橘"，秋季有"里菊"和"红枫"，冬季有"红梅"和"紫薄"，随着季节推移，转换各式"纹样"的单衣。和服的图案继承这一传统，把大自然及其节序变换浓缩其间，让穿着者亲近自然，感受氛围，达到天人和谐。

一般和服质地昂贵，做工精细，价格不菲，除非富裕之家，筹措不易。所以一袭珍贵和服，一生难得穿上几回，往往稍加改定尺寸，传诸后人，如母亲传给女儿，婆婆传给媳妇，儿辈再传孙辈，将家族的历史、传统和慈爱，世代相传。此外，和服作为一种礼服，把人从颈项到脚踵包裹起来，深藏不露，体现出一种内敛和恭谨的张力。着用时需正首、引颚、平视、挺背、张胸、垂臂、缓步，总之举手投足，都有一定的仪式规范，穿戴者不仅本人需中规中矩，还需与周边人际关系调和。

因此有专家认为，和服文化业已超越日常穿着的服饰，上升为形而上"道"，是和式美与美意识的原点，应该在"花道""茶道""剑道"和"柔道"之外，另辟"装道"，张扬和服文化之美。

和服的批判

很多日本学者在承认和服优美的同时，将其视为"残酷""陈腐"的服饰。如果将"十二单衣"全数穿戴起来，据说分量可达 20 公斤以上，当然是举趾维艰了。现代和服也有里外数层，加上带纽，分量不轻。战前女性很多都患胃下垂，腰间皮肤变色坏死也属多发，多和带纽束缚有关。因此有学者批判和服为"拘束服"，得到广泛回应。

现代女权主义者更是对和服不假辞色，如上野千鹤子在20余年前出版的《裙子底下的剧场》一书中，称和服初从大陆传来时，腰袴有纽带，当时和其后的女性在打结上下功夫，解结需由系结人，因此对自己的下半身握有掌控权。不料到了战国时代，腰袴被官府下令撤除，很多女子从此身不由己。

已故女权作家驹尺喜美态度更为激烈，在其所著《穿着女装》一书中抨击和服："上半身拘束，下半身拘束，因为全身被紧紧束缚，动弹不得。尽管如此，下半身犹不设防，而上半身因为袖口洞开，手可径达乳房。和服在把女性身体束缚的同时，却让人自由出入。女性的自由遭到限制，自身的活动遭到剥夺，作为满足男性欲望的专属鉴赏物，将美完成。从这一意味上说，和服是完美女人化的服装。这也是忍从美德和男唱女随妇德在全身的体现。"

她的意见并不为大多数穿着和服的日本女性所接受，她们继续身负这一绵延千余年的文化化石，踽踽前行，证明美的传承是需要付出代价的。

原载：2011年10月10日 北京《百科知识》（2011年第19期）

6. 日本年度汉字背后的民意

　　当笔者从新闻播报得知今年（2012）的汉字为"轮"字时，当即长长地舒了一口气。因为此前各种预测中，"倍"字一马当先。今年7月上演的十集电视连续剧《半泽直树》创了今年日本收视率的新高，主演半泽的俳优堺雅人成为一时的风云人物。其以夸张的口吻、斩钉截铁般吐出的誓言"やられたら倍返し"（一旦被做，加倍偿还）也以其痛快豪迈，成为一时的流行语，风靡全日本。加上安倍去年重任阁揆、执掌日政牛耳后，先后以大胆的金融政策、机动的财政举措和唤起民间投资的成长策略，三箭续发，组成如雷贯耳的"安倍经济学"，让日本股市倍涨、经济指数飙升，其在政界的声誉地位，如日中天。

　　安倍、倍升、倍偿的"倍"字，对久经失落、萎靡不振的日本经济与民气，无疑像是一帖兴奋剂，让其感受触底之后的振奋雄起，于是乎"倍"字燃起了日本民众的亢奋与期待。"倍返"（加倍偿还）的痛快，让人吐出郁积胸中的块垒，能像电视剧的主人公半泽一样，以"十倍""百倍""五百倍"的倍率，预支向仇敌索报的快意与酣畅；"倍涨""倍升"的景气恢复，也让日本民众满怀期待，希冀由安倍政府引领着走向再度繁荣。

12月初出笼的年度"新语·流行语大赏"之中，"倍返"与"安倍经济学"双双进入前五名。"新语·流行语大赏"获奖语，尤其是其中的汉字，往往对其后发表的年度汉字有提名的效果。与其余三款获奖流行语"今でしょ"（只争朝夕）、"お·も·て·な·し"（款待）和"じぇじぇじぇ"（诧异困惑）相比，"倍"字作为单独汉字，言简意明，朗朗上口，一时运势看好，在诸多预测汉字中领袖群字，大有成为年度汉字的气势。

不过"倍"字也引发了不少隐忧。作为政治家的安倍，贵胄出身，却非纨绔子弟，深谙民意舆情。加上安倍思路清晰，能以柔和的口吻、谨严的逻辑议论叙事，在"大嘴"失言政客扎堆的国会里，算是鹤立鸡群。难能可贵的是，安倍能在任中以健康理由引退之后，卷土重来，并且带领"百年老铺"自民党重夺政权。但是安倍生性守旧，代表着日本国民性的保守基盘，更挟其经济政策的初步奏效之势，对内使出增加"消费税"与通过"特定秘密保护法"双柄撒手锏，强化中央政府的职能；对外则进一步依靠日美同盟对抗中国的崛起，锐意成为世界"政治大国"。更为可忧的是，安倍的执政基础稳固，即便通过了让无数民众在经济上、政治上不安的增税法与监视法，其民意支持依然过半，此后进一步修改宪法、剔除束缚手足的"第九条"非战条款，虽非囊中探物之易，但也是志在必得。在安倍舰长的掌舵下，"日之丸"号航舟蜕变为驶向"敌阵"的战舰，越来越成为可能的"选项"。

"倍返"一词，原意本指"滴水之恩，涌泉相报"。这在重视义理人情的日本社会，一直受到嘉奖与鼓励，是一种所谓的社会正能量。"倍返"衍为"加倍报仇"，当然也有渊源，但作为一种"负能量"，并不在日本社会肆行。报恩可以加倍，报仇却必须成比率，"以眼还眼""以牙还牙"，以"一眼"还"两眼"甚至"多眼"，以"一牙"还"两牙"甚至"数牙"，这种"倍返"式的报仇形式，甚至在日本腥风血雨的战国丛林时代，也鲜少听闻，大概不属于日本社会的传统守则吧。

大概现今的日本，在 20 世纪 80 年代末从世界经济的塔顶坠落以来，一直忧愁风雨，眼睁睁看着近邻韩国尤其是中国崛起，一股"郁闷"之气梗在胸臆，长久不得发舒。好不容易等了 20 年，似乎又沐浴到了经济"返照"，可以长舒一口郁积已久的"恶气"了。电视剧《半泽直树》的本意是鞭笞上司透过部下的恶质企业现象，而以半泽的"豪放"挑战，针砭弊端。日本民众却于其间找到了"解气"的穴口，"倍返"报仇于是成为一种"渲泄"心理，在日本社会蔓延。

"报仇雪恨"应该不是一个民族"立足"的基点。中国老辈政治家在战后不对日本"索赔"，让战后日本得以轻车从简，重建崩塌的社会。而此一"仇以恩报"的举措，也换来日后日本对中国改革开放后的无息、无偿贷款的还报。希特勒的"第三帝国"为了给第一次世界大战战败"倍返"，发动了第二次世界大战，让人类差点走向毁灭。"冷战"的最终和解，则让地球走向繁荣。刚刚谢世的南非前总统曼德拉，长年身经种族歧视的迫害，出狱之后提倡种族和解、消泯恩仇，成为其最大的政治遗产，让当今世界受用不竭。"倍返"应该放弃，日文另有一词"恩返"倒是值得提倡。

　　还好，刚刚发表的年度汉字为"轮"，当然主要是托东京获得 2020 年"五轮大会"（奥运会）举办权之福。"轮"是水面的涟漪，一轮一轮，把水轮的轻曼柔和，把世界和平之"轮"，温和地推向世界，浸润全球。只见清水寺贯主森清范挥毫写下"轮"字，"倍"字终与我们"失之交臂"。日本社会的"良心"依然在泛着层层涟漪，但愿其一轮一轮，漫漫无际。

　　　　　　　　　　原载：2012 年 12 月 17 日 上海《东方早报》

7. 从年度汉字看日本人的忧虑

"日本汉字能力检定协会"每年从 11 月初开始，向全国各地征集最能代表一年"世相"的汉字，在 12 月中发表当选汉字，称为"年度汉字"。当选的汉字随后由京都名刹清水寺的当家高僧森清范贯主在媒体的见证下，挥毫书写。这一仪式抵 2015 年，已经举行了 21 回，以其准确度和公信力，成为一年引人注目的重大事件，经常可以让人从当选汉字中，看出这一年日本民众的忧戚悲喜。2015 年从征集到的近 13 万有效选票中，"安"字脱颖而出，成为年度当选汉字。森老和尚照例在挥毫之后，对媒体发表感想，发了这么一通议论：

> "安"字本指家中女性带来的宽松舒心，但是这次选择"安"字，我想应该是"不安"的意思吧。对安保法制是否妥善的不安，社会上还存在不安，自然灾害也让人不安，去国外旅行时，难民、战争和恐怖活动所引起的对生命的不安。选择"安"字的背景，我想是来自"一定要在明年

建设一个安心和安全社会”的愿望吧。我就是带着那种愿望书写了这个字的。

到底写了21年当选汉字，其对"安"字当选理由的解释，透出一代名僧的火眼金睛。何以见得？你看排名第二的"爆"字和第三的"战"字，都非"善"字，当然会马上明白老僧言之确凿，难以撼动。再看每年同月稍前发表、与"年度汉字"相映生辉的同年"新语流行语大赏"当选语："不许安倍政治！""SEALDs（反对《安保法案》的学生组织缩写语）"等，你就会对他所言深信不疑了。

"安"字首先是日本国民对"安保法制"（即《安全保障关联法案》，简称《安保法案》）的忧虑。日本国会在执政党和政府尚未充分向国民解释清楚之前，就在9月中强行通过新的《安保法案》，引发了战后安保政策的重大转换。日本在第二次世界大战中战败后，在占领国美国的主持下，颁定和施行《和平宪法》，宪法"第九条"尤其规定了三大原则：放弃战争、不保持战力和否认交战权。日本在《和平宪法》的拘束和保护之下，甚至在美苏冷战时代，也得以从容发展经济，20年卧薪尝胆、休养生息，一跃而成为世界第二大经济实体。但是经济发展的结果，也让不少日本政治家生出突破《和平宪法》樊篱的念想，矢志要让日本成为"正常国家"，即拥有战力、以防卫名义持有战争决策权的国家。现首相安倍晋三就是其中最为出色的"勾践"型政治家，其一生最大的悲愿就是改订《和平宪法》，去除"非战"的第九条款项，使日本成为与其经济规模相应的"政治大国"。

"安"字其次反映的就是对首相安倍要摆脱"战后体制"（戦後レジームからの脱却）的忧虑。安倍在第二次重做阁揆执政以来，强化日美安保同盟，以"温水煮蛙"的策略，步步为营，从建立国家安全保障会议、重构《安保法案》基盘，到获取集体自卫权、纠正非核三原则和撤废武器输出三原则等紧箍咒，旨在最终撼动《和平宪法》的根基，实现"改宪"夙愿。美国奥巴马行政当局"重返亚洲"、遏制中国的外交政策转移，给安倍的宏愿带来了适宜的国际环境和决策动力。2015 年 9 月，安倍及其执政自民党通过一系列《安保法案》，让安倍登上了实现梦想的第一座大台，他当然踌躇满志、欣喜莫名。

随着新《安保法案》的通过，集体自卫权就呼之欲出了。此后日本自卫队不但可以行使得到宪法允许的自卫武装反击，还可以在盟国进入战争状态时主动配合出击，走出单纯防卫的传统国防格局，在世界其他地区合同盟国行使武力。新的《安保法案》之"安"，再加上其策动者"安倍首相"之"安"，年来让很多日本人对"安"字原本所代表的"安心""安全""安堵"做了重新诠索和思考。他们开始感觉"不安"了。"安"倍和《"安"保法案》，究竟要将他们带向"安全"还是"战争"？
日本的地缘环境，处于可能与其盟国美国发生冲突乃至战争的
俄国和中国之间，而上述这对"安"宝，很可能会导致日本因
为美国而卷入战争。再看安倍内阁，紧接着在 10 月份发动成立
"国防省防卫装备厅"，统一陆海空三军的指挥策定，并拟订全
土战事部署。年底通过的翌年 2016 年度防卫费预算，在连续四
年增长的基础上达到 5.911 兆日元（相当于 410 亿美元），也是
史上初次突破 5 兆日元的大关，比上年增长 2.2%，而同年的
重点预算"公共事业费"才 5.973 7 兆日元。

这些行政举措，让很多日本人陷入深深的不安。2015 年是
日本近年来反战情绪空前高涨、反战活动空前活跃的一年。日
本的知识分子和一般民众，相继成立各种反新《安保法案》和
反战、捍卫宪法"第九条"的社团组织。继承老牌和平主义者、
诺奖得主大江健三郎领衔的"九条之会"的卫宪反战精神，日
本很多大学都成立相应社团，参与反对新《安保法案》运动。
很多日本的劳工组织和家庭主妇，也都积极组织或者自发参加
这些反对双"安"的抗议活动。上文提到的全国学生组织
"SEALDs"，就是在这一年大波巨澜中涌现的佼佼者，一时名闻
遐迩。其名称"SEALDs"（全称"Student Emergency Action for
Liberal Democracy"，即"自由民主主义学生紧急行动"的缩
语）还成为本年度的流行语。该组织从年中开始壮大，遍及全

国各地，学生们举办青年学习会，举行街头示威，参与各种反战、反《安保法案》活动，其领袖奥田爱基还一度被邀入国会宣讲其问政要旨。当前"SEALDs"在全国活动的具体目标，就是让投票赞成新《安保法案》的国会议员在下次选举中落选。根据该组织通过各类媒体的调查，2015 年至少在日本全国 2 000 多个地方发生过大小规模的反新《安保法案》示威活动，估计有 130 余万民众参与了街头示威。7 月份，为了阻止新《安保法案》的通过，国会前曾经发生了 12 万人以上的示威包围抗议游行，其壮观被世界各大媒体如 BBC 和 CNN 播向世界，起到轰动效应，一定程度上让安倍内阁和执政的自民党鹰派有所收敛。

但是，保守的日本社会似乎仍在继续鼓励安倍和新通过的《安保法案》挑战《和平宪法》的底线。2016 年参议院选举很可能是两种势力的摊牌时机。普通的日本民众面对着战争与和平的较量，又纠缠于经济衰退与恢复的拉锯局面，日本人世事无常的思维定式，把他们卷入惴惴"不安"之中。年度汉字的甄选，再次透露出日本人所谓的"不气味"（令人不寒而栗的）消息，以及他们对"安全"与"安心"的焦虑等待。

原载：2016 年 1 月 5 日 上海　澎湃新闻"外交学人"

8. 中文和日语里的骂詈语

　　人类社会在其发展过程中，一直伴随着纷争。纷争分成"文斗"和"武斗"，前者用言辞打嘴仗，而后者就是械斗了。"武斗"是用武力争夺自己主张的利益，常常酿出人命，而且规模愈演愈大，尤其是种族和国家之间的纷争，经常以战争的武斗方式，动员成千上万的人马直接参与，死者也经常成千上万。种族和国家之间也有"文斗"，但"文斗"主要发生在同族、同邦的纷争之中，使用同一语言往返交锋，形成一套一套的骂詈宝典。世界各大语言里都有骂詈语，但由于历史、宗教和文化背景的差异，在量质上有多寡强弱显晦雅俗的区别，其语既有相同相近者，也有非常独特者。欧美诸语，尤其是英语骂詈语，很多与性相关联。

　　中国古代典籍里不乏骂詈之语，春秋诸子相互辩诘或者立论时常常诉诸骂詈，孔子就经常开骂，如骂樊须"小人"，抱怨"唯女子与小人为难养也"，骂宰予"朽木不可雕也，粪土之墙不可圬也"，骂原壤"老而不死是为贼"，还骂"始作俑者，其无后乎"。他的传人孟子青出于蓝，骂人更是"煞根"，如他骂张仪"妾妇""下作"（张仪回骂他如"娼妇处子"），骂杨墨"禽兽"，骂许行"南蛮鴃舌之人"。其他如墨子骂"言称汤文"的儒者为"行则譬于狗豨"，庄子骂出使秦国、归而炫耀的宋人曹商为"舐痔者"等等，都非常刻薄。孔孟诸子的重口骂人，开创了骂女人小人、骂禽兽畜生、骂"老不死"和"绝子绝孙"系列詈词的先河。后世骂人，追求痛快酣畅，可以说孔孟和诸子都是这方面的"始作俑者"。先秦以来的宗法制社会，最强最痛快的骂詈就是前刨祖坟、后绝子嗣，或充人长辈（自称"老子""大爷"，骂人"孙子"以及骂娘系列等），而且中国传统文化对性持严厉的压抑闭锁态度，所以汉语骂詈语多与祖宗戚属子孙长幼和男女有关。

汉语骂詈语之丰富，大概在世界主要语言中首屈一指，无论标准语还是各地方言中，骂詈语资源充沛，骂娘成为"国骂"，有些人几乎到了不飙"国骂"就不成话语的境地。除了上述诸子之外，从古代的齐威王骂周使节、刘邦骂诸儒、陈琳骂曹操、诸葛亮骂王朗、骆宾王骂武则天、古代白话小说名著中的詈词，到晚近吴稚晖、鲁迅文章的嬉笑怒骂，老舍、金庸小说中罗列的民间詈语，柏杨和李敖等"语不惊人死不休"式的谩骂，都被广为转载传颂。再看当今的网络，千万网军，不乏骂詈的佼佼者，骂战此起彼伏，蔚为大观。只要辩论一起，就蹿以骂战，飙骂者多求宣泄爽快，不顾辩论的逻辑与理路，似乎只要开骂，就能吸引眼球，招来看客；似乎骂得越爽，越能显示自己的骁勇，而一刀毙命、置对方于死地，才能尽显骂詈的能事，让看客刮目相待甚至膜拜。汉语中骂詈语在网络的大肆流行，端赖骂詈常得轰动效应，吸引无数看客参与群骂，飙升点击率，骂詈成了动员参与的终南捷径。

日语中当然也有骂詈语，被称为"骂倒语"或者"恶口"，但似乎并不常用，在日常用语中出现的够格詈词，大概只有"馬鹿"（笨蛋）、"野郎"（混蛋）、"奴"（家伙）、"くそ"（秽物）和"変態"（不正常）五语。"馬鹿"据说来自《史记》记载赵高忽悠秦二世的"指鹿为马"，骂人蠢笨，不辨好坏。这一系列的詈词有"阿呆"（傻子）、"間抜け"（蠢货）、"愚か者"（愚蠢的人）、"頓馬"（迟钝的人）、"惚け"（木瓜）、"白痴"和"痴呆"等。"野郎"原指行为放浪、不守规矩的男人，一般用于蔑称对方。这一系列的称呼还有"きさま"（狗崽子）、"てめえ"（你小子）、"田舍者"（乡巴佬）、"ちくしょう"（畜生）、"じじい"（老头子）和"ばばあ"（老太婆）等。其后的"奴"也是属于这一类的蔑称，与其词源的"奴隶"之意脱钩，像其余蔑称一样，有时还用作昵称。"くそ"是汉字"粪"的训读，原指不洁和污秽之物，一般和其他词汇连用，如"へたくそ"（笨拙）、"ええくそ"（该死）、"むなくそ"（令人作呕）、"くそ

ばばあ"（臭婆娘）等，表示轻蔑嫌弃。最后一个"変態"，指形态、外观和行为稀奇古怪，有异于常人常规者，尤其是性变态者，通指对女性有超乎寻常欲望的男性，常常又被称为"すけべ"，专指类似登徒子的好色之徒。

从这些日语詈词里，可以概括出日本社会有三类人最易沦为诟病和责骂的对象。第一类为低能者：日本社会崇尚强势和能力，对无能和低能者经常嗤之以鼻。第二类为不洁者，包括外观、言辞和行为粗鄙卑劣者。第三类为脱逸社会规范者：日本是一个由"世间"（人际小社会）组成的社会，即日本人生活在各自所属的"世间"里，每一个"世间"都有特殊的规则和潜规则，逸出这些规则的人，常常被"世间"内同伴所不齿，被目为"变态者"。日本还是一个性开放和容忍度很高的社会，红灯区和"水商売"（夜间娱乐业）非常发达，色情出版物充斥坊间，但对过度和非分的性倾向者十分排斥。这一类诉诸行为的"变态者"，如贪女性便宜的"吃豆腐"者，也被称为"痴汉"，与第一类的智力型低能者的区别，在于他们是精神上的变态弱智者，成为过街之鼠，人人可骂。

笔者曾经努力搜寻日语中的"骂娘"语，找来找去只找到一句："お前の母ちゃんでべそ"，"でべそ"的汉字为"出臍"，"出（で）"有"露出"之意，"臍（へそ，变音"べそ"）"即"肚脐眼"，这句话译成中文就是"露你娘的肚脐

眼"。露出肚脐眼在传统日本人的眼里，是很不体面的事情，被认为是"齷齪"和"下品"之举。但是这句唯一的骂娘话也仅仅流行于学前儿童之口，似乎与性并不沾边，亦无中国式骂娘硬充人之父祖的意味，而且这句骂娘话的稚态可掬，一旦稍识事体，就很少有人再用此语骂人了。"くそばばあ"（臭婆娘）大概是骂女性最为重口的詈语，但其骂詈的对象限于被目为不顾脸面和体面的中年女性（国人称"大妈"），也与性没有直接的关系。除此以外，就很少听到日本人使用别的骂娘语了。

日语中缺乏骂詈语资源，最为此困惑的是外语书籍的译者。外交评论者加濑英明曾经翻译威廉·曼彻斯特（《光荣与梦想》作者）的肯尼迪传记，总统夫妇对话时，杰奎琳夫人不时会冒出"shit""bitch"之类的骂詈语，译者用"粪"和"雌犬"对译，在日语里根本传递不出原话的情绪。而在中文里，用"狗屁"和"母狗"，就非常传神了。两种语言在骂詈语的对应上，完全不在一个等级。由于缺乏骂詈语，日语在吵架时就会感到非常不给力。在日本居住着很多"在日"韩国人，他们一般都操流利的双语，有一次在电视上就听到一位在日本出生的韩裔艺人抱怨日语骂詈语的贫乏，说吵架时他们常常会改用韩语，因其出语痛快恶毒，不会有憋屈的感觉。

日语较少骂詈语，首先有宗教原因：日本的国教神道教为多神教，相信神祇无处不在，骂詈对方说不定会得罪哪方神明，作起祟来，无所逃遁。而且神道教崇尚清洁，污言秽语，易为神所不佑。其次有文化原因：日本人较少注重内心的自省，而在乎周围的观感和反应，一旦遭遇消极或者否定的反应，容易燃起羞耻心而无地自容。美国人类学者本尼迪克特将其概括为"耻感文化"，以别于基督教系的"罪感文化"。出言不逊，更不要说骂言詈语，肯定会引起生活在同一"世间"伙伴的不齿，非但达不到骂詈常有的宣泄效果，还让由不齿引起的羞耻之心达到爆棚程度，所以骂詈语在日语中一直得不到合适的发育土壤。再次有社会原因：日本从古以来，上下等级分明，而且不易撼动，等级之间各有礼数，以此相安无事。日本人较为注重各等级和集团的礼仪，不敢僭越，因此较少纷争，更少围观，因而随纷争而来的骂詈及其围观缺乏效应。最后还有语言原因：原日语借用汉字作为载体后，中世日语受到汉唐雅语的影响较大，先秦诸子的骂詈语似乎并未入流，后来"国风"兴起，形成日语特有的敬语体系，此后传入的宋明白话体中骂詈语也几乎对牛弹琴，无法融入日语。最滑稽的是日语少有的骂詈语也经常冠带敬语助词如"お""ちゃん""さま"，听起来文绉绉的，完全达不到宣泄解气的目的。

如果中文和日语对骂的话，日本人肯定不堪一击，无语以对，因为日语的骂詈语武库里，除了一些软绵绵的既不中听、又不中用的呢喃之语外，根本缺乏利器，哪像中文一套一套的，让你应接不暇，无法招架。

原载：2016 年 2 月 20 日 上海　澎湃新闻"外交学人"

9.　日语中的"阴口"

上篇罗列了中文和日语中的骂詈语，读者诸君或许会对日语中缺乏骂詈语有所印象。其实甄别是否骂詈语，笔者使用了语义学的标准，即语义直接蕴含骂詈，如中文的骂娘语和所列日语的五种主要骂詈语。如果从语用学而论，文字表面虽然干净，却在特殊的语境中明显指涉骂詈的，如日语的"真不知你父母是怎样教育你的"一句，间接也是骂娘，完全可以列入骂詈语。骂詈是人类的特性，当然会积淀在人类的语言里，世上不存在没有骂詈语的语言，只有直接和间接、显豁和隐晦之分罢了。日语里缺乏语义学标准的骂詈语，却充斥着语用学标准的骂詈语，日本人自己把其称作"阴口"。"阴口"不是直接"骂娘"，但用意更为恶毒，迹近嘲讽甚至毁谤。日语中有两句谚语，一句为"ろくでなしが人の陰口"，是说自己不甚了了却喜诽谤别人；另一句为"誉め手千人悪口万人"，是说人间世说好话的人寡，说坏话的人众。于此看来，其实日本人中也不乏喜欢谤言诽语的。

　　国人喜欢直接骂詈，被骂的也毫不扭捏作态，以嘴还嘴，一定会骂回去，形成对骂，我们上海人叫作"吵相骂"（斗嘴），就是骂詈的交锋。你骂我詈，公平交口，争胜于嗓门，竞毒于用语，语不惊人死不休。语言交锋（文斗）进入炽烈阶段后，往往会继以拳脚相向（武斗），我们上海人称之为"打相打"（斗殴）。"相骂"和"相打"，关键就是个"相"字，你来我往，公平交嘴交手，最后声门和力气大者胜出。相骂相打的双方，不管胜者属谁，常常都很解气，吵完后大多不会拖泥带水，而经常是"相忘于江湖"，各自了结而去。

　　但日本人的"阴口"却不是这么简单了，关键就在这个"阴"字。第一是场合属"阴"，即在背后开骂，而且常常并不直接指名道姓，让被骂者无法"相骂"，因而一肚恶气，无以发泄。如有一件"名誉弃损"官司，牵涉几名社交网络"妈妈之友"的主妇，她们在群里不点名称另一名主妇"某某来我家后，家里发现短少了几件衣服，大概有'窃癖'吧？"。第二是内容属"阴"，即阴损毒辣，句句戳心，让被骂者憋屈连日，满腹冤情，只能吞忍。如一名做事认真的男人被骂"说你到死都是一个'新品君'（指'处男'）也不为过"。第三是风格属"阴"，即阴阳怪气、闲言碎语，东一榔头、西一锤子，让受损者无处道通。如"这个女人，从脸妆到发型，一看都是便宜货"，"大概什么都听她男人的，下命令喝尿她都肯"，"素材本来就是垃坂嘛"云云，够损吧？

　　尤其对于年幼的学童和脸薄的年轻主妇来说，这一类"阴口"式语言暴力，还经常是致命的。举个例子：新闻报道，今年（2016）4 月中一个星期之内，在日本栃木县佐野市的一间公立小学内，发生过两名学童母亲相继自杀的惨剧。市教委的死因调查报告称，因为学童受到欺负，两名母亲向校方提出质疑，因而受到施加欺凌的五名学童母亲在当地"妈妈之友"社交群里连番攻击，如"身为人母失格"等等，引起其余家长的围观，而无人出面主持正义。旷日持久的委屈，终于让两名心怀冤屈的母亲先后寻了短见。当笔者读到第二位死去母亲的女儿，拿着一张千元的纸币，哭着提交给火葬场的员工，恳求其不要焚烧母亲遗体一节，不禁潸然。你看，"阴口"杀人，如此惨烈。国人相骂相打一场，顶多最后让有司去处理一番，很少听说有出人命的。

　　日本社会明显的构造之一，就是大部分日本人都生活在一种物理疆域不太分明的"世间"（人际小社会）里，一个人可以同时从属于不同的"世间"，你的家庭、邻里、学校、职场、交友圈，大而至于乡镇、郡县、国家和国际区域等等。各个"世间"都有共同遵守和独自奉行的明规则与潜规则，逾越界线，违反规则，就会被所属"世间"的其他成员所不齿，因而遭到排斥，甚而被孤立起来或者驱逐出去。凝聚和维系这些"世间"

的最重要力量之一，就是共同的"群体意识"。在日本社会的各个"世间"里，这种"群体意识"，或者可以称作"世间意识"，远远凌驾和超越个人和家庭意识。作为个人的最大不幸之一，就是不为自己所属群体所认可和接纳。来自群体伙伴的横眉冷目，是日本人"耻感"和"失落感"发生的主要原因。所以大部分日本人都会竭其所能，与所属的"世间"保持一致，即既不出头，也不拉后。一个被目为"异类"的群体成员，经常会受到其余成员的欺凌和排斥，遭遇"无地自容"的群体压力，"自弃"往往是被排斥者的无奈选择。

另一方面，很多日本人在身处各自"世间"的环境里，会努力遵守其规则和礼仪，循规蹈矩，彬彬有礼，甚至跋前疐后，生怕被"世间"的同伴目为"出格"。日本人的礼仪特征，在很大程度上和生活在"世间"有关，说得直白一些，礼仪很大部分是做给其余"世间"成员看的，因为任何"失礼"的行为，都会给"世间"其他成员带来"迷惑"，而"迷惑"是在"世间"生存的日本人所极力规避的。但是一旦越出他们所属的"世间"，在没有其他"世间"成员的注视之下，不少日本人会松弛礼仪的束缚，甚至"放浪形骸"起来。近年来随着社交网络在日本的普及，"阴口"现象也愈演愈烈，看看最为出名的"揭示板"网络"二频道"（2ちゃんねる），鉴于上述的"阴口"举例都来自该网，读者就可以知其大概了吧？

　　"二频道"谈天论地，几乎及于日本社会和政治生活的任何一个方面，其最大的特征，就是谤言四起、骂詈横行，各种粗话、恶口、毒舌，充斥其间，可谓是一个"阴口"的超级集散地。为什么"阴口"现象会在类似"二频道"的网络泛滥成灾呢？其中一个主要原因就是大部分的使用者都是匿名，在真面目不出现的情况下，在离脱各自所属的"世间"时，很多人都会无所顾忌，畅所欲言。这就印证了日语的另一句谚语："旅の恥は搔き捨て"，是说"一旦走出自己的村落，原先对行为的限制和紧箍咒就都可以丢弃了"。以"阴口"骂詈，在"走出村落"的日本人中成为时尚，使得很多日本的"揭示板"网站，成为"阴口"的粪缸，臭不可向，而且还在逐渐侵蚀和浸入整个日本社会，把"阴口"推为一种时髦的话语形式。

原载：2016 年 3 月 1 日 上海　澎湃新闻"外交学人"

10. 从"肉食禁断"看日本古代文化流变

日本人的自然观，与同属东亚的中国和朝鲜半岛各民族都有所不同，尤其是其动物观，相对于对人类和动物施行"差别主义"的西洋文化，日本人多持"平等主义"态度。日本在历史上实施过近 1200 年国家层面的"肉食禁断"政策，更有别于世界上大部分民族。探讨日本人的动物观，对于了解日本文化、宗教与历史，细至日本人的饮食结构、卫生习惯和体格身材等，都会有所助益。

不少学者指出，实施千余年的"肉食禁断"政策，对日本人的身材体格发生过消极影响。考古发现，禁断之前的古坟时代（250—592），成年男性的平均身高为 1.63 米，而废止禁断之前的江户时代（1603—1868），下降为 1.55 米。恢复肉食后一个世纪，这一纪录被提高到 1.70 米，增幅达 10 余厘米，处世界前列。当然，坐姿、饮食结构的改变和运动等，都是身高增长的重要因素，但肉食可以视作最重要的因素之一。

而今为保护生态环境而节制肉食，提倡素食又成为时髦，一些日本人开始缅怀历史上的"肉食禁断",提出日本人应该恢复其以"米"(素食)为主的文化性格,以与"肉食"对抗,因为有"米"才能有"氣",哀叹战后"氣"中的"米"部消失,而简化成"気"字,打叉否定了"米"的中心构成。华夏古语有云:"肉食者鄙",想不到 2 000 年后又有可能成为时髦话语了。

神道教对肉食持非议

考古发现,绳文时代(约公元前 1.2 万年—约公元前 300 年)的日本人,其肉食主要来自狩猎所获的麋鹿和野猪,此外还有少量熊猴狐貉等 60 余种哺乳动物。动物脂肪和内脏是当时绳文人摄取钙、有机盐等元素的主要来源。

进入弥生时代(约公元前 3 世纪中—公元 3 世纪中)后,主要来自朝鲜半岛的移民带来了大陆的农耕畜牧文明。但是,日本古代的畜牧业终于没能达到东亚其他国家的规模,除了其包括渔业的丰穰自然资源能基本满足居民食物需求外,本土的神道教信仰可能是拒斥畜牧业的主要文化原因。战后刊行的神道教扶乩书《日月神示》有这样一条规定:"神国日本之神民为非肉食者",显然出于后世增饰,但神道教从一开始就对肉食持非议,却是确定无疑的。用于神社祭祀的内容虽然包括野兽之肉,但不及家畜。神道教崇尚洁净和"禊祓"(洗涤污垢),忌讳见血,作为肉食的家畜需要屠宰,随解体而来的血污就是一大不洁。

此外，神道教的"泛灵论"主张万物有灵，因此认为神祇有"八百万"之众。与其他具有偶像的宗教神灵不同，日本的神祇大抵没有形迹，而寄宿在包括岩石草木、飞禽走兽在内的万物之中，既没有高低等级之分，也没有"轮回"的痛苦。人死了，就可以成灵（佛教传来后叫"成佛"），而且成什么灵都行，未必要是天上人间的神仙（"天津、国津系神祇"）才算成灵。人类可以转灵动物，而动物亦可转灵人类，人兽之际，没有不可逾越的界限，所以必须虔敬。日本文化的"主敬"，应该来源于这种自然观和动物观。关于为肉食虐杀动物是残酷行为的意识，大概与神道教的人类生命与动物生命同质的思路有关。

佛教促成了"杀生禁断令"

飞鸟时代（592—710）灾疫频仍，从中国传来的佛教成了困境中精神解脱的"镇护之法"，开始在朝野流行。675年天武天皇颁布《杀生禁断令》，禁止食用牛马狗猴鸡五畜（狩猎的鹿和野猪等除外），还禁止在狩猎时使用陷阱和飞镖。猪不在五畜之列，大概当时还很少有饲养家猪（即豚）的农户。不杀五畜的理由为：牛耕田，马载物，狗看门，鸡报时，猿似人。除了"猿似人"一条有"物伤其类"的恻隐之心外，其余全为经济实用理由，说明初行"禁止肉食"令时，天皇本人估计多受佛教"不杀生"戒律的驱使，但说服官民接受，却需经济理由。

　　官府这一类禁令，此后还多次重复发布，如德川五代将军纲吉就颁布过《生类怜悯令》，重申政府的"杀生禁断"行政命令。直到德川幕末的《牛马屠杀禁止令》，估计虽有禁令，但民间仍有违禁饲养宰杀。如 10 世纪初有位叫三善清行的学者，对和尚肉食看不过去，曾经写文章讽刺说："状如沙门，心如屠儿"，"屠儿"是对屠宰户的蔑称。"屠儿"有一个别称叫"秽多"，就是指其因屠宰而满身污秽之意。杀生业被归于"非人"的贱民，从业者被隔离开来，很难与社会其他居民交往。可是很奇怪，屠宰大型鲸类的渔民却不在"秽多"之列。奈良时期就有了捕鲸的记录，到江户时期捕鲸业达到全盛，日本人似乎将鲸与其他四足陆生动物区别对待。

　　《杀生禁断令》发布之后，与本地神道教"习合"（融合）的佛教逐渐浸淫日本社会，肉食虽然从未绝迹，但"禁忌肉食"成为社会的"建前"标志（行为准则）。尤其是进入室町时代后，佛教深入人心，小规模的家畜饲养业，甚至连一直未曾停止过的狩猎渔捞业，一并衰落，对肉食的禁忌意识渗透了日本社会。

　　直到明治时期西洋文化流入、天皇发布《肉食奖励令》（1872）为止，"肉食禁断"的实施历时近 1 200 年。这种风习至今犹存，譬如出名的四国遍路巡礼时，信者持杖，在杖端系一铃，一路铃声，让道上爬行的昆虫闻声回避，以免不小心踩踏。古代日本人的动物观融入了长久的国策。若论肉食禁断最大的功绩，应该是制止了畜牧业带来的大规模森林草原化，让日本良好的生态环境维持至今。

日本为何没有"骑马民族"

古代日本人的动物观不但阻止了畜牧成为产业，还对日本社会的其他方面发生重大影响。就马而论，日本本土马大概来自华南矮种马，以后与来自华北的中型马杂交，身高 1 米至 1.3 米左右，战国和江户时代虽然通过南蛮贸易引进大型洋马，但对品种改良影响有限，直至明治时代，本土马的外形改观甚微。黑泽明等导演的日本时代剧（历史剧）以及"大河"剧（长篇历史剧），经常会出现驾驭高头大马的骑兵军团，其实都是编导的虚构，因为日本历史上不曾有过可以凑成"兵团"的大型战马，影视道具的马匹多是西洋种骏马，要比日本的本土马高出近半米。

日本人很早就从中国携回《元亨疗马集》和《马经大法》等饲马专业书籍，在 18 世纪中期以后还出版过《西说伯乐必携》《扇马译说》和《解马新书》等，专门介绍西洋的去势技术。可惜这些典籍并没有发挥多大的效用，终于没能在明治时代之前大规模改良日本的本土马种。对于其宗教信仰所形成的自然观，尤其是动物观而言，对家畜和动物去势，从观念上是不可接受的，当然就很难付诸实践了。

　　日本历史上的武士，大多跨骑有点像现在称为"pony"（小马）的矮种马。战国时在日本待过多年的葡人传教士弗洛伊斯（Luis Frois，1532—1597）在回忆录中记录道：不像西洋骑兵在马上挥戈击剑对阵，日本武士驰骋到战场后，是下马扛着兵器去和敌方厮杀对打。当时的马匹主要是驮运武士沉重的盔甲和其他武器装备用的。未曾去势的日本本土马，矮小精悍，耐于爬坡登坂，但野性未泯，经常蹶踢伤人，难以驾驭，而且牝牡同列的话，嘶鸣躁动，狂野不安，根本不能控制，所以基本上不能用于集队与敌对阵。到了明治年间，日军参与八国联军镇压义和团时，其军马"素质猛狞，而一见母马，即乱队列，伤及运送兵士，需苦心制御，为列国兵士所轻蔑嘲笑"（小佐佐学《日本的本地马和西洋马》所引日本陆军报告）。

　　著名学者江上波夫提出"骑马民族说"，宣称日本历史上有过来自东北亚"骑马民族"的征服王朝，很多学者加以反驳，笔者认为反方最重要的论据就是日本本土马没有去势的历史记录。看看历史上，匈奴和蒙古的战马都做过"去势"手术，如若有征服日本的骑马民族，何以其"牧民"性格几乎未在日本其后的饮食习惯、家畜管理和供牲礼仪中留下任何痕迹呢？

11. 菊花和日本人

"菊""刀"意象

美国人类学家鲁思·本尼迪克特在二战期间，受军方委托，研究日本的国情和文化性格，以供美军战后处理日本事务参考，因而写出了迄今仍为畅销经典的《菊与刀》。她在书中提出"耻感文化"为日本文化性格的特征，以和西方的"罪感文化"相对应。60多年过去了，其论断始终未被颠覆，依然受到研究界和读书界的高度认同。

本氏拈出"菊"与"刀"（剑），原意在凸显日本民族和文化的矛盾性格。根据商务印书馆的中文版，她在全书中八次提到"菊"，分别为"菊花栽培""刀与菊""赏菊""菊花盆栽""菊展"（金属线圈衬托）、"菊花上的细线圈""盆栽的菊花"以及"菊花可以摘除线圈"。本氏未有一言提及许多书评作者所津津乐道之事：菊为日本皇族家纹，而是主要着眼于日本人精心栽培"盆菊"一事，认为体现出日本民族纤细的"美意识"。"刀"则在全书中至少出现过47次，似乎和"菊"不成比例。

本氏把"刀和菊"并列，作为书的主题意象，得出如下结论：

> 刀与菊，两者都是一幅绘画的组成部分。日本人生性极其好斗而又非常温和，黩武而又爱美，倨傲自尊而又彬彬有礼，顽梗不化而又柔弱善变，驯服而又不愿受人摆布，忠贞而又易于叛变，勇敢而又懦怯，保守而又十分欢迎新的生活方式。他们十分介意别人对自己的行为的观感，但当别人对其劣迹毫无所知时，又会被罪恶所征服。（商务版译文）

一个从未涉足日本的异邦人类学者，能对日本民族悖论式的（paradoxical）矛盾文化性格，做出如此淋漓尽致甚至入木三分的刻绘，其眼光之敏锐透彻，让人叹服。本来樱花更能代表日本民族的"美意识"和集团"文化性格"，本氏当然不会不知道。她略过樱花而径取菊花，大概是想强调日本民族"美意识"的"文化"（人为）倾向，即非自然的"盆栽"性质。"倏忽陨落"的樱花，几乎不能盆栽，似乎也只能在野外成林时，才能被人欣赏，而不像菊花可以栽培出成百上千的各类品种，既可以成片远观，也可以单株欣赏。

菊之"前生今世"

不像土生的樱花，菊的原产地在吾中土。《礼记·月令》言，"季秋之月，鞠（菊）有黄华"，我国至少在周时就开始了

菊花的栽培，而且周人似乎对金色的菊花情有独钟。屈原在
《离骚》中吟咏"春兰兮秋菊，长无绝兮终古"，"朝饮木兰之坠
露兮，夕餐秋菊之落英"，将菊和他最为心仪的兰花并提，而且
提及上古食用菊英的习俗。《本草》介绍"菊花久服利血气，轻
身耐老延年"的神奇功能，反映出古人对菊花具有"延年益寿"
药性的认识。到了魏晋时代，文人为了躲避险恶血腥的政治生
死场，洁身独善，纷纷遁入自然，把"雄心"消耗在阡陌林野
之间。寒风料峭中"一花独放"的秋菊，于是有了"隐逸"的
新形象，最为脍炙人口的便是陶渊明的"采菊东篱下，悠然见
南山"了。采下的菊花是用来"服食"的，而在其上寄予的期
待便是"南山之寿，不骞不崩"（《诗经·天保》）了。

　　菊花是什么时候传入日本的呢？成书于 8 世纪中叶的《万
叶集》收录 4516 首和歌，所歌咏的植物多达 157 种，就是未提
菊花，也许可以说明此前菊花尚未传入日本，或者传入而并未
受到注意。成书稍前的汉诗集《怀风藻》（751）却收录六首咏
及菊花的汉诗，天武天皇的皇孙长屋王（684—729），神龟三年
（726）在送别新罗国使的宴席上赋诗："桂山下余景，菊浦鲜落
霞"，同席的公卿安倍广庭和以"斯倾浮菊酒，愿慰转蓬忧"，
其时似乎菊花已经传入。但汉诗在当时是贵族修养的标志，吟
咏典故，未必是眼前实有之景物。

　　估计是在 8 世纪末桓武天皇迁都平安之后，菊花作为药草

和观赏植物被携来日本，开始在华族圈内栽培。《类聚国史》卷75"岁时部"记载延历十六年（797）十月，朝廷仿效大唐风习，在宫中举行"曲水宴"，桓武天皇曾经赋诗咏菊。"岁时部"还记载从大同二年（807）开始，每年重阳日，宫中都举行"菊花宴"。其后嵯峨天皇（809—823年在位）更对"唐风"亦步亦趋，在宫中大量栽培菊花，还仿效钟会，专门写过一篇《菊花赋》。其栽培之菊被称为"嵯峨菊"，是日本古典菊的代表品种，其茎高挺，花蕊细长，几十花瓣拥成一簇，上耸不下垂，白色为上品。

大唐菊花平安绽

日本的古典菊文化，发轫时是大唐菊文化的延伸。当时遣唐使携带回国的大唐类书《艺文类聚》被奉为百科全书，成为引据的宝典。其81卷中，"菊"条引述《风俗通》："南阳郦县，有甘谷，谷水甘美。云其山上大有菊，水从山上流下，得其滋液，谷中有三十余家，不复穿井，悉饮此水，上寿百二三十，中百余，下七八十者，名之大夭，菊华轻身益气故也。司空王畅、太尉刘宽、太尉袁隗为南阳太守，闻有此事，令郦县月送水二十斛，用之饮食，诸公多患风眩，皆得瘳。"这一则故事被日人称为"菊水传说"，据说最让平安以来的贵族和文士憧憬，成为诗歌和绘画的重要主题，有日版"桃花源"之称。今天还有成百上千的商品、商店和地方以"菊水"命名，可以从中窥见日本古典菊文化的核心内容。

平安时代流行"菊着绵"的风习，即在重阳节前夜，将棉布覆盖于菊花之上，翌日以浸透菊露的棉布拭身，据信有长寿之效，这是日本人的发明。生活于平安中期的贵族女流作家紫式部（约973—约1014），曾经受到一位贵族友人馈赠"菊着绵"。她写了一首和歌答谢："长袖浸淫菊朝露，永寿献赠花主人"，相当有名。她在《源氏物语》"乙女"卷中，提出所谓"大和魂"，大概就是指这一类赋予外来文化以本地内容的创新吧。

平安末期的后鸟羽天皇（1180—1239），特别钟爱刀和菊，据说曾经亲自锻打刀剑，把十六花瓣的菊花镌刻为剑身铭纹，亲自烧冶，后世称其为"菊一文字"，其作品被尊为"御所烧"和"菊御作"。他还将菊花图案制成皇家服饰和车舆的纹样，穿着行旅，不离须臾，以呈吉祥。以后这一传统在皇室和贵族间流传，菊花纹饰为天皇家历代所爱用。笔者原先以为，本氏的《菊与刀》中，既然刀菊并列，一定会把后鸟羽天皇将刀菊"融会一体"的轶事写入作为题解，可有"点睛"之效，结果查遍中日英各文本，惜乎皆所未及，是本氏未知其事？抑或知其事而未予采录？不得知之。

东瀛菊文化

日本古时流传一句成语叫"借厢取屋"，意思是借用一侧"厢房"后，发现"全屋"更好，爽性一并取来，发展为自己的东西。"菊文化"传入日本后，在很短的时间内便完成了"本地化"。菊花纹章是一例，日本中世以后逐渐发展并成为和式园艺核心的菊花盆栽便是另一例。江户时代兴起"菊人形"，即以竹篾等编成人形框架，插上菊花，扎成各类历史人物和故事场景，争奇斗艳，成为江户园艺文化的"亮点"。至今每年金秋季节，武生、二本松和南阳三地的"菊人形"展祭活动，吸引了成千上万人前去观览。江户时代还盛行"竞菊"，即由两队人马持盆菊亮相，逐一配上应题和歌，最后竞出优劣胜负，是当今每年除夕夜"红白对歌"的先河。菊文化在江户的"市井化"，产生了一大批所谓的"菊细工"，即菊花园艺"职人"，他们世代相传，形成各自的"菊艺"绝活。

江户人留下了多种菊花园艺书，如《菊谱》（1691）、《当世后之花》（1713）、《花坛养菊集》（1715）、《扶桑百菊谱》（1736）、《菊经》（1755）、《菊花坛养种》（1846）等，其中肥后武士秀岛七右卫门的《养菊指南车》（1819），被称为"秀岛流"的"手本"，成为古典菊谱的最高经典。江户武士无仗可打，便寄情于养花弄草，磨炼武士精神，其中最出名的便是"肥后菊"。肥后藩主细川重贤（1720—1785）借"园艺"推行其修养文化政策，在藩府制作菊花坛，指挥手下武士一年四季栽培菊花，这一做法一直维持了 240 余年，使"肥后菊"成为日本古典菊文化的最高典范，堪称"菊道"。肥后菊坛列菊为后、中、前三排，花朵分大、中、小三轮，三位一体，体现"藩主""武士"和"庶民"三等系列，井然有序。花色分红、白、黄三彩，象征天、地、人的宇宙秩序。花蕊分平瓣、管瓣，一阴一阳，再配以左右高低，显示儒学"仁义礼智信"的"五常"精神。

"人力""天工"臻于菊

李渔（1611—1680）在《闲情偶寄》卷七里提到"艺菊"："菊花之美则全仗人力，微假天工。艺菊之家，当其未入土也，则有治地酿土之劳；既入土也，则有插标记种之事；是萌芽未发之先，已费人力几许矣。迨分秧植定之后，劳瘁万端，复从此始。防燥也，虑湿也，摘头也，掐叶也，芟蕊也，接枝也，捕虫掘蚓，以防害也。此皆花事未成之日，竭尽人力以候天工者也。即花之既开，亦有防雨避霜之患，缚枝系蕊之勤，置盏引水之烦，染色变容之苦，又皆以人力之有余补天工之不足者也。为此一花，自春徂秋，自朝迄暮，总无一刻之暇。必如是，其为花也，始能丰丽而美观。"可据以窥见从事其事之辛劳。不过，肥后武士以"艺菊"为修心养性之道，就不能辞其劳了。此外，菊花之美是"人力"和"天工"的融汇，这是中日菊文化的共通点。

在江户时代，菊纹成为时髦饰物，开始流传民间，广为商家使用。到了明治初年，"十六花瓣八重表菊"（正面）和"十四花瓣一重里菊"（反面）被正式定为皇家御用纹章，作为"权威"和"高贵"的象征，禁止民间僭用。明治天皇的生辰是当今的"文化日"（11 月 3 日），正是菊花盛开时节，当时民众祝寿歌咏有"秋空清澄菊高香，佳日众祝寿无疆"之句，见证着菊花与皇族的因缘。

明治政府将"十六花瓣表菊"纹样规定为皇家专用，作为"天皇"的政府，国家的徽章和印章也是菊纹，一直沿用到二战结束。盟军占领日本后，菊花纹章作为旧"军国"的象征，一度从官方的饰物中消形匿迹，直到 1951 年占领结束后，菊花纹章才恢复成官方和民间的"显眼"饰物。日本在明治时代开始发行护照，其封面居中的图案既不是国旗的"日之丸"，也不是国花樱花，而是十六花瓣的菊花。今天日本人海外旅行时所持的护照上，依然印着菊花纹章。因此，可以说菊花也是日本的国花。本尼迪克特用"菊"来表征日本文化的一个侧面，是再合适也不过的事了。

彼岸菊和现世菊

菊文化在日本，不仅有"世俗性"辉煌的一面，还有"宗教性"肃穆的一面。自佛教传来日本之后，其象征花卉莲花逐渐被菊花代替，除了密教秉承《妙法莲华经》，继续以八瓣莲花作为"寺纹"之外，以延历寺为总本山的天台宗系统，和以大觉寺为总本山的真言宗系统，均以十六花瓣菊花为"寺纹"。本土的神道教管生，也管死后魂灵的祭祀，就是不管"超度"死者的葬礼，于是葬仪由佛门专管，而作为佛花的菊花，逐渐成了葬礼法事的首要供花，佛坛、祭坛和坟前献花来源，主要也是菊花。日本的丧事有亲友以花纳棺的习俗，将花置于枕边，因此叫作"枕花"，而枕花只能是一支，因此也叫"一本花"，绝大多数为白色菊花。菊花因此蒙上了忧伤肃穆的色彩，这是中日菊文化的又一共通点。

菊花从中国传入日本，其栽培成了日本文化性格的一种写照，菊文化体现出日本民族纤细的审美意识。战后 60 余年以来的日本，"刀"被锁入库中，"菊"则依然年年璀璨。无"刀"可使的日本人，战后发扬光大其"细菊工"的"职人"精神，就像肥后武士一般，把满腔热情投入"日本制造"之中，将国家建成了巨大的经济实体。不过总是还有不少"武士"的后裔，缅怀旧日的刀光剑影，试图开"锁"取"刀"，重新武装。笔者呼唤日本的有识之士，继踵鲁思·本尼迪克特氏，多写出一些如何抑"刀"扬"菊"之作，将民族文化中的"刀"基因永锁库中，而让"菊水"长流，把日本建成真正的现代"桃花源"。

原载：2016 年 7 月 17 日 上海　澎湃新闻"翻书党"

社

会

1. 日本的便利商店

　　大概很少有人从来没去过便利商店吧？我们小的时候，街坊有"烟纸（胭脂）店"，起源古老，九江路、石潭弄口的那爿店，好像新中国成立前就开在那里了。"烟纸店"就是便利店的前身，不过它们之间的差别太大了。"烟纸店"往往很小，货品也少，属于"夫妻老婆店"，虽然比寻常的商店晚些打烊，不过很少有通宵达旦营业的。而且"烟纸店"都是单独小本经营，不像当今的"便利店"，多是连锁经营。

　　日本社会讲究生活便利，便利店的普及和特色服务，成了社会便利度的一项明显指标。根据"日本连锁业协会"（JFA）今年（2009）11月发表的"统计月报"，抵10月底，加盟JFA的11家便利店连锁业，在全国共有41 559店铺，月营业额达到6 347亿日元，客流量为11.858 5亿余人次，每个日本人每月差不多光顾便利店10次，平均每3天1次，每次平均消费579日元。日本总人口中差不多每3 100人就拥有一家便利店，但大都会的店铺稠密度高出很多，根据今年8月的统计，我所居住的大阪有便利店 2 756 家，按人口计算，每 2 563 人有一家，而同时期东京则有 5 364 家，每 1 832 人就有一家。如果加上其他未加盟 JFA 的通宵服务连锁业及非连锁业便利店，便利店的数字还会高出许多。

　　日本大部分城镇到了晚间，有两处最亮堂的所在：一处是"扒金宫"，一种角子游戏机赌场，进出万金，其装潢金碧辉煌，并非徒有"宫"名。另一处则是便利店，各家连锁店装潢不一，各有标记，但灯火亮堂耀眼则是一致的。"扒金宫"在八九点钟打烊后，剩下便利店一处辉煌，独领风骚。日本的便利店大多附有停车场，吸引很多的晚归者和夜猫子。

　　便利店的货品有"日配食品"，如寿司、便当、饭团、面包、牛奶、甜点之类，保质期很短，需要每天补充；有"加工食品"，如饮料酒类、零嘴干货、油盐酱醋、冷冻和罐头食品之类，保鲜期较长，需要时补充；此外为杂货文具，如报刊书籍、文具玩具、日常杂货、化妆用品、简易药物、电器零件之类，紧急需要而专门商店关门时，可以临时应急。然后是服务设施，如复印、电传、邮寄、各类票卡礼券、银行取款和电子钞票，甚至代办交通和娱乐票务、交水电网络费等，一应俱全。日本的流通快递业务本就比较发达，如果你不能在寓所等待或者误了签收邮件，不必担忧，只要打一通电话，指定一家附近的便利店代为签收，下班后凭证去取就是了。

　　便利店已经远远不是杂货商店了。它兼备了超市、饭店、书店、百货店、药房、邮局、银行、票房和公共事业的部分职能。预料将来它还可以通过其强大稳定的联网系统，发挥一部分政府职能，譬如发达国家正在研究的电子选举，只要配上适当的软件程序和工作人员，便利店完全可以成为电子投票站，实时点票，节省大量的选务经费。以便利店为枢纽点，可以把网络的虚拟世界和实在的居民社区连接起来，构筑一个更为方便和便利的社会。

我个人最为激赏的是日本便利店都附带厕所，而且大部分都管理有方，宽敞清洁。内急之时，赶紧找家便利店，向店员招呼一声："借用一下厕所好吗？"店员允诺之余，往往还会为你指点所在。像大连锁业的 7—11（Seven - Eleven）便利店，还提供保暖洗涤式便座，方便后可以洗净吹干，服务周到。在日本的城镇，很少看见公厕，同时各类商店餐饮店都有洗手间。行车路上，如要方便的话，只要在一家便利店前停下，使用其厕所就是；而且尽管使用，根本没有购物义务。不过像我这种脸薄的人，使用之后，常常觉得过意不去，会踱到货架前，买瓶饮料什么的抵个面子。

"如饥似渴"是一种尚可忍耐的经验，而一旦"内急"欲求"方便"之时，就急如星火，如果一时找不到借以"解放"的途径，如天崩地坼，大受煎焚，而终于"释放"后，就体验了人生的大快感，绝不是满足饥渴所能比拟的。人可七日不进粒米滴水，却不能忍耐一时的内急，上帝造人，进出竟然如此不平衡。而在日本，无论走到哪里，无论在城市乡村，只要有家便利店，你就可以名副其实地"方便"了。既不需要导引，也不需要付费，我想这是日本便利店业最为方便、最充满人性关怀的地方吧。

去年（2008）年底在印度召开了"世界厕所大会"，公布目前世界人口的40%即26亿人还用不上既卫生又不污染水源和土壤的厕所设施。因为水源污染，每年有数百万人罹患疾病死亡，160万儿童饮用污染水导致腹泻而夭折。厕所设施，兹事体大，窃以为第三世界在开展商业化和城市化时，可以鼓励多设附带厕所设施的便利店，提高社区的卫生质量。

关于中国的便利店业，最后再扯几句。根据"国际市场信息数据库"（GMID）的数据，我国抵2007年年底，共有各类便利店12 816家，年销售额187.5亿元，相当于2,851亿日元（以1元等于15.2日元计算），是日本同行业1个月销售额的45%，只占2007年国内生产总值（GDP）的0.07%稍多一点。相对于美国同年占4%和日本占1.4%，还是相当低的，具有很大的发展潜力。个人觉得，就充实服务内容、提供更多"便利"而言，日本便利店业的经营模式，迄今还是有不少值得我们仿效的地方的。

原载：2009年2月21日香港《文汇报》

2. 踏绘和猎巫

　　"踏绘"，顾名思义，就是让人踩踏的绘画。大都会的广场甚至人行道的水泥、沥青、贴砖等路面上，常常会有"大道艺人"留下的彩笔涂鸦或绘画。这些涂绘在路面被人践踏，因此得名"踏绘"。踩踏之余，兼受日晒、风吹、雨淋，不消几个时辰，便灰飞烟灭，杳无踪影了。"大道艺人"多是民间画手，重在绘画过程，有人驻足顾盼一眼就心满意足了，并不在乎其涂绘在行人脚底化作尘埃。但也不乏身怀绝技的奇人，画作美不胜收，让行人兜着圈子走，不忍践踏。记得看过一档 NHK 的专题节目，报道日本以及欧美的"踏绘"作品，有在广场画上一方水池，边上置一台阶，逼真的程度，竟让游客逐级而下，触及路面才恍悟是幅画而作罢。又有在人行道上画一窟窿，里边置一梯，有工人在梯上作业，乱真到足以让行人蹑足绕行而过。

　　不过我这里要介绍的是另一种日本独有的"踏绘"，肇始于 390 年前，它记载了日本一段黑暗的历史。400 年前的日本，德川家康刚刚把各地的大名摆平，收拾江山，建立起江户幕府统治时代。面对乘风破浪而来的列强商船，幕府采取"海禁"政策，以"锁国"确保国内安全，欧洲耶稣会教士的传教活动遭到明令禁止。德川家康和其子德川秀忠两代将军，在江户初期13年间，发布过3次"禁教令"。大概教众势力昌炽，第三代将军德川家光更于1629年宣布实行"踏绘"措施，即将绘有基督或圣母的图像置于地上，召集民众，以践踏与否辨明是否教徒。纸像不经踩踏，后来改行木版或铜版，一年数度，由地方政府派遣差役，持版去各乡各村，轮番作业，取缔教徒。

除了"踏绘"之外，德川家光禁教不遗余力，其后十余年，先后发令禁止耶稣教书籍输入和传教士入境，釜底抽薪。他还在1639年派遣十余万大军，围剿九州岛原藩的教众，最后屠城，不分男女老幼，将3万余教众全部戕杀，史称"岛原之乱"，比改朝换代的"大阪城之役"还要兴师动众，死伤惨烈。德川家光此后在幕府和诸藩都设置"宗门改役"官职，专门负责处理教徒事务。"踏绘"制度实行了两百多年，直到取代幕府的明治政府在1873年下令撤废为止，其间无数的教众教徒受到各种各样的迫害，成千上万人还失去了性命。日本著名作家远藤周作在1966年出版长篇小说《沉默》，以细腻的笔触详尽描绘了这段历史的一个侧面。其对人性的发掘和关怀，让人读了潜然泪下，掩卷长叹。

当时日本唯一对外开放的长崎港，只接待荷兰和中国商船，上岸人员一律都得实行"踏绘"，踩踏放置地上的十字架，以示非基督徒身份。不愿踩踏者，不许进入国门，当场予以遣返。当时不少欧美典籍甚至文学作品中，都留下了"踏绘"的记载。不过，"踏绘"一词是"和制"汉语词汇，国内读者大多不解其意，即便有过目者，也是不甚了了。如在翻译大师傅雷所译法国启蒙运动巨匠伏尔泰《老实人》（*Candide*）第五章里，"老实人"到葡京里斯本旅行，碰到一位摆谱的水手，自吹自擂曾到过日本四次，"好比十字架上爬过四次"，让人读了有点莫名其妙。要是傅先生详熟"踏绘"的典故，他就会用"踩过"或者"踏过"来翻译法语原文"marché"了。

耶稣教徒在日本受到迫害，当然令人同情，非常不齿施害的幕府当局。不过诡谲的是，在日本实施"踏绘"之前200年，结束黑暗中世纪，进入追求科学、理性昌明时代的欧洲，却也开始了由耶稣教会及其政教合一的当局主持的"猎巫"行动。这场席卷整个欧洲、持续两百多年的迫害"巫师"运动，波及数百万民众，死者不下数十万人。巫师多为来自社会底层的老年女性，很多失去依靠后，为了糊口而学点巫术，装神弄鬼，被教会视为魔鬼化身，握有"超自然"力量，一经查出，便处以火刑，焚烧其"身体"，以拯救其被魔鬼劫持的"灵魂"。其迫害手段渊源于古罗马的"神判法"（ordalie），其中"泪验"一法，和"踏绘"堪称"异曲同工"。

此法把耶稣和圣母图像置于被捕的"嫌犯"面前，然后讲述耶稣如何在十字架上受难以及圣母痛失圣子的悲恸情节，观察嫌犯是否落泪。如果嫌犯无动于衷，则肯定魔鬼附身，是巫师无疑。当时的英国国王詹姆士一世（James I）还写过一本专著《魔鬼学》（Demonology），警告执法的公差严防有假装落泪而"蒙混过关"的巫师。他称其为"鳄鱼的眼泪"（crocodile's tears），其典故沿用迄今。另有"水验"一法，将嫌犯捆绑结实后负上重物，投入河池之中，不沉而浮在水面者，肯定得魔鬼相助，则为巫师无疑。据后世研究者考证，很多无辜的老年女性并非巫师，因为行为稍显乖戾，或者得罪邻里，被人举报，验证时却因为患有老年常见病"风干眼"或者"骨质疏松"等症，欲哭无泪，体轻不沉，结果都成了火刑的屈死鬼。

虽然现代社会的宗教、文化冲突依然激烈，但"踏绘""猎巫"的时代大概已经一去不复返了。全球化和信息化已经在各国、各民族、各宗教、各文化之间构筑了坚实的沟通平台。一个开放型的多元社会，包摄万象，兼收并蓄，具备强大的吐纳功能，让各种本地的或外来的民族、宗教和文化共处相安，这是一种新型的和谐社会。在这种社会里，民众团体多元相处，在共同宪法之下各守其是，当然就不需要画地为牢；用一块

"踏绘"来测试忠诚，而强行改变生活文化习俗的做法，就更为
"匪夷所思"了。

世界正在慢慢进入这样的社会，让我们怀着期待吧。

原载：2009 年 3 月 18 日 北京《中华读书报》

3. 日本的公共设施

日本社会在追求生活便利方面，似乎费足了功夫。据日本消防厅 2005 年的统计，不算中央政府所管辖的，光日本各级地方政府管理的公共设施，如公立学校、保育所、儿童馆等教育设施，公民馆、体育馆、图书馆、博物馆、老人中心等社会设施，全国各地有 44.58 万余所。加上中央政府经管的部分，1.27 亿多日本总人口中，估算每 250 人左右就拥有 1 间公共设施，这是相当惊人的数字，应该可列世界前茅。就我居住地的附近而言，有区公民馆、区市民中心、区体育馆、妇女会支部、图书馆、町休憩之家等公共设施，各司其职，向具有各类需要的居民提供活动的场所和设施。我住的公寓弄堂口对面，有一座公民馆，一个垒球场，边上又是一座小型公园，经常可以看见学生以及社会人团体在球场练球，也有年轻母亲携儿带女在公园嬉戏。

日本从明治维新开始，立志改善国民的体质，作为强国运动的基础部分，开始注重普及体育设施，使体育馆成为每所学校的基本构成。如今无论是在喧嚣的都市还是僻远的乡村，只要是公立学校，就一定会有一座体育馆。连带游泳池的学校体育馆也随处可见。日本从 14 世纪到 19 世纪下半叶，男子的平均身高都在 157 厘米，400 余年几乎没有变化，而从明治维新以来一个半世纪，却增加到 170.7 厘米（1993 年统计），增幅超过 14 厘米，增长率几乎和高头大马的北欧斯堪的纳维亚人一样。究其原因，除了食物结构改变之外，恐怕就是体育运动的普及了。而体育运动的普及，在很大程度上依赖于公共体育设施的普及。

重视体育和强身是日本明治以来一贯的国策，我自己作为亲历者也印象深刻。我女儿在小学三年级时随我们从多伦多迁来日本，从本地的小学四年级一直读完初中，待了七年。她在七年里先后参加学校以及地区的篮球队和排球队，隔天训练，还不时参加各类比赛。结果她的身高突飞猛进，一直长到 170 厘米，远远超过她母亲，差不多能和我比肩了。毫无疑问，这大部分都是运动的结果。

再说我自己，六七年以来，我从名古屋搬到筑波，又从筑波迁徙来大阪，地理上经历了日本三大都市圈，唯一不变的是始终都在使用居住地附近的体育设施。我现在执教的大学边上，正好是一座公民体育中心，两年前抵此以来，只要不离开城市，我差不多每天都去体育中心的游泳池锻炼。买一张月票才 4900

日元，相当于五顿午餐的价格。每天游泳，使我处于良好的精神状态，也较少头痛脑热，不怎么去医院就诊。

　　大概日本的体育设施较为普及，在游泳池很少见到年轻人，大部分用户是上了年纪的老人。日本的公共设施一般对65岁以上的年龄层实施不收费或者收半费的制度，所以特多老年使用者。就说我每天去的游泳池吧，在两边专门划出两条泳道，一条用于"水中步行"，另一条用于"水中体操"，参加者清一色是老人，大部分是70岁以上的，询及年龄，80岁以上的也不乏其人。老人们像接龙似的，热闹的时候一个扶持着一个的肩膀在水中行走，场面感人。有一次见到一条报道，称日本几乎所有这一类公共设施都属于赤字经营，需要各级政府的预算或者"助成金"维持，收费只能充抵开支的一小部分。日本是个富裕社会，何以不让这些设施自负盈亏呢？我对此百思不得其解，因此询问过一些专门家。有一次一位研究政府运作的学者告诉我，日本的主事者普遍认为，公共设施赤字经营是当然之理，去游泳池健身的老人越多，去医院就诊的老人就越少，因此在公共设施支出的款项，就可以从医疗国民保险支出中回收。我这才恍然大悟，原来这是一条良性之链，"楚人失弓，楚人得之，又何求之！"

　　最后说一个笑话：在日本，老人的诊疗收费较低，所以老人们也喜欢去医院和诊所。他们在医院候诊室相聚，交流各类健康和健身信息，几乎把医疗机构当作了交际场所。我以前在名古屋一所大学的一位老师曾经告诉我，老人某甲天天都去一家医院和其他老人聚首，某日某甲没有露脸，老人某乙很关切地询问有谁知道缘由，某甲的街坊老人某丙就朗声说道："某甲病了！"真的病了，就躺在家里，去不得医院了。

原载：2009 年 5 月 6 日香港《文汇报》

4. 自立铜像的人

　　给神话传奇人物以及社会名流塑像，并立之于教堂、广场、政府机构、展览馆等公共设施，大概肇自古埃及、古希腊，历史悠久。日本在明治维新后，欧风昌炽，也开始为历史上或者当代的名人立像，既志纪念，也供人凭吊。如今在日本各地，到处都可以见到铜像，大概所有的历史名人，只要值得纪念，至少在自己的乡梓，或者所创建的机构里，都会竖着一尊塑像，让人瞻仰。

　　据民间组织"铜像侦探团"的统计，17世纪有"俳圣"之称的诗人松尾芭蕉，在日本各地共有纪念铜像27座。这位以《奥之细道》传世的行吟诗人，足迹遍布各地，铜像居冠并不意外。其次是维新志士坂本龙马的25座，在在英姿飒爽，成为年轻人励志的场所，发挥着巨大的社会效用，而不是单纯作为历史人文景观吸引过往游客。另外拥有10座以上的，分别是明治天皇（12座）、战国霸主织田信长（10座）和平安时代末期的武僧辨庆（10座）。其余各拥9座的有源义贞、加藤清正、源义经、太田道灌、神话英雄日本武尊以及另一位战国霸主丰臣秀吉。以上除了芭蕉一介文人之外，明治天皇好武，为三军统帅，其余九名清一色武士，可见日本民间尚武的风习。

于此也可见，立于公共场所的铜像，大多是历史上的或者已故的名人，他们业绩昭彰，后人仰慕其德，为其树碑立像，很少有在生前立像的。日本有很多雕像制作所，为了经营，也做广告为健在的普通人塑像，置于寓所等私人空间，增添一类景观，倒也无伤大雅。不过为在世之人立塑像的做法，常常让人联想到供奉和凭吊，仿佛像主已经升华彼岸，气氛肃穆，似乎并不为一般民众所喜欢。就这方面而言，这两天冒出一桩新闻，各大媒体竞相报道，轰动全国。

话说福井县芦原市有一位 84 岁的耆老，名叫中岛弥昌，自 1975 年初当选县议会议员起，直至 2002 年再度竞选时，连续担任七届议员。此公生性豪放，给选民发放老酒，加以犒劳，于是被对手告官，被检举变相买票，触犯了"公选法"，受到检察当局"略式起诉"（即对轻微触法者的简略程序起诉），不得已以辞职了事。照理八十老耄，阅尽人间沧桑，可以含饴弄孙，安享天年了。不过老先生虽然去职，豪气未衰，壮心不已，想起自己报效社会近 30 年，造福乡梓，功在民间，当有一物传世，以彰显功绩。多年前他已在一家铜像浇铸所为自己订了两座等身大的胸像，思忖自己在任时着力最著的是当地一座叫

"梦之园"的公园，于是在去年（2008）向市政当局提出在公园内设置铜像的申请，市政当局以铜像"不为公物"的理由未予批准。不过老先生不为所沮，以自己七届县议的人脉四处活动。果然过了不久，他回来告诉市政管理部门，自己已经得到县府的许可。不可思议的是，此后他竟然招来工程队，以吊铲车在公园大门内侧破土动工，开始垒筑铜像 5 平方米见宽的地基。直到有细心的职员，觉得口头许可有些不符程序，便向县府核对，结果发现子虚乌有，一下子惊动了县市两个官场，慌忙联合派员来到工地，阻止工程的继续开展，并要求场地复原，一场闹剧，就此告终。

不过故事还有尾声。面对采访的记者，中岛先生老神犹在，铿锵大言道："我确信自己为了地方福祉，盖了这座公园，所以想在此设置一座铜像。"接着还发豪言壮语："我还会在公园附近购置土地，设置铜像！"老人锲而不舍、百折不挠的气概，让笔者联想起壮志移山的愚公，在莞尔之余，不免"肃然起敬"起来。当年王羲之与友朋在兰亭雅集，感叹"死生亦大矣！"，于是作一序，勒碑刻石，寄托于"后之览者，亦将有感于斯文"。《易传》里也说"立象以尽意"，想来是古人亦同此心。中岛先生垂垂老矣，或恐"来日不长""时不我予"，"立德""立功"，抽象无凭，终竟还需"立像"以显"功德"，以垂不朽。老先生的"拳拳之意"，大概不难理解吧？

这条新闻吸引我的眼球，还因为芦原市是文豪鲁迅的恩师藤野严九郎的故乡。鲁迅和藤野的师生之谊，在中国家喻户晓。鲁迅在仙台医学专门学校（后并入东北大学）留学时，在学业上和生活上，都曾受到藤野先生的照拂，感铭至深，回国成名后写过散文《藤野先生》，感念恩师，也感动过成千上万的中国人，使"藤野"成了在中国最出名的日本姓氏之一。2007 年为鲁迅惜别恩师藤野回国 100 周年，北京的鲁迅博物馆、芦原市的藤野纪念馆和仙台的东北大学，联合举行过高调的各种纪念活动，三处先后进行了师生两人的铜像揭幕仪式，令两国关系升温，成为佳话。

芦原市是福井县北端的小市，近年和邻近町村合并后才勉强凑足 3 万人口，不过其温泉却是遐迩闻名。因为是藤野先生的故乡，芦原市和鲁迅故乡绍兴市结为姐妹市，每年都有热闹的互访节目，成为中日民间友好交往的一道亮丽风景。据说市里只有 3 座公立铜像，除了藤野和鲁迅师生两尊之外，还有室町时代净土真宗高僧、有名寺本愿寺"中兴之祖"称号的"莲如上人"铜像，鼎足成三。这样一看，中岛先生霸王举弓，硬要为自己立像，以成矩阵，确实在"德能"上相形见绌了。如果一个区区县议，劳动口舌，以纳税人的钱替纳税人盖了一座小公园，也能立尊铜像的话，那么日本为数甚众的所谓国会"族议员"们，很多都运用自己的影响力为乡梓或者出身行业争得巨利，盖过比"梦之园"不知道要大过多少倍的"大手笔"工程，恐怕他们更有理由为自己立像，甚至还有资格盖建"生祠"了。

原载：2009 年 7 月 24 日香港《文汇报》

5. 日美间到底有没有"核密约"?

　　所谓"核密约",是指传说 1960 年初美日两国在改定《日美安全保障条约》时达成的一项秘密协议,其内容为:驻日美军装备有重大变更时,须事先经由两国政府协商后进行,但携带核武器的美军舰只和战机临时停泊日本港口、机场或通过日本领海、领空,则不在协商之列。20 世纪 50 年代后期的岸信介政府提出"自卫权"的范围应当包括"拥有核武器","防卫用小型核兵器合宪"等,试图重新"释宪",这是日本政府接受"核密约"的政治基础。不过岸政府的风向探测举动,遭到国会反对党的迎头痛击以及舆论的强烈抵制,尤其在 1962 年古巴"导弹危机"发生后,日本民众"反核"声浪高涨,迫使池田政府在 1963 年签署国际《禁止核试验条约》。在巨大压力之下,佐藤政府被迫于 1967 年宣布"不拥有核武器、不生产核武器、不允许核武器入境"的所谓"非核三原则"。"核密约"严重违反日本战后的《和平宪法》,更和"三原则"中的第三原则"不允许入境"正面冲突。50 年来,日本政府对"密约"的存在讳莫如深，在实际操作上，以"事先协商"为口实，对美军进入舰只飞机是否携带核武器"不闻不问"，在不断否认有"核密约"存在的同时，做好准备，一旦"东窗事发"，可以援引"事先协商"之辞，将责任推诿给美军的"隐报"。

"核密约"牵涉日美两国众多的当事人，尽管日方守口如瓶，美方却渐渐将"密约"的内容见光。根据美国的"解密"法案，有关"核密约"的一批外交机密文件，如提出"密约"的当时驻日大使小麦克阿瑟和日本藤山外相的谈话记录、20 世纪 80 年代初驻日大使莱萧沃关于"密约"存在的证言等文书，2000 年在美国国家档案馆解密公布。日本媒体间有叩询之声，日本政府"我行我素"，一概声称"不存在密约"，让此起彼伏的"问责"之声自生自灭。不过去年（2008）以来，不断有参与执行"密约"的前外务省高官曝光，直接或间接地指称"密约"的存在。其中 2001 年开始出任两年外务省"事务次官"的村田良平，言之凿凿地告诉《每日新闻》的采访记者，他担任外务省"最高官僚"的事务次长时，其重大职责之一就是向履新的外相口头传达"核密约"的内容，这是外务省的"传统"，他的前任移交职位时向他交代过此事，而他离任时也向后任交代过此事。他称"密约"写在一纸公文书上，虽然不能一字不差背诵下来，但其主要行文却完全记得。他甚而指控一直否定其存在的官方"申辩"是"谎言"，认为"真相"迟早都会暴露。

　　村田氏的证言让舆论大哗，日本的主流媒体一时间竞相报道，利用各种渠道，刺探"核密约"的存在与否，以及"核密约"的存在意义和政府的相关立场。在这一波甚嚣尘上的探询声浪中，负有阐释官方立场和政策之责的内阁官房长官河村建夫，在被问及是否存在"核密约"时，不假思索地予以否认。其否认逻辑"既然美方没有事先协商，也就没有'核武器入境'以及'核密约'"，让人大长见识。当媒体跟踪报道村田氏所据以向新任外相传达的一纸"核密约"已经根据某外相的指示"被销毁"时，时任外相中曾根弘文严词否认，有记者问及是否会举行调查以明真相，他一口回绝，声称"不考虑进行调查，因为'密约'本来'子虚乌有'"。

　　日本政府不顾美方解密相关文件，也不顾相关当事人相继浮出水面证实"密约"存在的事实，再三"斩钉截铁"地否认有"核密约"一事，笔者认为主要是由于"密约"属于口头"协议"，提出当初，日方明知日后有曝光可能，会引起"违宪"的麻烦，早已预留退路，即实际操作执行，而没有安排双方正式签署文件。村田氏所提及那一纸"文件"，似乎也只具"备忘录"性质，不具官方档案格式，后来即便被"销毁"，也正如浅野胜人官房副长官所称：那只是根据规则的"例行公事"。最大反对党民主党的冈田克也干事长指控"销毁"有关文件为"犯法"，声称若民主党赢得下届众院选举执政，一定会"予以追究"。就法律而论，这是过于"乐观"的一厢情愿。无论美方当事人的"证言"以及"解密"记录，还是日方当事人的"指证"或者"指控"，至少从现在已经浮出水面的"证据"而论，都不足以从法理上采信。几乎所有媒体都相信确有"密约"一节，可是至今仍然没有一件"白纸黑字"证明其的确存在无误，恐怕日后也不会出现这一类正式文件，因为一开始就是口头承诺。这就是为什么日本政府的发言人老神在在，不为铺天盖地而来的媒体指控所撼动，口径一致地予以否定的原因。有谁能从法理上奈何他们呢？你能拿出证据来吗？

　　不过日本执政党这种明显"不诚实""不负责任"和"狡辩"的作为，一定会令其在即将举行的国会选举中付出沉重代价。恐怕许多国家为了曾经的"国家利益"，都会有一些不想也不能公之于众的"密约"。尤其是东西"冷战"时代，美苏阵营为了各自的利益，组成国际集团，秘密运作，炮制了很多国与国之间的"密约"。既然"密约"牵涉国家利益，作为历史的一部分，在时过境迁之后，就应该解密，让历史学家据以编纂历史，明定是非，也让政治家和普通民众吸取成败的教训。既然是国家利益的一部分，在具体国家利益成为"过去式"的历史时，有什么理由不予解密呢？不能解密的"密约"，往往具有"猫腻"，很可能违背国家的"长程利益"。在美苏对峙的格局里，美国将核武器运入在日本的基地，用以瞄准苏联的军事、政治和经济目标，当苏联测知其事时，当然会"以牙还牙"，将日本锁定为其"核报复"的攻击目标，以至于日本很可能遭遇第二次"广岛""长崎"事件。再看看数十年前的两颗原子弹，让日本至今尚未完全解决消除其"贻害"，有关的诉讼和赔偿仍然绵延不绝。"核武器"入境，把日本全土置于"核战"的危险之下，大概绝非日本民众的福祉！大概这也是日本执政当局50年来深缄其口，不愿让其国民知晓的原因吧？

一些学者进而指出，"日美安保条约"的实质就是把日本置于美国的"核保护伞"之下，既然接受"核保护"，那就当然需要有"核"来保护，美国核武器的"入境"，就是"顺理成章"之事，因此"核保护伞"和"非核三原则"天生不咬口，是一对矛盾。村田前事务次官揭露有"密约"之事，据说正是为了削除"非核三原则"的第三条"不入境"原则，其理据便是：既然不能自己"持有"和"生产"核武器，为什么不让"保护者"携来进行名正言顺的"保护"呢？

日本是否存在和美国之间的"核密约"，日本政府是否心口一致地实行"非核三原则"，进而日本国会和国民是否改定《和平宪法》，尤其是宪法的"非战"第九条款，其实不单单是日本一国的内政，而是关涉世界，尤其是东北亚诸国的安全。

原载：2009 年 8 月 10 日 上海《新民周刊》

6. 大阪世博会：日本腾飞的标志

40 年前的 1970 年 3 月 15 日，为期半年的大阪世界博览会（大阪世博会）开幕，共 77 个国家和地区参加 116 馆的展出。主题为"人类的进步与调和"的大阪世博会，作为一般国际博览会，是亚洲历史上第一次举办，可以视为世界近代经济发展从传统的欧美中心开始向亚洲倾斜的最初标志。大阪世博会对我国也有特殊的意义，因为它标志着一个时代的终结：这是台湾地区最后一次以单独名目出现在世界性大型活动中。翌年，中国重返联合国，成为唯一的合法代表，开始了中国脱离封闭孤立状态，与国际接轨、走向世界的新时代。

日本申博的今生前世

日本在明治前夕的 1867 年开始参与世界博览会，当时的德川幕府政府给巴黎世博会送去了展品。明治时代也有过数次申博的动议，均无疾而终。第二次世界大战前，日本申请 1940 年同时举办东京奥运会和世界博览会成功，并开始发行预售入场券。1937 年日本发动全面侵华战争，日本政府次年决定中止两会的举办。据说预售出去的门票，后来在大阪世博会中又予以使用。

第二次世界大战日本战败后，经济破产、民生凋敝，社会疮痍满目，一度跌入贫困国家行列。1950 年朝鲜战争爆发，由于地缘关系，美国以"特需"为名，让日本承担诸多军需生产项目，使得日本"时来运转"，开始了大规模的经济复苏和发展。朝鲜战争的军工特需，使日本国内因为战败被美国制压的重工业生产得以恢复，并以此带动其他各类产业发展，重续因为战败而被斩断的现代工业化进程。日本国会在 1961 年通过《农业基本法》，调整传统农业结构，投入大型农业器械，使得农业生产力大幅强化，农作物产值大幅增长，农家收入大幅提高，大部分农家有余力兼及其他行业，并使农村闲散劳动力向都会大规模流动，加速工业化和都市化的发展。"日本奇迹"，蓄势待发。

抵 1964 年东京奥运会召开时，日本的国民生产总值已超过 30 兆日元，居工业国家美、德、英、法之后第五位。短短四年后的 1968 年，竟然以 53.3 兆日元，换算成当时的美元为 1 419 亿，超过西德的 1 322 亿美元的国民生产总值，成为仅次于美国的第二大经济实体。日本在造船、钢铁、汽车制造、家用电器、合成纤维和化学肥料等工业生产方面，其实绩不居世界第一，便居世界第二。作为战后发展起点的 1950 年贸易出口额为 41 亿美元，到了 1968 年达到 130 亿美元。不到 20 年，增加了两倍多，而两年后大阪世博会举办的当年更达到 200 亿美元。日本产品畅销全球各地，世界开始进入"日本制造"的时代。

大阪世博一箭多雕

但是在 20 年经济高速发展的同时，战后东西方形成以美苏两大集团对立为主轴的"冷战"格局，日本国内围绕"日美安保同盟"的建置，左右两大势力，经历着激烈的搏斗。进入 20 世纪 60 年代后，战火蔓延，政治斗争从国会的政党扩展到社会，以学生运动为主体，发展到白炽化程度。自民党政府以经济发展为诉求，提出"所得倍增"的经济规划，并通过申办东京奥运会，激扬国内民族主义情绪，使得民众将视线锁定在更为迫切的经济民生之上，成功地抑制了学潮的蔓延。食髓知味，世博会一向被目为"经济奥林匹克"大会，日本政府非但倾全力积极申办大阪世博会，而且在 1965 年即东京奥运会的翌年申请成功后，又倾全力将大阪世博会举办成又一次激扬国运民情的盛大祭典。

不过日本政府主办大阪世博会，并不仅仅出于消弭社会动荡的治安动机，还基于更深层次的政治、经济筹划。世博会主题"人类的进步与调和"，便透露出这方面的信息。自从欧洲发起的产业革命以来，追求技术进步成为社会文明的主要推动力。

但是进入 20 世纪 60 年代之后，技术进步也开始呈现其毁灭社会文明甚至毁灭人类自身的负面恐怖征象，如东西方军备竞赛可能导致全球核战争的毁灭性灾难，以及非均衡性技术进步所带来的益趋严重的地区差异和贫富差别。"调和"原本来自日本传统的"和"精神，当时的很多有识之士认为古典文明的"调和"，可以缓解现代技术"进步"所引起的剧烈冲突及其社会分裂。大阪世博会的主题歌便呼唤不分东西方的人类大团结：

> 你好，你好！来自西方国家的人，
>
> 你好，你好！来自东方国家的人，
>
> 你好，你好！来自世界各国的人，
>
> 你好，你好！在樱花的国度，
>
> 1970 年，你好！
>
> 你好，你好！我们彼此来握手。

这首被著名歌手江波春夫唱红的主题歌，热情洋溢，一直传唱至今，让当年曾经耳濡的人，一听到旋律，就想起大阪世博会。

大阪世博会的辉煌纪录

如果说东京奥运会让世界注意到战后日本的重新崛起，那么六年后的大阪世博会则向世界宣告着日本崛起的成功。大阪世博会创造了多项自 1851 年伦敦首届世博会以来的纪录：政府组织，国家动员，几乎全民参与，183 天展出期间，入场人数达到 6 421 万余，这一纪录为世博史上之最，而且 40 年来迄今未被打破。除了其中 170 万海外来客之外，至少 6 250 余万日本国民举趾博览会展场，是举办城市大阪府当时 762 万人口的差不多 9 倍，占当时 1.03 亿日本总人口的六成以上。从这一比率，可以看出当时日本国民对大阪世博会的狂热态度。这样空前的人口参与比率，大概是很难超越的吧？

大阪世博会也创造了史上第一次黑字运营的纪录，其 155 亿日元的纯收益，使举办一般世博会成为奥运会之外最让各国组织者艳羡的大型国际项目。其实大阪世博会的经济效益及其后续影响，远远超越上述具体数额。其会场建设投资 3 500 亿日元，举办期间消费 3 300 亿日元，光这两项就近 7 000 亿日元，占了当年日本国民经济产值的千分之三。而其对以大阪为中心的关西地方经济的刺激与影响，譬如说展览会场所在的千里新城的建成、周边交通设施的增置与完善以及单轨列车的运行等等，其福泽一直延续至今，无法以具体数额估算。

大阪世博开创时代

在当时世界性旅行受到经济和交通等条件限制、尚未普及的时代，大阪世博会将 70 余国琳琅满目的展品聚于一堂，尤其是欧美前端技术以及时髦的生活方式的披露，让进入"小康"

时代的日本国民大开眼界。在大阪世博会上问世的便携式传呼机、无线电话、视像电话、电动轿车、磁悬浮列车、自动楼梯、360 度球体影视、移动式穹顶体育馆、区域性网络、原子精确钟表以及罐头饮料、快速食品、低价位家庭式饭馆、便利商店等前端技术、用品和服务，此后迅速商业化和普及化，风靡日本。20 世纪 70 年代开始，在日本各地出现各类小型商店和娱乐设施，标志着"大众消费"时代的来临；海外团体观光旅行，也开始成为"日本式"消费的一道亮丽风景。对于这些，大阪世博会无疑都起到了肇始和催生的作用。

大阪世博会也是战后日本社会和经济发展的一道分水岭。发端于 20 世纪 50 年代、近 20 年间以十位数飞速发展的日本经济，从 70 年代初开始进入另一个 20 年的稳定发展时期。在社会安定方面，经济发展所带来的巨大成果，让战后左右两翼泾渭分明的对立抗争，在 1969 年初东京大学"安田讲堂"事件落幕之后，逐渐归于沉静消歇。1969 年的流行语中排列最前面的是"啊！猛烈""全共斗""造反有理"和"断绝"等辛猛话语，翌年进入大阪世博年后，风气陡然一变，流行语换成了"从猛烈到美丽""发现日本！""女性解放"和"步行者天国"等柔软话语，多少是大阪世博会和风煦雨洗礼的结果。

而在经济政策方面，日本政府通过大阪世博会各经济馆的展出，成功地宣示了两条发展思路：其一为经济发展重心的转移，即从以"重"工业为发展主体，转为以促进信息、媒体和服务等"软"产业的发展，提高国民的整体生活质量。其二为从大都会的集中性发展模式，转为向地方的均衡化发展。自民党政府利用各种渠道，如通过其传统后援组织"农协"，让地方的民众尤其是农民，组团前往大阪，参与博览盛会，让他们在惊奇震慑之余，感受躬逢盛世的喜悦，并将官方所欲传递的信息携回僻远的村落。

世博会结束后不久成立的田中角荣内阁趁势提出"列岛改造论"，通过国家财政预算主导，在日本各地建造高速公路、海陆港口和铁路新干线等基础设施，促进地方经济，平衡城乡发展，缩小贫富差距。赓续其后的历届自民党政府也相继提出并实施"田园都市""国土均衡"和"地方发展"策略，追根溯源，都是大阪世博会所提出的"进步与调和"主题构想的延伸。而在大阪世博会期间，从日本各地扶老携幼而来参观的民众，将他们在世博会的所见所闻，尤其是展出所宣示的日本"未来像"，带回全国各地，成为"列岛改造"的坚定支持者和积极参与者。

大阪世博两大看点

大阪世博会的展品有两大"目玉"（点睛之笔）：其一为美国馆所展出的"月球之石"，其一为冈本太郎所设计的世博会标志性建筑物"太阳塔"。

美国"阿波罗 11 号"宇宙飞船，在 1969 年 7 月初次登上月球，在近一昼夜的勘探考察之后，带回了 22 公斤重的月石，作为登月成功的证明和科学研究的标本。大阪世博会期间，月石被陈列在美国馆内展出，引起轰动效应。当时成千上万的参观者争求一睹，排在长长的队列中须等待四五个小时才能近前，还不乏半途体力不支而倒下的参观客，致使有人把大阪世博会的主题改成"人类的辛抱与长蛇"。"辛抱"（抱持辛苦）和"长蛇"（长蛇之列）与"进步"和"调和"分别在日语里发音相近，故而被用来加以挪揄和抱怨。世博会组织者因此在展期途中，将另一美国政府作为友好信物寄赠给日本的小块月石在日本馆展出，以飨不耐"长蛇"的参观者，据说因此还令试图独擅其美的美国馆感到"相当不满"。

如果说月石在大阪世博会上的展出，让参观者对 20 世纪 60 年代揭幕的航天时代有了感性认识，将视线投向宇宙的话，前卫艺术家冈本太郎设计的"太阳塔"这座大阪世博会最大标志物，便形象地表述出一种"超越时空的绝对感"（设计者本人语）。这座至今依然矗立在"大阪万博纪念公园"的巨塔，在世博会后，和"大阪城""通天阁"一起，成为大阪的城市标志。

"太阳塔"从正反两面观看，像是一头展翅腾跃的硕大飞鸟。塔高 65 米，底座直径 20 米，双翼长度 62 米，分为地下、地上和空中三个层面，分别表示过去、现在和未来。地下层的主题为"根源的世界",表示生命起源的神秘。地上层的主题为"调和的世界",表示现代的生命力。空中层的主题为"进步的世界",表示分化和重组。巨塔有三具面影:塔端有"黄金之颜",盘形,双目,有鼻有喙,晚间放光时,炯炯一道光束,犹如探照灯和航标灯,象征对未来的求索。塔身腹部正面为"太阳之颜",正视如阴阳两面拼合,各呈一目,似含愠怒,表情诡谲;侧视则眼鼻口唇清晰,呈现一派祥和慈悲气氛,象征对当今世界满足与不满的复杂情怀。塔背部的"黑色太阳之颜",最为震撼,透露着嘲讽、冷彻、沉郁和有些沮丧的气息,象征对过去的了断和反省。据说在地下层还展出过第四具面影,称为"地下太阳之颜",为一卡通式的充气球形,仅有一对淘气的眼睛,而无嘴鼻。这第四面影因为单独存在,并不依附塔身,世博会后曾被一家艺术馆借去展出,因为管理的疏漏,此后竟然音讯杳然,不知所终。好事的"太阳塔"粉丝组织了一个有上千人参加的搜索组织,寻找了近 40 年,依然毫无线索,让太阳塔愈益增添了神秘感。

太阳塔的塔身内部陈列,亦称"生命之树",有扶梯螺旋而上,让参观者观摩 300 多件从"原生类代""三叶虫代""鱼类代""两生类代""爬虫类代"到"哺乳类代"的生态模型,在电子声控的音响效果下,让人充分领略生命进化的神秘和奇妙。

永远的主题：进步与调和

初看太阳塔的设计以及内部构造，和大阪世博会"进步与调和"的主题颇不协和，所以有论者径称其为"反世博的巨塔"。冈本太郎谈及自己的艺术理念时曾说："艺术就是爆发。"但这种爆发并非轰隆一声，碎片四迸，物坏血流，而是"一种杳无声响地奔向宇宙的精神，一种突然迸发的生命力"。后来有论者解释其"爆发"理论称：其实"否定预定的调和，不做鸡尾酒式的拼合，绝不掺和两种概念，而让一对矛盾之物自行碰撞，由此产生的紧张感就是艺术爆发"。冈本太郎的太阳塔拒绝妥协、拒绝调和，强调矛盾对极。他的设计思想的初衷便是向"现代惰性"发起挑战。世博会一般是对新兴科学技术成就的检阅，因而也常常是对"现代主义"的礼赞。太阳塔以一种突兀的艺术方式，看似对"进步"的挑战，其实是在更高层次上，以"人文关怀"去"调和"技术"进步"。这是大阪世博会通过其标志物太阳塔留给历史的文化遗产。

大阪世博会的116座展馆全部被拆除了，几乎不留痕迹，独留一座太阳塔，供人凭吊往日的辉煌。太阳塔因为坐落在大阪国际机场的航班线路上，为避免扰乱机场导航作业，世博会后几乎从未点灯。宣告日本腾飞的大阪世博会后，日本经历了另一个20年的经济稳定增长期，然后在20世纪90年代初陷入经济发展的低迷时期，至今未能完全拔起。有关当局决定从今年（2010）3 月 27 日起，让太阳塔的"未来之颜"再度点灯发光，莫非是在为大阪世博会"招魂"？

原载：2010 年 4 月 15 日《中国周刊》（2010 年第 4 期）

7. 丰田汽车的"悲喜剧"

"祸福相倚"是中国古老格言中的老生常谈，日常生活里却依然每天都在发生着这一类"悲喜剧"或"喜悲剧"。日本最大企业"丰田自动车"70 余年的发展史，就非常形象地演示着这一古老智慧。太平洋战争期间，丰田生产军用卡车，其爱知主工场被美军锁定，成为计划轰炸的重要目标。结果投掷在广岛、长崎的两颗原子弹让战争提前结束，丰田"因祸得福"，得以在战后继续发展。1950 年丰田遭遇特大经营危机，创立者丰田章一郎社长被迫去职，由非家族的石田退三继任，开始了旁姓掌控家族企业的时代。朝鲜战争的爆发，让"苟延残喘"的丰田得以恢复生产军用汽车的老行当，于是起死回生。从此，作为战后日本经济奇迹的典型支撑企业，丰田逐渐发展成世界级的汽车制造和销售跨国公司。但是 20 世纪 90 年代初日本"泡沫经济"崩溃，丰田首当其冲，经营又陷危机，社长丰田达郎在狂澜冲击之下，不支病倒，不得已让位于副社长奥田硕，其后传位于张富士夫，直到当今的渡边捷昭，又持续了 14 年的异姓社长时代。

丰田家族通过持股和担任企业的其他要职，依然维持着巨大的影响力和决策权，但他们长期淡出了第一线的曝光圈，以至于年轻世代本末倒置，误以为"丰田自动车"是以公司所在地丰田市命名的。其实丰田市早先有个土得掉渣的旧名叫"举母"（发音为"koromo"），正是因为"丰田自动车"的成名，该市才附庸风雅，在 1959 年改称现名，成为世界上最有名的城市之一。再说这三代异姓社长，兢兢业业，让丰田企业在"平成不况"的黯淡大环境里，不仅渡过艰难，而且再度辉煌。从 1999 年丰田销售 530 万辆汽车起，2006 年销售量达 880 万辆，2007 年更达到 934 万辆，创下丰田史上最高纪录，距离美国通用汽车公司（GM）在 1978 年创造的世界最高销售纪录 955 万辆，也只差 21 万辆。在一片欢乐喜气中，丰田计划此后年增 50 万辆，即在 2008 年销售 980 万辆，超越 GM 并改写其最高纪录，然后在 2009 年一举突破千万辆大关，成为制造、销售双料"世界第一"。为此，丰田近年来已经投资 2 兆日元以上，扩大强化生产设备，迎接成为世界汽车业新霸主时代的来临。

丰田的营业额在 2004 年度达到 18.55 兆日元，2005 年度一举跃至 21.369 兆日元，2006 年度连续第七年增长，达到 23.948 兆日元，2007 年度突破 25 兆日元的大关，超过美国通用的 24.881 8 兆日元（以 120∶1 的当时汇率计算）。丰田真可谓"富可敌国"了，一个企业的营业额，竟然是日本国家预算82兆日元的近三分之一，和大国俄罗斯2006年的国家预算不相上下。作为日本第一纳税大户企业，丰田2007年缴纳税金1兆余日元，占国家年税收48兆的相当比重。谁料想，常言道"物极必反""盛极而衰"，进入2008年，这些古训竟然全部应验。先是油价突破160美元一桶，随之原材料价格高腾，接着日元比美金汇率节节上升，9月在美国飙起金融飓风，让隔海依靠外销的丰田应声轰然跌倒。

2008年丰田的汽车销售897万余辆，虽然打败了GM的835万余辆，将其从占据了78年的霸主位置拉下，取而代之，实现了创业72年以来的"悲愿"，可销售量却比计划短少83万辆，比上一年的销售实绩短少37万辆；而且从2007年庞大的1.65兆日元纯利润，不可思议地在2008年竟然变为赤字3 500亿日元！丰田登上霸主地位后，发现虽然已经"前无古人"，但宝座的基盘业已颓圮，而且四周浊浪滔空，有沉沦之虞。毫无喜色的渡边社长不禁哀鸣："我们陷入了百年一度的危机状况！"只差"怆然而涕下"了。这种是祸是福、亦祸亦福、祸福相倚的诡谲场面，丰田算是同时淋漓尽致地体会到了。

许多论者将丰田的挫折归咎于其过分追求"第一"而扩大生产线，没有充分估算市场的变数，而在金融风暴的冲击下蹉跖倾跌，追究其"用兵之罪"。笔者觉得并不尽然，像丰田这样具有实力和创新技术的大企业，力争第一，本来就是"题中之义"，是其"宿命"，不争第一，终究也会被市场淘汰。在这一波的金融风暴中，日本世界级的大企业有几家能幸免呢？举凡名牌如索尼、东芝、三菱自动车、松下、本田、日立、夏普和NEC等，2008年清一色转落亏损，而且赤字都达到上千亿。与其责难"用兵"，倒还不如说声"人算不如天算"吧。

丰田毕竟是经过大风浪的企业，在第一时间就反应过来，立刻宣布调整经营方针，由素有"丰田王子"之称的丰田章男（前社长章一郎的长子）在今年（2010）6月接任社长，试图重新唤起家族式的创业精神，克服危机，渡过难关。日本的媒体解读此举为"大政奉还"，将其比喻为1876年江户幕府最后一位将军德川庆喜将政权交还天皇家，开始明治维新的光复时代。132年后重演这出戏码，让人觉得气氛颇为悲壮。战后由丰田等日本家族企业揭橥并形成以"年功序列"和"终身雇佣制"为支柱的传统经营模式，近年来被美式自由市场经济荡涤到面目全非，重归第一线的丰田家族，也许会重新祭出这一传家"法宝"，通过企业上下团结、齐心协力，来共渡难关。

果不其然，2010年1月16日《日刊现代》等媒体报道，丰田公司由2200余名部长级干部自发组织的"部长会"，呼吁为了扭转该年第一季度注定的严重亏损，发动部长级干部购买"自社车"。媒体将此称为"爱社之踏绘"。"踏绘"（踏み絵）原指供踩踏的雕绘，德川幕府为了取缔基督教，将基督教圣像刻在铜板或木板上，让人践踏，不敢践踏者则判定为信徒，加以囚禁发配等迫害，这种做法一直持续到幕府末年。现在使用"踏绘"一词，有"试金石"的意思。是否购买本公司汽车，将被视作是否"爱社"的标志，估计很多干部都会响应购买。家族气氛浓厚的丰田公司，其26万员工当中，由于期待升迁、继续受雇或者周围压力等原因，有不少员工应该会跟进，当然也不乏真正的爱社如家者。这一波"爱社"自救运动，能够奏效到何种程度，还得拭目以待，不过据说这一类做法已经被很多大型家族企业视为渡过危机的有效措施，群起而"效颦"，如三菱自动车为鼓励公司所在的冈山县仓敷市居民（多为其关联企业的职工）购买三菱汽车，宣布对每一名购买者实施10万日元现金补贴。

53岁的社长丰田章男拥有美国MBA学历，在公司从"平社员"（平头职工）做起，已经历练了24年。章男重视第一线"现场"和资讯收集，尤其具备丰富的海外市场开发经验（经营过美国子公司并负责中国和亚洲市场），近年来负责日本国内市场的开发以及扩展，资历完整，众望所归，并不单单是因为顶戴着丰田一姓的桂冠而得升迁。据说他最服膺卓别林被问及何为其得意之作时的回答："Next one"（下一个）。问题是这位肩负"再造"丰田大任并置身于"被造神"中心的"丰田王子"，是否真有"下一个",或者他将端出什么样的"下一个"呢?既然"祸福相倚",但愿"否极"就会"泰来"吧。

原载:2010 年 6 月 4 日 香港《文汇报》

8. 兴也 B 层　亡也 B 层

　　"B层亡国"在时下日本成为热门话题，是因为适菜收的著作《歌德的警告：亡国"B层"的真面目》（下称《亡国 B 层》）。该书在 8 月台风季节出版后，在日本读书界掀起一阵阅读台风，跨月依然雄踞畅销书之列。

　　那么，究竟什么是"亡国 B 层"呢？

　　"邮政民营化"是小泉内阁（2002--2005）行政改革的核心部分，但来自执政的自民党内、在野党以及官僚系统的抵抗势力十分强大。小泉要在任内通过改革法案，唯一可行之道，就是挟持高腾的民意，迫使反对派放弃抵抗。于是以国务大臣竹中为首的小泉智囊团，把可能投票的民众分为"ABCD"四层。

　　其中 A 层为财界、知识界、大众媒体以及都市白领中的高智商精英，对确定市场主义的行政改革抱持积极态度。而来自同一阶层，但以各种原因对行政改革持反对态度的，便是所谓"抵抗守旧派"C 层。同样持反对意见的 D 层，智商不高，为行政改革"恐惧派"，生怕自己会成为改革的牺牲品。而属于同一智商圈的 B 层，主要由家庭主妇、青少年和退休老人构成，是小泉政权的支持基盘。B 层人数众多，一旦鼓动起来可以左右民意，因而是小泉行政改革的主要动员对象。公关策略确定之后，小泉智囊团假手一家民间公司，从 2005 年初开始，向全国各地以 B 层为主的民众，先后发放 1500 万份以上的宣传资料，通过简洁明白的感性语言，灌输对行政改革必要性的诉求。

同年 7 月，邮政民营化法案虽以数票之差在众院通过，却在其后的参院遭遇否决。将法案的通过视为主要使命的小泉，于是动用撒手铜，以首相的特权，宣布解散众院。得益于 B 层民众的广泛支持，小泉差不多将抵抗派斩尽杀绝，换上了自己钦点的子弟兵。小泉的压倒性胜利，遂让人们对 B 层的能量刮目相看，后者也由此成为议会政治中首要的公关对象。其后小泽领导的民主党复制小泉的戏码，提出取悦 B 层民众的竞选纲领，成功地取代自民党执掌政权。

决定日本政局方向的 B 层，有些什么特征和能耐呢？

因为教育水平和理解能力较低，B 层只能追从外在现象，对浅显、中听的言辞比较容易产生共鸣，因此经常把在媒体发声的 A 层文化人、艺人和学者的见解，延用为自己的意见。不过这种原本"A 层定调、B 层起舞"的定式，随着社会急速"B 层化"而发生变化。日益壮大发达的 B 层，逐渐居于社会中心，使 A 层精英倒过来受制于 B 层文化，揣测讨好 B 层民众，加速了Ｂ层势力的膨胀。《亡国Ｂ层》的作者，就把这一现象称为近代所发生的"大众社会"的"最终形态"。

日本现代社会这种Ａ、Ｂ层之间的互动，使得Ｂ层社会不断膨胀，越来越多的政治家不顾基于专业的政治良知，走入既操纵民意，又为民意所摆布的怪圈，走向所谓"民意亡国"的不归之路。譬如经济学者森永卓郎就曾经指出："易于受骗"的Ｂ层民众居多的日本，很有可能"被拖入战争"，就给"Ｂ层亡国"做了具体诠释。森永举例二战前成立的滨口雄幸内阁，其在国民的压倒多数支持下，大力执行金融紧缩政策，结果导致"昭和大萧条"，使得农产品价格暴落，失业率超过20%，尤其是大学毕业生无法就业。经济失策成为日本海外掠夺、走向战争的主要原因之一。

其实Ｂ层现象，并不为日本一国所独擅，而是一个全球现象。尤其是在一个议会政治的国家，代议制需要民意的支持和支撑，揣测和诣媚民意导致"大众迎合主义"盛行。当年竹下政权为了纾解捉襟见肘的财源窘迫，提高消费税，拂逆了民意，得罪了Ｂ层主体，结果黯然下台。老小布什父子，揣测民意结果，先后两度开启对伊拉克的战端，其后支持率都如日中天，结果却让美国陷于庞大的战争支出，影响国本，最后遭到民意唾弃。民意本来就如流水，原无定式，戏水者既可以兴风作浪，又常常为波浪所吞噬。这原本就是Ｂ层社会民意的悖论。

因此"B层亡国"的要害，就是国家可能在 B 层民意驱使之下走向战争。可惜的是，很多对 B 层现象津津乐道的日本论客，并没有注意到这一要害，或者注意到了，也为了迎合 B 层民意而不愿意提及。

说到此处，笔者大概可以得出这样的结论：其实有可能使日本"亡国"的，并非 B 层民众，而是玩弄民意于股掌、竭尽煽情能事的 A 层政客和媒体精英。民意一旦煽起，既可乘风远飏，又易骑虎难下，玩火者小心自焚，这是不该忘记的古训。

原载：2011 年 10 月 18 日 上海《东方早报》

9. 日本黑道"亚酷煞"

释名

"亚酷煞"是笔者对日语"ヤクザ"的译语，"ヤクザ"以假名行，原本为一种叫"花札"赌牌的"八九三"三张组牌。"八"和"九"是两张大牌，再抽一张"七"，就成一副极牌，即便抽到除"三"之外的其他牌，也多有赢面；不过如果手气不好，抽到"三"，则三张牌相加个数为"零"，成一副烂牌，必输无疑。所以"八九三"是指"败运"或者"背运"的赌徒，输得精光以后，成为社会的"混混"或者"流氓"，一文不名。"八"的大和古音为"ヤ"（ya），"九"与"三"的汉唐音分别为"ク"（ku）与"ザ"（za），合起来成"ヤクザ"（yakuza），此说形成于博弈盛行的江户时代。

笔者之所以不循坊间俗成，没有把"ヤクザ"译作"黑道""黑帮""黑手党""黑社会""流氓""无赖"，也没有径采日本官称"暴力团"，是因为"ヤクザ"并不完全等于上述各类指称。"ヤクザ"不"黑"（secret），几乎所有"ヤクザ"组织，都堂而

皇之拥有"称号"与"事务所",不属于"秘密会社";当然"ヤクザ"成员中不乏流氓无赖,但多数衣冠楚楚,"绅士"举止,不似一般帮派徒众,在民间逞强撒泼、欺凌弱小百姓。"ヤクザ"当然依凭"暴力",但除了利益集团之间偶尔"火并",其暴力活动还是鲜有所闻。"亚酷煞"主要为音译(transliteration),但汉字就是无法剔除其孳生的蕴意(connotation),虽然未曾拈断"数茎须","吟安"三个字,也颇费一番推敲踌躇。"亚"指"ヤクザ"是游离主流社会的"亚"社会,即我国旧时称作"江湖"的次级社会;"酷"兼指其残"酷"(cruel)与耍"酷"(cool);而"煞"则指其凶神恶"煞",杀人越货,冷血残暴。"亚"是其社会属性,"酷"与"煞"是其行为的两面性。

"亚酷煞"的今生前世

日本最出名的书评家松冈正刚在评骘猪野健治的《亚酷煞与日本人》时,准确地指出要了解"亚酷煞"的历史,必须首先了解其中国渊源"游侠"的"动态与思想"。他肯定近代"亚酷煞"来源于室町时期迹近游侠的"男立"(粗犷男),此辈特立独行,忤逆好事。到了江户时代,来自"旗本奴"(流浪武士)与"町奴"(流浪町民)的"男伊达"(血性男)便是其转型。这些居无定所的浪人喜欢佩刀豪游,号称"渡世人",结帮成派,又称"颜役",即居中替人摆平"纷争"与"事端",以此收受谢酬营生者。

近代史上最出名的"亚酷煞""大亲分"（大家长）吉田矶吉（1867—1936），以贩运煤炭起家，自称"无法松"，行侠四方，远近慕名，徒众甚多，后以"宪政会"势力出山，当过17年帝国议会议员，以在野行侠时的手段，在政坛名满天下。当时同样以炭矿起家的老乡麻生太吉（1857—1933），为前首相麻生太郎的曾祖父，以赀财入选参议院，据传雇用"亚酷煞"管理矿业劳务，不行"任侠"之道，吉田对其深为不齿，老死不相往来。另一名前首相小泉纯一郎的祖父小泉又次郎（1865—1951），为隶属"稻川会"的"小泉组"第三任帮主，全身刺青，以"义侠"自任，"人脉"遍布。又次郎从政后，博得"大众政治家"美誉，从而为小泉政治家族奠基。据说自民党建党之初，受到"稻川会"的大力资助。吉田、小泉等"任侠"政治家，可以说使"亚酷煞"的"酷"放出异彩，颇令后世憧憬。

当代"亚酷煞"的主要生计，当然来自毒品、娼赌、"舍弟"（帮派兄弟）企业，很大一部分还来自地方"用心棒料"（保护费）。据说日本商街的繁荣与安全与"亚酷煞"的维持治安有一定关系，所以有论者调侃其为"第二警官部队"。地方上有难，常常最早投入救难的是"亚酷煞"组织。如1994年阪神大地震时，镇守关西的"山口组"出动大量人力物力，救援罹灾的乡梓。2011年东日本大震灾时，第一时间出现在灾区的并非政府救援队，而是地方与外地的"亚酷煞"，他们将大批救灾物资悄悄运往灾区，赈济灾民。当日本媒体集体"噤声"不予报道时，一位原本来日本追踪报道"亚酷煞"劣行，以配合美国政府取缔外国帮会势力财力的记者，实在看不过去，在美国主流媒体渲染报道"亚酷煞"救灾的"慷慨"事迹。据说美国总统奥巴马年前访日时，警视厅首脑特地召集各帮会头目聚会，拜托他们不要在总统访日期间添乱，头目们也"唯唯"相呼应。

"亚酷煞"的实像虚像

"亚酷煞"在江户时代兴起之初，常以"一家"命名，以家族成员为主构成，也吸收其他成分，以"家父制"为掌控模式：头目为家长，称"亲分"，成员为子侄，称"子分"，成员之间以兄弟相序，与华夏旧时帮派会社类似。成员建分支，则称"组"。数个"一家"抱团成"连合"或"会"，所产生的企业称"兴业""商事""企画""总业"等，总称"舍弟企业"。"亚酷煞"标榜"任侠道"，上下之间以"仁义""忠诚"对举，成员之间以"义理""人情"相待，其最高境界为"极道"，即臻及"男子之道"（manhood）的极端。若违背帮规，罚则从剁指开始，更有"除籍""破门""绝缘""放逐"等。

江户时代"亚酷煞"的构成，除了下级武士之外，多来自"贱民"社会，后者遭到主流社会排斥，遁入"亚酷煞"谋生。近代以后这一构成大体不变，据说当今日本全国5万—8万名"亚酷煞"成员中，半数以上来自前"部落"（即贱民）区域与所谓的"在日"移民子弟（来自朝鲜半岛）。当今全国有三大帮会："山口组""稻川会"与"住吉会"，主要活动于关西地区的"山口组"成员占了泰半。

"亚酷煞"最为活跃的区域为九州，与其彪悍民风有关。2011 年日本全国有枪击事件 44 起，其中 18 起发生在九州。参与公共工程项目是帮会的一大经济来源，据说通常工程 5% 预算以"现场管理费"名目支付，充作保护费。如若不遂，"亚酷煞"的攫取手段也十分传统，他们会把大型车辆停泊在工地出入口，妨碍工程进行。工程方面叫来警察，察看后发现其地为公共地，不属"违章"驻车，无可措手而归，经常最后是工程公司乖乖地花钱消灾。"亚酷煞"活跃于救灾赈济，据说东日本大震灾后，最早进入福岛核电厂清理核辐射的员工不少为"亚酷煞"成员，除了其"作秀"宣传之用外，从灾后建设的庞大基金中分得一杯羹，也是主要动机。近日有杂志报道，"灾后复兴"预算的 3 兆日元中，有相当一部分流入"亚酷煞"的钱袋，当可信以为真。

战后日本政府将"亚酷煞"定性为"暴力团"，全力加以取缔，虽有收效，但"亚酷煞"却远未销声匿迹。究其原因，或许在于"亚酷煞"为日本社会的一个缩影，有论者径断日本为"亚酷煞风"伦理社会，即指其上下关系、"峻别序列"（严分等级）意识、忠诚服从信条、去"私"（一己）奉"公"（团体）

理念，与庶民伦理合契。此外战后"任侠"电影，尤其是 20 世纪 60 年代围绕"安保斗争"的风云际变，随之兴起的"非仁非义之战"电影系列，大肆渲染"亚酷煞"伦理，一批最为出色的演技派巨星，如高仓健、菅原文太、松方弘树、梅宫辰夫、金子信雄、千叶真一、北大路欣也、田中邦卫等，其出色演出让"亚酷煞"电影风靡全国，影响了数代年轻人的伦理事业观。

近年北野武拍摄的"极恶非道"系列电影，渲染丛林社会的暴力美学，完全颠覆传统"亚酷煞"电影的"义理人情"主题，甚至让浪漫配乐与女子、儿童的出演也完全绝迹。据说北野电影旨在显示"男气"陨落的日本社会如何应对"暴力时代"的来临，也在日本国内掀起了"北野旋风"，让年轻一代"心向往之"。

义理人情也好，暴力美学也好，"亚酷煞"以其"实像""虚像"，在日本社会"挥之不去"，恐怕还要继续长久在民间"缠绵"。

原载：2013 年 10 月 11 日 北京《百科知识》（2013 年第 14 期）

10. 日本的"政治屋"和世袭政治

日语有"政治屋"一词。"屋"原先是称民间的"专门店"或者"老铺"，譬如"本屋"（书店）、"菓子屋"（糕饼店）、"金具屋"（五金店）、"傢具屋"（家具店）、"居酒屋"（小酒店）、"着物屋"（和服店）、"笔耕屋"（代写文书店）、"素材屋"（材料店）等，成千上万，更多的是"屋"前冠以姓氏或者其他名称，以标榜其专业和历史。政治成"屋"，有政治"老铺"之意，指政治世家，即传代的政治职业，夫妇父（母）子（女）兄弟或者姻亲师徒相传，世代为业，也就是世袭政客。"政治屋"在各类政治体制中都是常见的现象，如美国的肯尼迪家族、布什家族和克林顿家族，韩国的朴氏家族，英国的上院贵族，这其中尤以日本为甚。日本国会参众两院共有议员722名，其中276名为世袭，占38.22%，尤其是执政的自民党，380名议员中，202名为世袭性质，占总数53.16%，半数以上出身于所谓的"政治屋"。现日本内阁，包括首相在内共有17名阁员，其中10名出身于"世袭"，竟占63%。（2009）年初以来，主要政党在社会舆论压力之下，关于限制"世袭"政治的议论趋热，但赞否两论，相持不下。据《朝日新闻》（2009）5月9日的调查，年内举行的次期众议院选举，现已决定参加竞选的881名候选人中，有133名为"世袭"性候选人，其中自民党102人，占总数33%，最近倡议建立有效机制限制"世袭"的民主党也有21人，占总数8%。日本国会的两院，连参议院都不同于英国的上院，需要民选，所以乍看"政治屋"的形成，有点匪夷所思。

日本人以"敬业"出名，各行各业，不问农工商学，不分高低贵贱，都有一大批人兢兢业业，将自己的"事业"作为"家业"相传，其中尤以各类"职人"（特殊职业者）最为彰显，如歌舞伎、俳优等，政治职业则可谓有过之而无不及。譬如说首相麻生太郎，如果从其玄祖父大久保利通（明治二年参议员、明治政府初代内务大臣）算起，他已经是第5代了。另外如跨越自民、民主两大党的显族鸠山家族，从第一代鸠山和夫1894年当选众议员起，到第4代的鸠山纪夫、邦夫（民主党党魁和辞职的内阁总务大臣）兄弟，并且已有下一代当选国会议员，五世传承，而鸠山纪夫作为民主党党魁，也是下届总理的热门人选。这两大代表性"政治屋"家族，都已经绵延了一个多世纪，迄今未衰。至于二世、三世议员，更是不乏其人。战后60余年，日本社会经济快速发展，自民党一党独大，政治相对稳定，在民主选举制度下盛行的世袭政治，可以看作对这种超稳定政治结构的反映。

稍微再深入观察这种政治结构的土壤，便会发现所谓"三ばん"（sanban）现象，即"かんばん（kanban 看板）""じばん（jiban 地盘）"和"かばん（kaban 鞄）"，是其滋生的主要原因。"看板"就是政治家族的"清誉"或者"声望"，是"政治屋"的名声招牌，在日本传统政治结构中，相当于名牌商标，非常值钱。"地盘"就是"政治屋"所经营的势力范围，包括后援组织、助选系统，平时耕耘票田，深植"椿脚"（"选举战"时的拉票人士），选举时八方拉票，山呼海应。"鞄"就是钱包，是一应政治活动的经费，各类财政资源。得此"三ばん"，天时地利人和，一样不缺，可以保证"政治屋"屡战屡胜、世代相传。

日本宪法赋予地方高度自治，而现行的"小选举区"和"比例代表"并立的选举制度，又使得当选议员从中央和地方争取最大利益，向自己所在的选区进行长短期的政治耕耘和投资。从本质上看，这是一种"利权政治"下的"利益关系"。有作为的政治家，给选区带来巨大的政经利益，选民作为返报，则帮助政治家继续当选或世代相传。政治家在选区的巨大投资，尤其是具有长线投资时，期待长程回报，在自己由于年龄或者健康关系，不得不退出现役时，由其家族延续回收红利。选民和政治家所结成的这种"利益共同体"关系，就是"政治屋"成形、世袭政治蔓延的主要原因。

　　不需要动多少脑筋，就会发现这种"政治屋"结构的弊端。民主制度下由选民"选贤与能"，本来是这一制度设计者的初衷，但是在"政治屋"所编织的世袭政治网络下，只要出身于"政治屋"，具备政治世家的声望、组织和资源，就不需再问贤愚，也不管平庸与否，都能登高一呼，声震遐迩，挟持"三ばん"的威势，击败来自低洼处的对手。这就是民主选举的"悖论"，是"民"不能自"主"的窘境。一些对自由选举制度下"利益关系"愤世嫉俗的论者，就是从这一角度抨击民主制度的"民不主"性质的。

　　很多日本人不是积极主动便是消极被动地拥护这种"政治屋"制度。日本宪法第 15 条和第 44 条规定：不问出身门第和所持资格，人人皆得自由选择职业，不得有所差别对待，当然政治家的家属也可以选择继承父辈的官职，赓续祖业，成为"政治屋"的二世，乃至三世、四世了。而在"政治屋"长大的世代，对政治自小耳濡目染，就像庖厨的子弟，自幼娴熟刀俎，不会操刀割手一样。而"政治屋"在地方以及中央的"人脉"关系，往往具备政治"素人"所不惯乃至不能的"利益输送"潜力，能造福乡梓，泽及子孙。地方选民慕其德，将选票投给握有同一块"看板"的候选人，就是理所当然的事了。在世袭政治之下，俨然形成"封建"王国，像群马县的政治选区，就被分割成"中曾根王国""小渊王国"和"福田王国"三大板块。

　　第 84 代首相小渊惠三在职时骤然病逝后，"小渊王国"后援势力急召其在英国留学的次女优子返家。当时优子虽然只有27 岁，几乎没有政治历练，还是在选区以 16 万票的压倒多数当选，成了小渊家族第三代国会议员。这位麻生内阁的"特命担当大臣"（少子化对策和男女平等政策担当），34 岁就成为内阁大臣，创造了"最年轻阁员"的纪录。优子女士似乎对体育（高尔夫球）、音乐（大正琴）和酒（兼任国会"日本清酒女议员爱好会"的干事长）比政治更有兴趣，问政似乎也乏善可陈，被人讥为内阁的"花瓶"，但是照样仕途风顺，走到哪里都是注目的中心。为了乡土利益，她激烈反对小泉首相的邮政改革，在党内叱咤风云、对政敌毫不怜悯的小泉首相也拿她无可奈何。

说到小泉首相，他在去年（2008）9 月 27 日举行记者会，表示"倦勤"，要引退养老，接着他把次子进次郎介绍给自己的"铁杆粉丝"，说了一段耐人寻味的话："他可比我年轻的时候强多了，我也是一名普通的'溺子傻父'（親バカ），请一定要把对我的厚情分给进次郎！"这位在执政期间誓言要打破一切"圣域"、改革自民党的前首相，不惜将一大批党内的"二世""三世"拉下马，起用 50 余名所谓"小泉子弟兵"的政治"素人"对抗"政治屋"，在晚节还是不能自脱于"政治屋"的世袭政治传统，十分具有讽刺意味。无独有偶，和他素有"亮瑜情结"的众议院长河野洋平，先他 10 天宣布引退，也不忘指名 32 岁的长女为自己的政治接班人。"辛口"的日本政治评论家，将这种把政治"公器"当作"私物"传授的做法称为"日本株式会社"，正是对"政治屋"最为贴切的嘲讽。

　　新一代的"小泉""河野"们的个人资质其实并不重要，有"看板"就足够了。明治以来的近代日本，一向由官僚治国。官僚才是社会精英，他们掌管具体的政府运作，让国会议员出身的大臣们在台前作秀和在台后分配行政资源。执政党只管政策立法，而担当其事者多为官僚出身的所谓"族议员"。因此很多人认为：再多几个"优子"或者"进次郎"，并不碍事，只要国家机器在官僚的操作下一如既往地运行就好。不过笔者还是主张应该通过立法或者党规，制限"政治屋"的蔓延。政治和其他行业不同，并不需要"百年老店"，相反，在"利权政治"的腐蚀下，"政治屋"绝对弊大于利，出身"政治屋"的多为政客，并非政治家。政治需要新鲜血液，需要来自民间的政治"素人"，需要摆脱盘根错节的"利权"之网，毕竟政治家说到底是社会的"公仆"嘛，跑跑腿需要那么"张扬"吗？

　　据说在日本只有一项"手艺"似乎还不能成"屋"，那就是漫画。漫画和"和食"是日本"软实力"的两大支柱，在海外攻城略地，最为得手，看看国内大都会到处林立"和食"店，"新新人类"几乎无一不知日本漫画，就能领略一二了。

　　"政治屋"则可以休矣。

原载：2009 年 8 月 14 日香港《文汇报》

11. 日相的"传家宝刀"

　　日本现行宪法第 7 条第 3 款和第 69 条，在制度和行政层面规定，国会众议院的解散权限，虽然列为天皇"国事行为"之一，但必须基于内阁的"助言和承认"（即提出和认可），因此归属于政府内阁，而实际上，它是首相独揽的权限。解散权和人事权，是首相"权威"的双料构成。首相以人事权摆平执政党，而以解散权威慑反对党。不过，日本的主要政党都盛行派阀政治，权力平衡是派阀政治的特征之一，所以首相实际上在人事安排时，很难专断独行，得和各派阀掌门协调人事，既要将其作为酬劳报答支持者，又在"举党一致"的压力之下，不得不经常以要职安抚竞争对手。而解散权在法理以及惯例上是首相独擅之权，行使发动时，当然需要从党利党略"审时度势"，却没有任何"咨询"义务，而且何时行使，端赖首相个人的自由判断，因此历来被称为首相的"传家宝刀"。

　　所谓传家宝刀，世代单传，人不得与共，所以"稀罕"为"宝"。传家宝刀，也是秘传利器，一旦出鞘，出其不意，"必

杀"无疑。既然是传家宝刀，轻易不露锋芒，就像帝颛顼的
"曳影"宝剑，平素只在匣里作"龙虎之吟"，要到"四方有事"
时，才会"腾空而出"，克敌制胜。再说竞选国会议员，要耗费
相当的人力物力资源。如众议院光法定选举12天期间，人均支
出为2 300万日元（约合172万人民币），而经常跨年的准备阶
段，费用更为可观。所以一般囊中羞涩者无缘于从政。一旦当
选后，光"政党交付金"（即付给各政党的活动经费）一项，
2010年的国家预算支出，为319. 38亿日元，国会议员共720
人，人均分配4 435万日元以上。从这一角度而论，从政的
"投资"浩大，竞选成功后，最低的"回报"就是做满任期了。
因此首相手里的解散权，人见人畏，除非胜算在握，没有人敢
冒大不韪去挑战的。

　　传家宝刀重在"威慑"，不过一旦有事，就得试其霜刃了。
最近操刀成功的实例，莫过于小泉纯一郎首相。他推行邮政改
革，不仅反对党为反对而反对，党内"利益集团"也拼命反对。
于是，他突然发动解散权，使出宝刀，执政党和在野党的反对
者纷纷落选，而胜选者多为其"子弟兵"，结果议案顺利通过。
此方面最不成功的事例，则大概要属麻生太郎了。他从福田康
夫手中接过相位，却一直斤斤计较在位之日的"长短"，害怕打
破"短命首相"的历史纪录，不敢冒险发动解散权，结果延误
了"亮剑"的最佳时机。他本人虽然幸免了"最短"纪录，却

使得长年执政的自民党沦落下野。

当今的菅直人首相，当时在野问政，曾经辛辣地奚落嘲讽麻生空怀宝刀而不敢"出剑"道："麻生首相手握传家宝刀，竟然害怕行使解散权，不敢拔剑，是一个癔病患者！"历史真是冤冤相报，曾几何时，践履相位的菅氏本人，也同样陷入"出刀"还是"不出刀"的"哈姆雷特困境"，而且尴尬的是，他的传家宝刀竟然要指向同党的潜在"造反者"。

菅氏于在野党时代，言辞犀利、攻讦凶猛，让他得到"刺儿菅"的别名。不过他的语录中，不乏"急就章"式的轻率空洞言论，也为他赢得"空菅"（即空芯管）的绰号。在朝野攻防战中，需要口舌灵活，需要"急智"，有时不免口不择言，甚至出言不慎，落人把柄。不过身为首相，应该谨言慎行，出口虽不至于字字珠玑，但切忌缺乏思虑的草率言论。看得出菅氏为相后比较克制，注意言行，不过其"持论"仍多浮薄轻率，经常露呈出"草根"本性。"菅式"语言的随意性和轻率性，给执政党带来困惑，也使他本人陷入了困境。

譬如他履任伊始，民意支持高腾，让他踌躇满志，提前举行参议院改选，试图趁势扭转国会的"扭曲"局面。本来他应该回到民主党竞选成功的原点，继续强调"国民生活第一"，提出兑现落实竞选诺言的具体措施。但他却抛开选民认可的竞选纲领，附和自民党消费税"增税"主张，一厢情愿地以为，"增税"既然不会成为两大政党政争的焦点，选民在无可奈何之下，只好"忍痛"认同他的提案。在草率提出"增税"案后，他也不做充分说明，最后遭到了选民唾弃，使得民主党败北，比选前短少十余席位，国会"扭曲"局面更为严峻，执政党要在参议院通过法案，难上加难。但是菅氏及其民主党执行部，既不对败选引咎负责，也不对败局加以深刻反省检讨，让党内"非主流"的小泽、鸠山派系非常不满，最后导致小泽出马，和菅氏竞选党魁。从民主党政坛前台销声匿迹近三个月的小泽一郎，以其和菅氏迥异的从政手腕和风格，再度浮上台面，成为党内对抗菅氏的"待望"（期待的）人选。

党内 150 余名第一次当选的议员，多数担心菅首相无法改善"扭曲"国会的局面，最终被迫发动众议院解散权，而他们当中相当多数是在民主党运势高涨时趁势选上的，在选区缺乏实力，不敢期待再选，所以很多人将希望寄托于政治手腕高超又在在野党内拥有丰富人脉的小泽身上，指望他能运筹帷幄，合纵连横，通过政党间"重组"或者"联合"，扭转国会"扭曲"局面，避免政局恶化而解散国会，让他们未能做满一届议员便打道回府。

菅首相阵营的最初反应，荒腔走板，乏善可陈。先由菅内阁"看板"人物莲舫高调发声警告："如果再次更换代表和首相，就只有（解散国会）再选举一条道了。"明显地向害怕解散的同党"一期生"（第一次当选者）代祭出"传家宝刀"。不过后来发现"恫吓"似乎并未发挥阻遏小泽支持者凝聚的威慑作用，菅首相亲自出马，连续几天在官邸分别召见多为"小泽子弟兵"的"一期生"。首先他尝试营造党内"和谐"气氛，一边作势从怀中抽出宝刀，一边说："小泽氏是我们的传家宝刀，虽然不能经常拔刀，但关键时刻抽刀，就会为我们所用。（小泽）无所不能，就像扑克里的王牌，是一位独一无二的人，拥有非常的力量。"他把小泽说成是民主党的"传家宝刀"，明显言不由衷，但他对小泽力量的认识，想必是由衷之言。

基于他对小泽能量的体认，菅氏尝试"釜底抽薪"。为了安抚这些选举基盘脆弱的政坛新兵，防止他们聚集在小泽麾下和他"作对"，甚而把他们招纳到自己的阵营，他说，"要以政治主导改变从上到下的行政格局，为此要（各位）在三年间安下心来，从事于真正的改革事业。"还明白提出自己在三年后同日举行参众两院选举的构想。这无疑是宣布他在三年里不会从匣中取出"传家宝刀"，不会解散国会。菅氏的承诺，使得本来"跟定"小泽的新生议员们发生动摇，一部分转入观望，一部分投入菅氏阵营，让人见识到了宝刀的"神威"。不过"传家宝刀"所以"厉害"，就在于它不知何时会突然"亮剑"。做出具体承诺，很多论者认为是一种政治自我"去势"的行为，犯了"兵家大忌"。所以一时日本舆论哗然，纷纷指责菅氏为了一己一时再选的"短期"目标，不惜"尘封"传家宝刀的"愚痴"行为。

虽说是否以及何时"亮剑"，只有首相一人说了算，但在实际操作上，首相的决断还是受到"政局"的左右。三年不"亮剑"，其实是一种欠缺常识的幼稚想法。日本宪法第 69 条规定："在众议院可决（内阁）不信任案，或者否决（内阁）信任案时，内阁如果不在十日之内解散众议院的话，就必须总辞职。"本届众议院议员定数为 480 人，民主党占有 307 席。菅氏不要以为执政党的优势难以撼动，只要政界重编，譬如说小泽竞选落败，率领所统属 150 余人的一半追随者 70 人离党出走，重建新党，并和在野党合流，执政的民主党肯定不保半数，"不信任案"完全有可能通过，菅氏能再不"作为"吗？当然其时即便"亮剑"，为时也晚矣。

所以无论在理论上还是实际操作上，菅氏的三年尘封宝刀说，是缺乏见识的。其短期效应虽然明显，但传家宝刀毕竟是双刃利器，既能割人，也能割己，操刀不善，很可能"割手"。时下小泽和菅氏的党魁之争，短兵相接，已经进入决战阶段。自称"野战军总司令"的小泽，对上手持"传家宝刀"，善于"借力使力"，人称"巴尔干政客"（バル菅）的现任首相菅氏，两人之间的胜负，将在（2010）9 月 14 日见出分晓。笔者预测，手执"传家宝刀"的菅首相，很可能胜出。不过即便胜出，菅氏手中的宝刀，看来再难"入鞘"了，他得"被迫"再次挥刀，解散众议院。其后"传家宝刀"会挂在谁的腰间呢？那就不敢肯定了。

原载：2010 年 9 月 10 日 新华社《环球》（2010 年 18 期）

12. 日本政党政治史一瞥

上周（2016 年 3 月第二周），日本两大在野的民主党和维新党，在国会内正式磋商两党合并事宜，并决定新党名称为"民进党"，拟于本月（2016 年 3 月）底正式合并。此番合并旨在与执政的自民党抗衡。

小党合并、联合以谋求执政地位，在日本政党政治史上是常见的手段之一。此次民主、维新两党联合所欲抗衡的自民党，在历史上本身也是数党联合的产物。

"党"字的黑历史

先来看看党字的由来："党"字不见于甲骨文，在金文里才出现。《周礼》的"五族为党"和《礼记》的"父母之党"，估计为其本义，即戚属团体"乡党"之意。

金文"黨"由"尚"和"黑"两个部件组成，《说文解字》解释说："侵不鲜也，从黑，尚声。"后半句释其为形声字，即由义符"黑"和声符"尚"组成。前半句让人有些莫名其妙，许慎解释"侵"字说"从人又持帚，若埽之进"，是会意字，描述人拿着扫帚清扫前行,那"不鲜"就是要扫除的"不洁"和灰尘了,跟"乡党"有什么关系,令人一头雾水。

不管怎么样,"党"字作"同人团伙"解,一直到近代,字运不佳,用于"朋党""党同伐异""党祸""党羽""奸党"等,负面意义比较突出。估计是遣唐使把"党"字带回了日本,也在"朋党""私党"等负面意义上使用。

日语"政党"一词来自一场叛乱

近代启蒙思想家福泽谕吉 1859 年参观旁听了英国议会,看见刚才还在面红耳赤、激烈辩论的两党同仁,走出议事厅后握手言欢、言笑晏晏的情形,脑洞大开,回国后开始向国人介绍议会政党政治及其运作方式,"党人"的负面意义才开始转变。倒幕运动时有被称为"土佐勤王党"的,就是最初正面意义的使用。

到 1877 年因西乡隆盛反叛明治政府而起的"西南战争"时,在政府媒体形容叛军为"私学校党"(反叛以私学校的学生为主力)的另一边,同情反叛的民间报纸则称其为"新政党"。"政党"一词诞生于其时,原指一种"新政"的党徒,稍后明治学者就用来移译西语的"party"一词,稍前日本最早的民权运动家板垣退助就建立了第一个近代政党"爱国公党"。

藩阀 VS 民党:二战前日本政坛的利益交换

明治维新成功后,论功排座,推动维新的主力萨摩和长州两藩势力坐大，执掌明治政局，被称为"藩阀政府"。爱国公党与稍后相继成立的自由党和改进党等"民党"，最初就是准备与"藩阀政府"较劲的。

明治政府在 1885 年创设内阁制，1889 年颁布《明治宪法》，规定年满 25 岁、纳税 15 日元（相当于现在 1 200 万日元年收者的税金，其后经两次递减，于 1925 年废止）以上男性拥有选举权，翌年开设帝国议会。

在当时君主立宪制下的明治天皇，其实际权力受到相当限制，据说天皇本人也希望通过议会，在藩阀政府与反藩阀势力之间，寻找一个降低冲突和斡旋妥协的平台，因此鼓励"民党"参与政治。

甲午战争后，民党势力有了长足的发展。板垣和另一位民权运动领袖大隈重信组成宪政党，并在 1898 年就任阁揆，成立了"隈板内阁"，成为日本史上第一个政党内阁，开始了所谓的政党政治。在明治时期，作为各类政策集团的政党组成帝国议会的众议院。

日本议会从一开始就成了各种利益交换的政治舞台。议会本身的权限有限，再加上由两院构成，其中贵族院不经选举，由皇族和贵族成员构成，终身任职；而众议院的选举又诸多限制，民党执掌的机会如昙花瞬息，匆匆过场，藩阀得以长年执政。直到最后一位元老西园寺公望在 1940 年死去后，这一局面才有所改变。

藩阀政府提出的预算，经常会受到民党控制的众议院的质疑和抵制，因此藩阀政府会做出一些妥协，而民党为发展各自的势力，需要从政府手里获得如铁道、公路和港湾等基础设施的开发构筑权，充作"地方利益"，以维持自己的被选实力，并获取政府公职的机会，所以常常和政府一拍即合，进行台面下的利益交换。

"五五年体制"：二战以后的"自民党王朝"

战后美国占领当局规划加强政党政治，有过一段众党林立的混乱时期。到了 1955 年，左派的社会党统一其左右两翼，成为政坛一大突出势力。作为抗衡，保守的自由党和民主党结成自由民主党（自民党）。

两大政党开始在议会较量，这就是所谓的"五五年体制"。因为在议席占有上，自民党总是多出社会党一倍，所以一直到该体制在 20 世纪 90 年代初寿终正寝前，实质上一直都是自民党的一党稳定统治。

明治至战前的政党政治，在很大程度上被藩阀和军部所操持，严格意义上还不能算是政党政治，这里姑且不论。"五五年体制"后自民党作为长寿执政党，除了其经济、外交政策给日本带来稳定繁荣之外，很大程度上得益于其所制定的选举制度。

战后实施中选举区制度，譬如说全国 130 个选举区，共选出 511 名众议员，平均每选举区选三到五名议员。一个政党需获得半数以上席位（256 以上）才能执政，因此每选举区必须安排两名以上的参选者。而选举法规定选票不能移让，所以选举策略和助选协调至关重要。

自民党的三大法宝

"五五年体制"后，自民党内畸形发展出三大"法宝"，保证其在选举中屡试不爽。

其一为参选与当选议员的"后援会"，这是一种议员与地方实力者进行利益交换的强大组织，掌握大量的竞选资金，因而具有强大的协调和吸票能力。

其二为自民党本部的"派阀"构造，每名议员从属于党内某个派阀，派阀领袖通过提名、分配选举资金和派阀间协调，在同党议员之间拟出"配票"方案，通过"后援会"实施。

其三为自民党挟其执政党的优势，得以对选举区进行"利益诱导"，不仅摆平同党候选人之间的过度竞争，而且还拆解他党候选人的攻势，保证本党候选人的当选。

中选举区制度还给长年执政的自民党带来所谓的"三バン"（Sanban）优势：即"地盘"（chiban，即"势力"）、"看板"（kanban，即"招牌"）和"鞄"（kaban，即"钱包"）。

议员通过"后援会"服务地方，向地方输送中央"近水楼台"的财政利益，给地方实力家族和普通选民利益沾溉。选区对"恩公"议员感恩戴德，而且为了保证这种利益输送不致断绝，不仅要让议员继续当选，而且在议员本人退休后，让其继承人后续当选，所以当今自民党的"二世""三世"乃至"四世""五世"议员，几乎占据当选议员的 40%，将选区垄断为自家的"地盘"。

如前自民党的重要议员铃木宗男因受贿、伪证、违反政治资金规制法而被判实刑，不得不辞去议员一职，可是他"地盘"所在的北海道选区选民在他被收监后，仍将他的女儿贵子选入众议院。

"看板"就是知名度，议员在自己的选举区内深耕细作，常常跨年累月，能够培植很高的知名度，成为地方标志性的"政治屋"家族，对相信和喜欢老铺的日本选民而言，一块金字"看板"，常常决定其投票的取舍。

如前首相小渊的女儿优子，在她父亲猝死于任上后，匆匆从伦敦的留学地赶回老父的选举地盘，顶着老父的"看板"，毫不费力就当选了。她后来在"政治资金收支报告书"中漏报 2 600 万日元的资金收入，结果她后援会的两名会计被判有罪，她被迫辞去产业大臣以及议员之职，不过在群马县自己地盘选区的补选中，她的耀眼"看板"仍旧让她高票当选。

"鞄"就是钱包，经营有年的议员常常有充沛的政治资金可以投入选举，用作如选举对策、宣传广告、后援活动诸项的

赀费，能够成功阻挡囊中羞涩、万一落选还得重新就职的潜在
候选人。

因一场丑闻而改变的选举制度

这三项自民党长年执政的"法宝"，成了"金钱政治"的温
床，与政策优先的"政党政治"初衷相去甚远，逐渐为日本社
会的有识者所诟病。

中选举区制利益交换所生成的严重腐败弊端，在 1988 年爆
发的"利库路特贿赂"丑闻（Recruit Scandal）中暴露无遗，不
但此后不久结束了自民党长年执政的优势，也直接导致了选举
制度的根本性改革。

1994 年开始实施"小选举区比例代表并立制"，小选举区
规定一个选举区只有一名当选议员，配以全国性的政党"比例
代表"选举，让在前者落选的"死票"，得以在后者按比例
"复活"。

小选举区的一人当选制，使得同党候选人的配票毫无必要，
而且选举重在各党的政策主张，候选人个人的竞选力度以及竞
选支出大大降低，稍稍堵塞了利益交换的诸多漏洞，其初衷就
是为了克服中选举区制的弊端，而让政党政治更能体现民意
结构。

"小选举区比例代表并立制"，仍然对自民党这样组织强大、
后继人才充沛的政党比较有利。新的选举制在设计上有利于两

党竞争制，但在实际操作上依然容易导致一党独大的局面。

如 2005 年小泉第二次内阁众议院选举获得 296 席的稳定多数，隔了四年，在野的民主党竟然以 309 席还以颜色。可惜好景不长，民主党的鸠山、菅和野田三任走马灯首相，才维持执政三年余，又让自民党以 291 席压倒多数卷土重来，而下野的第二大党民主党仅得 73 席。

自民党再度"独大"，在野党合而谋之

自民党再度一党独大，让在野的诸多反对党在国会失去"钳制"执政党的大部分功能，几乎到了无足轻重的"失声"地步。

而决定今后政局的今年（2016）夏季参议院选举在即，在野党陷入集体焦虑，开始摸索重新组合在野势力、在人数上抗衡自民党的可行策略。在水面下斡旋了一段时日之后，遂有本文开篇提到的，民主和维新两党的党首于 3 月 15 日共同对外宣布"合并"之事，合并后的党名"民进党"，标榜"与民并进"之意，并呼吁其他在野党跟进。

合并后的新党势力，在参众两院共有 157 名议员，再加上至少有五名无所属的支持议员，多少比从前涨了一些声势。可惜从各大媒体最近对夏季参议院选民投票意向调查的数据看，合并后的民进党支持率都不超过 15%，而自民党仍然高居 40%上下。

合并后的民进党确实有为议会席位数目虚张声势之嫌，原来的民主、维新两党议员在新党名称下估计还是同床异梦，但是有一点让人欣慰的是，从"数之力学"而论，旧维新党倒向民主党，却不盲从其精神领袖——前大阪市长桥下彻协助自民党修宪的终极意愿，给安倍在任内实现其修宪夙愿，大概增添了不少变数。

原载：2016 年 3 月 22 日 上海　澎湃新闻"外交学人"

13. 天皇制与象征天皇

　　日本的安倍内阁在今年（2017）5 月 19 日的阁议中，决定向日本国会提出《关于天皇退位皇室典范特例法》。法案主要内容有三点：第一，天皇的退位意向得到国民的理解与共感；第二，天皇夫妇退位后尊称"上皇"和"上皇后"；第三，法案公布后三年之内由内阁行政命令颁定退位日期，而内阁首相在听取皇室会议的意见后做出决定。鉴于该法案在阁议决定前已经得到执政党和在野各党的基本认可，在本届国会通过只是走过程序，而日本政界已经开始筹备预定明年天皇退位、新年号的选定以及改元日期等，日本即将开始一个新时代。

缘起：从明仁天皇的生前退位意向说起

　　去年（2016）8 月 8 日下午 3 时，日本电视台播出"今上"明仁天皇前一天在皇宫录制的视频谈话。天皇叙述自己 28 年来执行"国事公务"的感受，作为传统的继承者，他一直在思索如何将皇室传统融合于日新月异的现代社会，尤其当自己年事已高、体力渐衰之时，如何处置自己和对待公务。他强调天皇的首务是祈愿国民的安宁幸福，发挥国民统合的象征作用，加深理解国民，培养与国民同在的自觉等等。但现行的天皇制会因为天皇一己的状况，给社会和国民生活带来各种影响，如在位天皇故世带来旷日持久的丧仪活动等，因而呼吁加以避免，以持续有效地执行天皇的国事公务。在长达十余分钟的谈话中，天皇一字未提自己的"退位"设想，却明白无误地告诉了国民他希望以"生前退位"来革旧布新。

天皇"生前退位"谈话公布后，在日本社会掀起轩然大波，而且很快还波及世界，其中中文媒体的报道可以说是少见地连篇累牍，可见其意义重大。天皇谈话让人们注意天皇制这一世界最为古老的皇室体制，也引起日本及海外媒体纷纷解读谈话的含义，"改革天皇制论""阻止安倍改宪论""改宪阴谋论"等一时甚嚣尘上，其中不乏过度解读者，让天皇谈话本身的真实含义反而变得扑朔迷离。不过撇开种种推测暂且不论，有一点却非常彰显清晰，即天皇主张天皇制应当与时俱进。

天皇制的起源和历史

后世天皇的谱系起源于《古事记》和《日本书纪》等典籍，"记纪"神话中的天照大神及其"天孙降临"，成了皇族谱系的始祖，就像我国历史的"层累说"一样，愈到后来，皇族谱系愈益详全。从公元前7世纪的神武天皇，到"今上"明仁天皇，一共经历了125代，被称为"万世一系"，当然其中不少还缺乏坚实的史证，只能视作传说。"天皇"这一称号来自华夏，在 7 世纪经过"大化改新"和"大宝律令"而法制化。随着从华夏导入冠位制度后，天皇开始成为政府的核心部分，正式形成天皇制。天皇制在奈良、平安期达到政治和祭祀的顶点，其后因为摄关、院政和武家政治相继抬头而失去政治实权。镰仓、室町时代，天皇制与武家政治此消彼长，天皇制长期处于劣势，到了战国时期，皇室甚至需要有力大名的接济才能维持生计。在漫长的江户时代，天皇仍然未能夺回政治统治权，并且受到幕府的严格管制。但天皇制在精神、文化和宗教领域，其权威仍未完全失坠。

幕末日本社会在西洋列强的开国压力之下，兴起"尊王攘夷"运动，使得天皇制绝处逢生，重新取得统治权威。倒幕成功后，明治政府实施君主立宪制，制定帝国宪法，使天皇成为"统揽一切"的国家元首，国家神道定位后，天皇被强化成"现人神"，天皇制成为新兴帝国意识形态的核心。二次大战的战前与战时期间，天皇制成为日本军部实施国家主义和军国主义的最有效动员武器。战后，该制度一度面临存废的严峻考验，但是由于美国占领当局战后世界布局谋略的考量，重归虚位的天皇制在新宪法中不但被保存下来，而且作为国家和国民统合的象征发挥着积极正面作用。

万世一系与不具姓氏

就算剔除天皇制的神话因素，从其与大唐所处历史时期相俦的奈良、平安成型时代算起，天皇制也毫无异议地可算世上最为古老的皇室制度了。对普遍具备"王侯将相，宁有种乎"意识的国人来说，恐怕难以理解天皇制缘何"万世一系"、历千余年而不坠。照理有德有力者有天下，华夏历史上，江山易姓就是寻常事。甚而在一朝之内，篡弑频仍，皇帝轮流做。而日本虽然历经"摄关"专权，院政操纵，南北对峙，幕府相继，天皇制却从来不曾被取代，一直为天下共主，真可谓"铁打的江山流水的兵"。甚至二战结束后，权倾东西的美国亦未能取消天皇制，反而不得不加以利用而成功实行占领。纵观寰宇，皇运长久的无出天照子孙右者。天皇制到底何德何能，可享如此长祚久胤？

笔者认为最主要原因在于，天皇制很早就完成了象征化和符号化过程，让天皇制超越了一时的政治权力结构，成为具有宗教意义的精神文化系统，涵盖各种利害关系，最终成为国家象征和全民利益的最大公分母。除了象征符号性是天皇制长治久安的主因之外，与此相关的另一原因则为天皇家族不具姓氏，"万世一系"。有姓有氏，就有特殊的血缘、地缘利益，容易引起窥视觊觎者的"易姓革命"，所以难以做到"万世一系"。天皇一族无姓，超越了血缘和地缘利益，因而助其"万世一系"。

小室直树在其《中国原论》一书中对此做过详尽分析，指出日本的姓氏，不像中韩等东亚国家来自血缘和地缘，而是来自"协同共同体"，即来自共同作业的集合体，也可以说来自各种职业及其作业所在地。看看日本古姓，充斥着近卫、鹰司、一条、西园寺、花山院、入江、岩仓、大原、小仓、高松、桥本、藤谷和吉田等，皆与官位、职司和家柄等有关。天皇只有一系，皇上及其候补仅以名行（如明仁、德仁等），"天皇"这一职业就成为姓氏，凌驾其余二三十万姓氏，"异姓"无论如何都是无法取代"天皇"一姓的。游戏规则早已设定，僭越篡位、起义革命，全都无济于事。

象征天皇制

新宪法规定天皇不具实际政治权能，不能过问专属内阁的政府统治，所以被称为"象征天皇制"。这种象征性在"记纪"神话中已露端倪。镜为古代天皇传授的三种神器之一，天照大神曾经叮嘱"天孙"，祭祀时可从镜中窥见天照之魂，就已强调神器的精神性与符号性。战后日本学者对"象征天皇制"在精神、文化和宗教祭祀领域内的权威体制做过很多分析。如和辻哲郎在分析日本尊皇思潮时指出："尊皇思想为日本伦理的根干，其他一切伦理思想都于此派生。"强调天皇制的精神道德意义。会田雄次认为天皇观的核心就在于"天皇无私的人格"，天皇是日本人理想人格楷模的道德象征。

这种在精神文化和道德领域的权威性，被称为"权威天皇制"，是指天皇制为日本国家以及国民的全体性、统一性和永久性等的象征和最高权威。津田左右吉指出天皇制的本质与机能，在于其为日本作为统一国家的独立性和存续性的具体象征。战国时代群雄割据，正是天皇制的存在，让民众深信日本作为一个国家实体的存在。此外，肥田后男指出：天皇制是日本国民对国家统一性和永久性之愿望的象征。和辻还曾说过，日本国家就是统一在代表全体国民进行祭神、具有宗教权威性的天皇周围的，天皇为民众全体性的表现者，因而是"国民全体意志的表现者"，或者说："国民统合的象征"。

很多学者也对"象征天皇制"做过批判，如竹内芳郎曾指摘"精神天皇制"，称其最大问题是成为日本人道德精神构造中无责任性的根源。他说："天皇的无责任性与日本人全体的民族无责任性相匹配。"综观战时日本军部和政客得以处处借重天皇制实施国家主义和军国主义谋略，其后又推卸个人责任的做法，就可见一斑。"象征天皇制"反映了日本民族的无责任性特点，为很多学者所诟病。

结论：象征天皇制的趋向

对其"生前退位"的各种解读，多有过度之嫌，其实天皇谈话应该只是一位进入老耄之年、多病的老人对其自身退休制度的探索。他希望于他健在之日，改革天皇制，将其更为贴近现代社会。

　　天皇制本身是传统和旧制度的延续与象征，但其延续同时也是美国当局清算极端国家主义时的妥协产物，所以充满了新旧之间的矛盾。昭和天皇战后有所反省，明仁天皇继位后，开始深化这一过程，从他继位翌年就专程探望批评其父的战争责任而受右翼枪伤的长崎市长开始，其一系列言行，体现了深刻反省过去和传统、真正从"现人神"到"人间天皇"的转型尝试。他有志于将皇室改造成真正去神化的"人间"象征，这次退位想法，正是这一改革思路的一个突破口。通过这一本乎人情的诉求，赢得朝野的同情与认可，作为皇室典范改革的开端，导引继位方式、女帝可能性、天皇职能等方面的系列改革，将天皇制纳入现代规范，即欧式的皇室制度，贴近人间、贴近民主政治和现代社会，与传统的天皇制做最后告别，这是其"生前退位"诉求的实质意义。至于其诉求是否具备抑制或者促进安倍政府的"改宪"运作的目的，就得另当别论了。

原载：2017 年 6 月 9 日 上海　澎湃新闻"外交学人"

14.　日本天皇制及其存续

明仁天皇的生前退位与"令和"时代的开始

平成天皇明仁在 2017 年发表谈话，希望在其有生之年传位给太子德仁。其后日本政府向国会提出"关于天皇退位皇室典范特例法"，获得通过，日本政界开始紧密筹备天皇退位、新年号颁布和改元日期等重要举措。天皇的"生前退位"在日本古代史上并非罕见，但却是迄今 200 年来的首次。今年（2019）4月 1 日，日本政府发表新年号"令和"，寓意"美丽的和平"，明仁天皇在 4 月底正式退位，结束了长达 31 年的平成时代。5月 1 日改元，开始令和新时代。

天皇制的起源和历史

天皇制是日本的君主制，是以天皇为中心的国家体制。我们能从记载日本古史的《古事记》和《日本书纪》等典籍中，找到天皇制的起源。这些典籍中关于天皇谱系的记录夹杂着很多神话传说，譬如说天皇一系始祖"天孙"来自日本神话中的太阳神天照大神等等。从其记录的公元前 7 世纪神武天皇算起，到明仁天皇，一共传承了 125 代，2 600 余年，可谓"万世一系"。其中当然具有史实，但也不乏神话和传说。

日本有文字记录的历史起源较晚，最早可能在引进汉字书写系统的古坟时代（3 世纪中到 8 世纪初）中晚期出现。比较可靠的是同时期的中国典籍如《三国志》、旧新《唐书》和《通典》等所引据的史料。早期日本在中国史书中被称为"倭"，《魏书》有《倭人传》记载史家的见闻。《新唐书》的《日本国志》载："（高宗）咸亨元年（670），遣使贺平高丽。后稍习夏音，恶倭名，更号日本。使者自言，国近日所出，以为名。"这条"使者自言"的记载应该是靠得住的，证实了改名的理由及其新名的由来，可信日本国得名是在唐高宗咸亨年间稍前。

国家正名之后，当然也会给君主正名。两汉时日本岛诸国林立，君主初称"王""大王"或"天王"等。7 世纪中以孝德天皇颁布《改新之诏》为发端的"大化改新"，从华夏全面导入律令制度，实行朝廷冠位制，日皇改称"天皇"，天皇成为朝廷的核心，天皇制正式成形。8 世纪初，大和朝廷颁布《大宝·公式令》（701），用的就是"明神御宇日本天皇诏旨"的名义，表明"天皇"称号已经正式成立。

天皇制在从 8 世纪末到 12 世纪末的奈良、平安两个时期，达到运作的顶峰期。即便如此，天皇制也不是绝对的君主专制，经常是通过指导具体执政的摄政和关白实行间接统治。而其在后期，由于武家政治的兴起，甚至开始失去政治实权。此后天皇制在镰仓、室町两个时代长期处于劣势，到了群雄割据的战国时代，皇室虽然不绝如缕，但很多时候需要有力诸侯的接济才能苟延残喘。如织田信长就曾经耀武威胁当时的正亲町天皇，逼迫其让位于诚仁亲王，因为亲王是其养子的生父，织田希望养子有朝一日也能成为天皇。在 260 余年的江户时代，天皇一族受到德川幕府的严格管制，与权力决策完全无缘，几乎名存实亡。

不过，由于天皇制的神格性质，任何执掌实权的武家或者幕府都需要天皇制为其统治的正当性背书。也就是说，天皇制也许并不是权力本身的载体，却是任何权力结构的正当性源泉。天皇制的存立机制，在于其作为一种超权力的信仰类型，至少受到权力者的表面拥戴和尊重，所以天皇制在精神、文化和信仰领域，一直保存着至高无上的影响力，使得天皇权威永世不坠。

江户幕府晚期，日本社会处于西洋列强武力威胁之下，朝野有识之士对幕府的因应举措充满忧患意识，开始兴起"尊王攘夷"的倒幕运动，使得天皇制绝处逢生，最终夺回统治权力。倒幕成功后，明治政府实施君主立宪制，制定帝国宪法，树立天皇为实际统治的国家元首。尤其是国家神道定位后，天皇制原本具有的神格性质被强化为"现人神"，成为新兴帝国意识形态的核心。"太平洋战争"之前及其战时，天皇制被日本政府用来动员和实施国家主义和军国主义，战后则经历了存废的严峻考验。美国占领当局出于战后的全球布局谋略，在其主导的日本战后新宪法中，通过让天皇制重归虚位的办法，将其保存下来。此后，天皇制作为国家与国民统合的象征因素，继续成为日本政治体制的主要基石。

天皇制与血统

东京大学教授上田正昭（1927—2016）在 1965 年出版的《归化人》一书中，写到第 50 代桓武天皇（781—806 年在位）的生母是朝鲜半岛百济国"武宁王"的后裔。这一论证遭到当时右翼人士的强烈抗议，他们叫嚣："天皇家怎么可能混入朝鲜人的血统呢?"纷纷给上田氏写信打电话，责骂其为"国贼"（日语版"奸细"），诅咒其"必有天罚"，要其"滚出京大"。肃杀的气氛让上田氏多年后回忆起来还是不寒而栗。

2001 年年底，明仁天皇曾经发表谈话说："由于《续日本纪》桓武天皇的生母是百济武宁王的子孙这一记载，我深感与韩国的由缘。""由缘"一词和中文"血亲"比较接近，英语可以译成"kinship"。天皇的说法比起上田的客观持论，带有更多的感性色彩。《朝日新闻》和韩国的媒体对天皇谈话中释出的这种善意，反应积极热烈，而日本国内主流媒体如《读卖新闻》《产经新闻》和《每日新闻》等，似乎协调过一般，对天皇的"由缘"说却是反应冷淡，呈现出一派诡谲氛围。

持传统保守观念和右翼见解的一部分日本政客和论客，强调天皇制的血统根据，主张皇族"高贵的血统不可断绝"。东大教授东乡和人曾经论述"天皇缘何'万世一系'"这一主题，认为不单单是天皇制，而且在整个日本社会，血统概念向来稀薄。他说在日本的传统农业社会中，"家"的观念与"血统"并无必要联系。他以日本社会的"养子"制度为例，儿子当然继承父业，但在没有儿子的家庭，女儿甚至女婿继承家业的事例频繁发生。没有子女的家庭就会迎入毫无血缘关系的养子女继承家业。日本的家庭原则上并不受血统束缚，而以人员流动建立联结，持续发展。学者新保博曾举对德川幕府家臣（旗本）5 000人的调查为例，指出其中23%为养子继承家业。另一学者坪内玲子也举例18世纪加贺望族前田氏的家臣，其养子继承率更高达36%。这些事例都表明日本社会普遍轻视血统，标榜皇族的纯粹血统论，只是右翼的一厢情愿罢了。皇族血统里一定会有非皇族的血缘，甚至还会掺杂邻国人种的血缘。读一下《源氏物语》，就会对古代天皇一族的血缘关系有感性的认识了。

天皇制缘何存续？

由个人组成的民族国家，需要具备统一的国格生存于世，而这种统一国格的维持，需要一个凝集点，这在美国，大体由《宪法》担当，而在日本，天皇制被认为是一种最大的民族凝聚力。天皇制与欧洲皇室制度不同在于：日本人将天皇视作道德楷模，认为其理论上是先民之忧而忧，后民之乐而乐的，不像很多欧洲皇室成为时尚流行的楷模和尘世娱乐的焦点。所以很多日本学者认为："精神天皇制"为象征天皇制的本质。天皇制在历史上遭遇的最大难关，无过于战败后美国对日本社会的体制改革了。天皇制最终被保存下来，一般认为有以下诸端原因：

第一：昭和天皇接受《波茨坦公告》的"圣断"，拯救了日本民族，避免了"一亿玉碎"和"本土决战"的最惨结局。当时日本国内驻军仍有 300 万，海外驻军 200 万，大部分可以继续参战。鉴于塞班岛和冲绳日军的激烈顽强抵抗，美军占领日本，一定要付出很大代价。麦克阿瑟在其《回忆录》中指出至少需要百万兵士，才能占领日本，结果盟军几乎未损失一兵一卒就顺利实施了占领任务。麦氏于是对天皇存续对战后民主化与和平化的贡献做出评价，对天皇予以称赞。

第二：保存天皇制也符合战后日本民众的主要民意。

第三：战后天皇本人也进行了一定的反省，巡视地方、激励国民，以其特殊的象征功能，一定程度上推动了日本再建。麦氏《回忆录》提到他与天皇的多次会见，对天皇的战后表现做出了倾向于肯定的评价。

第四：天皇成为国家和国民团结的象征，被再度塑造成一种超越集团和党派利益的道德符号，即公平无私、慈悲宽容和反省精神。象征天皇制对很多日本民众而言，就像富士山的存在，成为一种无可替代的向心力。虽然昭和天皇在战后被美国占领当局"去神化"，还发表过"人间宣言"，宣布自己为"凡人"，但天皇制，尤其是"象征天皇制"，在日本民众间的"半神半人"（战前战时叫作"现人神"）宗教性权威，根深蒂固，依然具有超出任何个人和党派的号召力。

基于这些原因，加上日本皇族努力保持与时代互动、塑造内敛亲民的积极形象，天皇制在日本社会，尤其在超越政党、群体利益，维持国家团结和政治稳定方面，是一种不可或缺的凝合力量，将在未来很长时间内继续发挥作用。

原载：2019 年 5 月 9 日 广州《看世界》（2019 年第 9 期）

观

念

1. 日本人的"间"意识

日本人对"间"（空间距离感）有一份特殊的体认和敏感，从中世以来，逐渐形成一种独特的空间距离感，日本以及海外的学者将其称为"间意识"（Sense of Space）。它浸润于话语、美感、艺能、交游、心理等各个系统，成为日本民族意识的重要构成部分。

"间"是一个会意汉字，其本字为"閒"，初见于金文。"閒"由上部的"门"字和下部的"月"字构成，意义显白，即月光通过门隙洒落，所以《说文》释为："閒，隙也。"小徐做注说："夫门夜闭，闭而见月光，是有间隙也。"其本义为"门缝"，后来引申为空间、距离、间隔和离间等义。如秦汉典籍中《孟子》的"滕，小国也，间于齐楚"，《周易》的"盈天地之间者唯万物"，《史记》的"晏子为齐相，出，其御之妻从门间而窥其夫"，"谗人间之"等等，后世大抵沿袭其义，用于指称一种物理的距离，其外延内涵，相当稳定。

"间"字大概在古坟时代（3世纪中至7世纪中）传入日

本，大致有汉音（kan）和吴音（ken）两种音读，但是类似"间"字的空间距离概念，却肯定在原日语（proto‐Japanese）中，就以口语的形式早已存在，因为在音读之外，"间"字至少还有"ま"（ma）和"あいだ"（aida）两种训读，很可能绳文人和弥生人，已经对空间距离概念有着精确的体悟和把握。后世的日本人，似乎对"间"字情有独钟。何以见得？看看日语中用"间"字草创了如下众多的和式词汇与概念，就可以知晓了。

先看创造出"间"字的汉语的构词：最常用的《现代汉语词典》收"间"字起首的常用词汇，包括第一声和第四声两项，汰除重复枝衍的，如"间谍""间断"到"间隙""间隔"等，共26词，再加上以"间"字结尾的常用词汇，如"空间""时间""人间""世间""民间"等，大致也有20个，合起来在50个上下。而日语《广辞苑》仅"间"首字的常用词汇就收了60余个，如其自制的"间合""间取""间违""间恶""间拔""间男""间人"等。加上"间"尾字的词汇，如日本人赋予新意或者自创的"时间""空间""人间""瞬间""床间""乞间"等，估计亦与"间"首字词汇数目相仿，至少在汉语"间"字词汇的一倍之上。

日本是个四围被茫茫大海圈起来的岛国，岛内山岗林立，很少有广袤无垠的平川旷野，计算空间，是岛内先民立足生存的首要问题。岛内原始宗教神道教相信神祇的泛在，不像中国的神祇居于天上，朝鲜的神祇住在山间，希腊的神祇宿于奥林匹亚，皆有专门和分隔的空间，神道教的神祇寄宿于人间，与人杂处，据说还有"八百万"之众，"神"满为患，人类随时随处都可邂逅神祇，所以必须设置空间，让人神分居，以免冲撞扰神。"间"（ma）就是这一空间，而"间"（aida）又是人神之间、人类之间、人物之间的必置距离。神道教这种原始古老的思维定式，大概从绳文时代就开始形塑日本人对空间和距离的特殊观察方式。

"间"是一个至关重要的空间，而其距离就被叫作"间合"，对"间合"的取向叫作"乞间"，对其把握也就成了日本人的重要行为方式，叫作"间取"，就是取得必要之"间"。把握住了，就是"間を持たす"（掌控空间），或者可以称为"間が良い"（距离感良好），否则就是"間を欠く"（缺乏空间），甚而至于"間が悪い"（距离感匮乏）；反应迟钝慢了，就是"間緩い"，不讲究距离的，就被责为"間怠い"，搞错距离的，会被诟病为"間違い"，或者更为严厉的就是"間拔い"（对"间"的完全脱序），相当于"傻瓜"一枚了。

譬如说日本的剑道，对手之间必须首先设置最佳的距离，过远了叫"远间"，过近了叫"近间"，正正好好就叫"合间"，不能马虎，然后彼此可以挥出竹刀，相向搏击了。其他如太鼓点击之间的停顿，书道绘画笔墨之外的余白，台词乐章吟奏之际的余韵等等，都可以视为"间"。以此"间歇"无声胜有声，"空白"无物胜万物，是日本人的功夫和讲究所在。日本人的人际交往，也大多安置距离，留出空间，朋友伙伴叫作"仲间"，大概来源于国语的"伯仲之间"。日本人的这种人际关系，叫作"间柄"，就是在相互之间的空间距离中，安置一道把柄，可以操持。国人一言既合，便邀回家去，把盏痛饮起来，亲密无"间"，这在日本人是不可想象的，再要好的朋友，也很少会领回家去与家人相见，"仲间"还是得有个"间"。

"人间"一词，起源于中土，原先是对梵语"mamusya"的汉译，指人类的综合生活环境，即"人世间"。传至日本后，日本人给其赋予新意，成了"人"本身，就是因为日本人对"间"的特殊敏感。由于"间"的折射，日本人认为人非"个人"的孤独存在体，而首先是与其他人相对相应才能生存，因而着眼于人与人的距离"间"。"间"是日本人存在意识的特征，这种存在方式，晚近的日本学者称之为"间人主义"，即日本人属于一种身处"间"的存在体"间人"，其最重要的特征是其存在的依据并非个人，人际关系才是个人存在的前提，相互依存和相互信赖合作就是"间人"的生存方式。主张"间人主义"的日本人，在价值观上既否定西方的"个人主义"，也否定日本人一直被标签的"集团主义"，而提倡这种在"个人"（不重视与人

之"间")和"集团"(泯灭个人归属之"间")之间的存在
方式。

　　"间"之意识,是日本民族心理的主要意识之一,也是其行
为规范之一。与其说是一种实际的空间和距离,"间"不如说更
是一种对距离与间隔的心理感受和自我意识。"间"是人与人、
人与物、"自我"与"他者"的接点,也是"内"与"外"之间
的安全地带。"间"之内外殊别,构成日本人的社会交际与心灵
安放的空间,也是日本人排"外"的主要理据。"人"非完全个
体,得与近边的"他者"一起构成生存空间,其所构成的"世
间",也并非外部世界,而是由一群具有共同意识、相互理解的
个人所组成的群体空间。人际关系需要"间合",即判断相互距
离,也需要"间柄",即掌握操作的具体方式。任何逾度,都会
导致"间违"。所以缺乏"间"意识,将在日本的"世间"难以
生存。

原载:2015 年 10 月 13 日 上海　澎湃新闻"外交学人"

2. 生活在"世间"的日本人

　　像来自汉语的词汇"时间""空间"和"人间"一样，日本
人对来自梵语汉译的"世间"（人际小社会）一词，也赋予了很
多原先并不具备的意义。佛语的"世间"，梵语原文为"loka"，
为人类"所处之所"或者"场所"。佛教认为世上事物旋生旋
灭，"无常"给人生带来了不断的"烦恼"，于是就主张通过积
修"出世"，离开这个"世间"，让人生"涅槃"。但是"出世"
传入日语后，涵义丕变，成了汉语"出息"（success，succeed）
和"入世"（have a foothold）的同义词，指契入社会并获得成
功。"世间"的佛教色彩在日语里也逐渐归于消泯，成为凡人的
生活场所。

　　那么，日本人的"世间"，是何等生活场所呢？根据已故一
桥大学教授阿部谨也的研究，"世间"是日本人具体的生活场
所，不仅具有物理范围，还具有心理范围。"世间"是一个古老
的概念，与明治时期问世的新概念"社会"不同。"社会"是指
人类共同生活的综合环境，是一个大而抽象的概念，而"世间"

是一个"现实"的生活环境，由一批被"区别"出来的人（如学校、邻里、职场和社会团体等），或者自己"选择"从属的人（如同好组织、兴趣圈子和网络社群等）组成的生活圈，其特点是接受共同意识和具备伙伴意识。因此可以这么说，"社会"是个置身其间而无法选择的大环境，而"世间"却是一个既有被安排，也有自我"选择"的"同仁"小社会，是麇集着出身背景相仿、遭际经历相近、志向胸怀相似者的日常生活场所。"世间"与新近烙成的"社区"概念也有所不同，后者多以相同种族、职业和生活取向为归属。不过，"世间"和"社区"又都不同于"社会"，而是都是可以跨越物理疆域，并非一定要在同一地理区域居住的。"社会"可以译作"society"，"社区"可以译作"community"，甚至汉语的"世间"也可以译作"living world"，但是日语的"世间"，却具有不可传译性，只能通过对其特点的叙述和分析，展示其面貌和性格，这也从侧面证明了"世间"，如果还不能断定只能存在于日本的话，至少也是非常日本化的生活场所。

阿部对"世间"特征的描述，归纳起来大抵有三条：第一，"世间"的运营秩序为"长幼之序"。从表面来看，"世间"呈非组织非体制形态，不设长上和部下，而其秩序维持，端赖长幼和"先辈""后辈"的排序，当然与成员的年龄、性别、学历、收入、先来后到和职场地位等有关系。第二，"世间"成员内以

"赠与"和"互酬"相往来,维系大家族氛围,如季节问候、婚丧参与等等。第三,具备共通的时间意识,即如期参与各类活动,如公司的晨会和下班后的餐聚、学校的开学结业典礼、学生家长会和运动会等等。这些共同活动所凝聚的共同意识,作为传统"世间"的运营滑润剂,有效维持着"世间"在日本社会的生存。

"世间"对生活于其间的成员个人来说,不啻是一个权威体。其权威的根据并非来自宗教(religion),亦非来自法律(law),更非来自社会体制(institution),而是来自"世间"内部长期以来所形成的共同意识(common consciousness),其成分既有可以成文的共同信仰和遵守规则,亦有不成文的共同规矩和私下约定,日本人称之为"掟"(おきて),迹近于国人所谓的"潜规则",除了上面述及的三条都属于这一类规则之外,譬如成员还不能自我膨胀、处处显摆出风头,而要与"世间"内的同仁保持一致,既不突出,也不拉后,尽量避免给圈内同仁施加压力、带去"迷惑"的行为与举措。这种所谓的"同调压力",让"世间"成员趋向追求"平均值"(平庸)。日语有一句谚语说:"智に働けば角が立つ",是说过于睿智的人总会招人嫌怨。"枪打出头鸟"在"世间"风行,所以日本社会较少特立独行者。

"世间"在共同意识之下,形成一种所谓的在"场"氛围气，日本人称其为"空气"，这种"空气"只可体认感悟，而不能传于言表。长于协调与合作的"世间"成员，往往会快速读解"场"内"空气"，及其"空气"的变化与流向，因而随时做出调整适应，以保证与"世间"内荡漾的"空气"不生龃龉，因而如鱼得水。但是涉世未深的初入者，或者木讷钝感的"世间"成员，经常无法准确读解"空气"，或者对其存在不够敏感，未能与流动的空气亦步亦趋，那就会带给其余成员困扰和"迷惑"，日长月久，这一类"空気を読めない人"（不能解读空气者），或者所谓"世間知らずの人"（不谙世间者），会引起圈内同伴的不满，招致"白眼"，甚至遭受排斥，最坏的结果是被逐出所属的"世间"，成为无所归属的社会"浪人"。

在"世间"生活的日本人，经常不能基于自己的信仰和良心做出判断，而得先行体察"世间"的常识、空气和其他大多数成员的应对举措，然后采取共同行动。有一则流行的笑话大概有助于说明这一问题：话说一艘豪华国际游轮面临着与"泰坦尼克"号相同的命运，而救生船只够勉强运载船上的妇女儿童，大多数男人必须弃船自行逃生。于是船长出面说服各国男士做出抉择，他对美国佬说："你能成为船上的英雄！"美国佬做了一个凯旋手势，跳下海去。船长接着对英国佬说："你真是绅士无双！"英国佬点点头也跳将下去。接着是德国佬，船长说："有规定男士必须弃船跳海，自行谋生。"德国佬同意后就跳下怒海。最后轮到了日本人，船长说："你不跳也没关系，不过昭仓跳下去了，唐塔也跳下去了，所有其他的男士们都跳下去了，你倒是跳不跳啊?"日本人环视一下左右，确实没有发现其他男人，便慌忙纵身而去。

"世间"显然是日本传统"村社会"和家族意识的扩版，其最大的优点就是在实质上实施了民间"自治"，将社会和经济发展以及政治变革所带来的震荡系数大幅降低，作为社会基层的缓冲形态，配合行政与司法当局，减缓社会摩擦，调停社会冲突，维持社会秩序，凝聚社会共同意识，对日本成为社会纷争较少、社会治安较好的发达国家的现状做出了贡献。但"世间"社会的代价也显而易见。由于过度强调"共同意识"，轻忽个人"超前"的思想和创新，"世间"将日本社会和日本人平庸化，严重束缚了社会和个人的创新潜力。生活在"世间"的日本人，正面临着严峻的抉择。

原载：2015 年 11 月 3 日 上海　澎湃新闻"外交学人"

3. 和式住居的"间"

"间"源自"空间","间"意识当然首先反映在空间造型艺术上,如三维的建筑设计等。日本人独特和浓厚的"间"意识,在传统的和式(或称"和风")住居里,得到了比较充分的体现和渲染。

上古绳文和弥生时代日本人的住居原型,根据考古学家比较一致的意见,为"竖穴式"住居,即在地面掘出圆坑,中间置一火炉,周围竖起立柱,屋顶铺盖茅草。弥生时代引进稻作和铁器后,"高床式"的竖穴居开始普及,即使用原木地基地板,高出地面,回避雨季浸水引起的泥泞潮湿,使生活和农作物储藏空间得以保持干燥清洁。飞鸟时期(592—710)大陆中国和朝鲜半岛的住居样式开始传入日本,尤其是奈良平安时期(710—1192),照搬大唐建筑样式,由当今建筑术语中留存的"唐户""栈唐户""唐破风""唐门""平唐门"等,可见其亦步亦趋的程度。其后"国风"昌盛,本土意识崛起,"和式"风格得到全面推崇,但抵宋明间,华夏之风对日本建筑仍具不小影响，如"大佛样""禅宗样"等，就是镰仓时期（1185—1333）以后的仿制样式。如果说在平安贵族间风行的"寝殿造"样式对大型建筑如皇居、官邸、住宅等影响重大，中世武士普遍居住的"武家造"，通称"书院造"，则是"寝殿造"的素简版，为后世一般民居的前身，本文探讨的和式住居就来自此一样式。

传统和式住居最大的特点就是对"间"的处置安排，以及从中体现出来的设计理念和审美意识。中国人习惯把住居的房间叫"堂"叫"室"，所谓"登堂入室"，重视其归至和休憩的目的。日本人大凡称"间"，所谓"间取""间合"，重视其间隔和用途。日本本土的神道教相信神祇与人类杂居在同一世界，住居对原始的绳文人来说，大概在遮蔽风雨之外，更是为了避让"神灵"，以及躲避"怨灵"和"恶灵"，住居就是将人的世界与"灵"的世界分隔开来的空间。

和式住居一眼望去，最明显的特征是"长轩"和"深庇"，即屋檐非常突出，在屋内与屋外之间，罩出一个暧昧的空间，从屋外看属于屋内，而从屋内看又属于屋外，形成一道内外过渡的空"间"。住居入口叫作"玄关"，源自《老子》的"玄之又玄，众妙之门"，把"玄学"之道，喻作"登堂入室"的门关，其隐喻性就昭然若揭了。"玄关"原本在镰仓时代称呼禅宗寺庙的山门，江户时期一度禁止庶民使用，明治以后在民间逐渐流行。常常只有半叠空间的"玄关"，却是居住者"内"与

"外"最重要的境界线。境内与境外，实施双重标准。进入玄关，首先就是脱履，从"土足"（又称"下足"）换成"素足"（又称"上足"），从"不净"转成"净"，所以有日本学者称一道不足几厘米的"玄关"之门，其实是日本人意识和行为方式内外之别重要的"通过礼仪装置"。

一旦脱了鞋通过玄关之后，如果你是客人，赤"脚"相见，日本人常常会油然生出与主人家的"仲间"（伙伴）意识。这就是为什么日本人一般不会把人随便邀回家来。能与家人"素足"相处，原来是一份非常厚重的人际关系，很难轻易建立起来。日本的政客与商贾，在斡旋利益与洽谈生意时，经常会去一种叫"料亭"的高级小型餐馆，因为这种餐馆就有家庭式的"玄关"，客人得脱了鞋进入，"素足"的同席者顿时就能感受家庭气氛，容易产生"一莲托生""同舟共济"的意识，往往能给棘手的"谈合"（讨价还价）涂上一层易于"斡旋"和"转寰"的滑润剂。

过了玄关之后，就是"居间"，有"广间"和"狭间"之分，可以接待宾客、会餐和全家老小议事。居间中间，有一个长方形的土坑，置炭火，其上从"天井"（顶棚）挂下一根竹竿，底下一头上悬一把铁制茶壶，垂于炭火之上煮水，待壶水嘶嘶冒泡时，一家人可坐于四围，品茗茶点。居间边上靠近屋缘外墙会有一个"土间"，从前是泥地，现在很多都铺设瓷砖。

进入"土间"不用脱鞋，因为土间是作业间，有点像"作坊"，像加工农作物，或者制作手工艺品等，都可在此进行。从前的农家，"土间"是与其他房间的"切缘"之所，水火与外间携带而来的尘滓，都在"土间"留下，净身之后，才能进入其他房间。土间会有釜灶，厨房常常设于此。土间与"中庭"相连，"中庭"除了莳花养草之外，也有置一口水井的，给土间的灶台供水。

　　和式房间的榻榻米之上，除了坐垫、矮几和矮柜之外，不置大型家具，常常是家徒四壁，很少装饰，唯一例外的是"床间"。日语的"床"，用其字古义，即地板，一般是框型，高出地面。"床间"就是室内高出一段的特别空间，有大有小，常放一张矮几，上置三样东西：香炉、花瓶和烛台，传统称为"三具足"，现代家庭则将烛台换成茶具，又具"茶间"的功用。背面墙上悬挂书画，其主题常随四季变化。老式家族的最高长者，会坐于"床间"的最上段，训诫一族子弟。尊贵客人莅临时，也让其入座"床间"，与主人家欢叙。"床间"有一柱，与边上的"床协"隔开，"床协"有"地袋""天袋"以及中间的棚架，除了陈列精品之外，还贮藏各类家传宝贝。和式房间有着多功能性质，很快就能转换成"寝间"，即卧室。主"寝间"常常会附带一个"次间"，临窗与"寝间"毗连。"次间"安置桌椅，夫妇可以在睡前小酌小茗，如果偶尔吵架了，男主人还可以临时在"次间"下榻，有个缓冲空间。

和式住居最让人喜爱的是其"缘侧"，即两侧屋檐下的走廊。如果说"玄关"将内外严格分隔的话，"缘侧"又把这种分隔重新打开。其实和式住居并非只有"玄关"一个出入口，"缘侧"的"引户"（移门）拉开之后，在在都是出入口。"缘侧"将屋外的自然景观和日照带进屋内，又借助长轩遮蔽风雨。家事劳累了的主妇常常在缘边坐下，这时相邻的主妇也会趆过来分享一杯茶水、唠叨几句家常，"缘侧"就成了社交平台。晴阳时可以躺下小憩片刻，享受阳光的抚慰。落雨时可以兀坐一晌，揣测空蒙的雨意。最妙的还属入秋之夜，焚一炷蚊香，观赏皓月临空，聆听园中落寞秋虫的长吟。孩子们兴许还会在"缘侧"之外，点燃簇簇烟火；或者倚着祖父母，再听一段"昔话"。这种时候，你大概会不知今夕何夕，置身何"间"，时间和空间，一时间凝滞无间。

原载：2015 年 11 月 10 日 上海　澎湃新闻"外交学人"

4. 读"空气"的日本人

汉语里的"空气"（air）一词，除了指地球上人类呼吸的"氧气"（oxygen）之外，和英语一样，还指"气氛"（atmosphere）和"氛围"（mood），是一种像空气一般弥漫于一个特定场所、影响在场人物心理和行为过程的无形存在。这种存在超乎五官的感知，只能被第六感摄取感受。就像不少常用的现代汉语词汇一样，"空气"一词，很可能也是由江户时代的"兰学"（Dutch Learning）学者们在 18 世纪中最先创制的，然后出现在 19 世纪旅华传教士的《六合丛谈》之类汉译著述中。而将"空气"从呼吸必需的氧气转而用来指周围环境的"氛围气"的做法，则肯定是日本人最早开始采用的。

"空气"能"读"，当然是日本人的发明。发明者叫山本七平（1921—1991），是日本学界的一位奇人，用当今的时髦话说就是一位顶级的"牛"人。"牛"到什么程度？因为太平洋战争的勃发，山本高中没读完就肄业，被征兵去读了一段时间的士官预备学校，几乎没有受过哲学、宗教、社会学和心理学的正规训练，却在这些方面著作等身，而且还不乏一时"洛阳纸贵"的畅销书和历久常销书。除了战争期间在吕宋岛当了一年多炮兵和战后当了近两年战俘之外，他没有留洋的任何学历，却在1970年出版了一部非常神奇的论著《日本人与犹太人》，畅销一时。更为神奇的是，他在该书中使用了 Isaiah Ben‑Dasan 的假名，而且此后长时间坚称作者另有其人，自己只是出版者。但是眼尖的学者很早就看出破绽，发现该书援引的译文中有大量误译，诟病作者不谙希伯来语和阿拉姆语（古阿拉伯语），而且其英语水准"还不及高中生程度"。连他生前挚友小室直树在其《思想的方法》中也毫不讳言地承认：山本是"典型浅学非才之人"，"说他是基督教大家纯属胡扯"，"号称基督教专家却误读《圣经》"等等，但是小室接着话锋一转，最后却称赞自己的老友堪与当时另一位学术巨擘丸山真男双峰并峙，因为他们都具备"以很少的知识一举看破事物本质"的眼光。《日本人与犹太人》中的日本人论，开创了这一类型研究的先河，赞誉鹊起，洵非浪得虚名。

山本 1977 年出版的《"空气"的研究》，就专门讨论所谓能"读"的空气。山本对能读的"空气"持批判态度，因为他发现日本的集团和社会常常被非合理（非理性主义）的"空气"所笼罩，因而导致非合理的决策。他以太平洋战争末期战舰"大和号"的冲绳海上特攻为例，这艘当时世界最大、号称"不沉之舰"的巨船，建造它花了当年国家预算的 4% 以上。因为缺乏空中护航，当时不少将领私下反对驶往冲绳参战，却受到"为 1 亿国民总特攻之先驱"的"空气"支配而最终前往，结果途中遭到 300 架美机的集中攻击而沉没，3 000 官兵沉入海底。山本以此说明这种受"空气"支配的决策，经常会导致失败。

山本从日本传统神道教的教义中寻找"空气"形成的原因。神道教主张"万物有灵论"（animism），认为"神灵"寄宿于万物之中，所以日本人经常会把"绝对归依"的感情移入对象。山本把这一现象称作"临在感的把握"，他举例说一帧天皇的"御身影（玉照）"，在日本人看来就远非一枚相纸，而是天皇本人的"临在"。这种主体的感情移入和客体的"偶像化"融为一体，就形成一种不可抗拒的权威"空气"，支配从属集团或者社会的成员。山本认为正是因为这种"万物有灵"和"临在感把握"的心理定式，日本人容易被"情绪化的口号"和"煽情性的图片"所驱动，这一类的口号和图片就是集团"空气"的显在外化。

山本还认为一种"空气"会由于"水を差す"（泼冷水）而改变，但只是被另一种支配性的新"空气"所代替，改变的只是"空气"的内容及其外在"口号"，而由"空气"支配的集团或者社会构造却无法改变。他举例战时的第一学期宣讲军国主义"大和魂"的教师，会在战后的第二学期改为宣讲欧美"民主主义"，如果你问起原因的话，他会告诉你因为战时和战后的支配"空气"改变了，宣教内容就会改变，主题性口号就会从"鬼畜美英"改成"感谢美国"了。山本悲观地认为"空气"支配的构造非但不可改变，而且抵抗的尝试和努力也会被目为"异端"而受到排斥责罚。他因此还发明了另一个术语："抗空气罪"，以说明"空气"的不可抗拒性。

山本在其《"空气"的研究》中提出的问题，近 40 年来一直作为重要话语受到学界和民间的重视；对于"空气"的特性及其与日本社会关系的探讨也日渐深入，著述卷帙浩繁。大概出乎山本的预料，其中很多还对"空气"做出正面评价。"读空气"被目为日本人国民性的显著特点，与其相关的"不能读空气"，成为"不识时务"的代名词。2007 年，在"读空气"一语问世 30 年时，其相关语"空気を読めよ"（读空气啊）的缩写"KY"还成为当年"新语流行语大赏"的主要候补语，至今仍然流行不衰。

大多数日本人生活在相对封闭的"世间"里，维护"世间"的和谐需要酿成一种"共同意识"，这种共同意识就是所谓的"空气"。从"村社会"到"世间"的转型，从共同意识到"空气"的存在，是日本人集团生活历史发展的结果。"世间"的存续需要"空气"，而"空气"也只能在"世间"社会发挥压倒性作用。"世间"和"空气"，是日本社会运作的基本形式。"空气"的存在使得日本人以与周围"他者"的关系为框架建立处世方式，降低日本社会的摩擦系数。对"空气"的解读，就是对周围环境的把握（what），对交涉对象的认识（who），从而筹措在何时（when）何地（where）以及如何（how）进入交涉的过程。正确解读"空气"，才能保证运作的正常展开；而不能解读"空气"，会引起方枘圆凿的尴尬，鸡对鸭讲，无法沟通。日本社会的相对安定，日本服务业受到普遍赞誉的"気遣い"（用心、走心，mindful）功夫，大概与日本人善读"空气"有关。

但是"空气"的形成也常常是一个非合理、非理性的过程，过于拘泥"空气"，正如山本所批判的，会使集团和社会的领导人放弃领导能力（leadership），迎合舆论所凝成的"空气"而做出错误决策，并在事后逃避责任；也使日本人普遍追求"平庸"，人云亦云，党同伐异，缺乏创新。解读现场的"空气"是适应的开端，而能"因势利导"，改变和形成新的"空气"，才是"王道"。

原载：2016 年 1 月 21 日 上海　澎湃新闻"外交学人"

5. 日本人的双重性格

　　曾经在日本旅行和生活过的国人，大概会对日本社会的双重性格有所印象：日本是现代西方文明的发达国家，却又是典型的东方传统社会；它是一个开放的国度，充斥着欧美的时尚和风气，可同时又保存着原始古老的祭祀行事和旧俗遗构；其大都会随处可见的欢场，在日落之后上演着肉欲的暴走和野性的张狂，而日出之后，一切又复归于礼仪蔚然和秩序井然……双重性格的日本社会里，生活着很多具备双重性格的日本人；正是日本人的双重性格，构筑了性格双重的日本社会。

　　说到日本人的双重性格，大概最为出名的就是美国人类文化学者本尼迪克特在《菊与刀》中的著名描述："很大程度上，日本人是既生性好斗而又温和谦让；既穷兵黩武而又崇尚美；既骄傲自大而又彬彬有礼；既顽固不化而又能屈能伸；既驯服而又不愿受人摆布；既忠贞而又心存叛逆；既勇敢而又懦怯；既保守而又敢于接受新的生活方式。"其实日本人更早就已经从心理学、社会学的角度注意到自己民族的双重性格，如和辻哲郎在 20 世纪 30 年代出版的《风土》一书中，就称日本人具备"台风式性格"，即"恬静的激情""急躁而固执的忍从"以及"战斗性的恬淡"，在在都将两个极端捏在一起，呈现一对矛盾的组合。曾经游学日本的周作人，稍后也注意到这一现象，他说："近几年来我心中老是怀着一个大的疑情，即是关于日本民族的矛盾现象的，至今还不能得到解答。日本人最爱美，这在文学艺术以及衣食住的形式上都可看出，不知道为什么在对中国的行动上显得那么不怕丑。日本人又是很巧的，工艺美术都可作证，行动上却又那么拙，日本人喜洁净，到处澡堂为别国所无，但行动上又那么脏，有时候卑劣得叫人恶心。这真是天下的大奇事，差不多可以说是奇迹。"他的叙述虽然比前两者缺乏概括，却更为直白和具体，他看到了他所折服的"美意识"和"洁癖"背后，蕴藏着日本人的"丑恶"和"肮脏"，后者让他十分"困惑"，但对其因由，却是无解。

其实这种矛盾的双重性格，在任何民族都可以观察到，大概世界上很少有内外表里完全一致的人格。弗洛伊德从社会心理学角度，将人格描述为由对立的"本我"（id）和"超我"（super-ego）之间的张力（tension）所构成，这种张力似乎在日本人的身上表现得更为明显和突出。日语里有一对相互对立的范畴，叫作"建前"（tatemae）和"本音"（honne）。这是一对日本人自创的概念，"建"指"建立"，"建前"就是"立"在前面的东西，所以亦称为"立前"，大体指一种社会团体（日本人称作"世间"）的共同意识，包括所尊奉的各类规则和约定。"建前"亦指一件事情的出发点，从事者据以折冲进退，以达目的。"本音"就比较容易理解，是指实际的愿望和念想，或者是一件事情的基本底线。前者往往是表面的说辞，而后者才是内心的呼声。"日本电视台"前年（2014）在世界 39 个国家做过一次关于"你经常言不由衷吗？"的问卷调查，本地日本人近32% 称是，排名世界第四（在三个拉美国家之后），可见日本人的"所说"（建前）和"所为"（本音）的不一致相当突出。

日本人最为重视自己所属"世间"内部基于共同意识的和谐，为此努力尊奉"建前"而抑制"本音"。但"本音"是个人存在的基本性质，即便受到规范和抑制，也需要施展和实现，需要宣泄与升华。日本人于是在个人与他者之间，在小"世间"（如家族、邻里）和大"世间"（职场、社区）之间，设置缓冲调剂的空间，形成内外两道机制，各有其相应的行为方式，导致待人处事的双重性格。譬如日本人经常用"内弁庆外味噌"来形容内外有别的行为方式。"弁庆"全名为"武藏坊弁庆"，是活跃于 12 世纪中叶的武僧，因为一生下来就齿发齐全，异于常儿，被目为"鬼子"，长大后成为当时最出名的武将源义经手下最为骁勇的武士，为后世"豪杰"的象征。"味噌"则是日本酱汤的原料，一坨酱糊，软不拉叽的。这句成语形容"内强外怂"的人，与英谚"a lion at home，a mouse abroad"相近，所以也有"内弁庆外老鼠"的说法。日本有不少这一类的在家"威风"、出家"抽风"的男人，就是这种双重性格的典型写照。

本尼迪克特把日本人双重性格的形成，归因于儿童教育与成人教育的脱序，因为童稚时代的日本人享受较多的自由甚至放任，不受"耻感"的困扰，而一旦接受童蒙教育，就开始受到各种礼仪和规范的束缚，就像日本的漆器，涂上一层又一层的油漆，精光崭亮，漆下的原木质被完全掩盖起来。本氏尝试应用当时流行的弗洛伊德心理学关于儿童的理论，具有一定的道理，但是大部分民族的儿童一般都在学前享受娇宠，而且日本的儿童还较早开始接受纪律训练，与日后的成人教养有较为明显的连续性，看不出有特别的"脱序"现象。和辻认为日本特殊的"风土"是日本人双重性格的成因，即地处大洋之中，有着丰沛的水源和日照，植生多样繁茂；岛国从北向南的狭长绵延，纬度跨幅巨大，热带的季风（大雨）和寒带的大雪，尤其是台风的肆虐和寒冻引起的歉收，这种季节性和突发性的灾难，使得岛民对大自然的威压养成顺从忍耐的态度。顺从是被动接受和主动适应的糅合，而忍耐则是坚韧面对和虔敬服从的调和，本身都是矛盾的双重组合。和辻在书中拈出"雪中的青竹"这一意象，竹子这种温热带植物被寒冷带大雪覆盖，借以形容日本人横跨冷热两带的双重性格。他受过德国哲学的深刻熏陶,将这种矛盾组合称为"辩证法的性格"。但是和辻的"风土"性格论也有很大的局限,处于相同相近风土的其他区域民众,何以不具备此类性格?即便是在日本,北国的大雪和南岛的大雨,其实也很少出现在同一地区。

笔者以为除了教育和风土的原因之外,日本人双重性格的成因,还得从宗教、文化和社会等方面去寻找。神道教不以道德基准论善恶,佛教以超脱来逃避和抵消世事的无常,日本文化对现时灵肉快乐的认可与追求,都给生活在以"同"与"和"为基准的"世间"的日本人,提供了调剂和缓冲的余地。生活在"世间"时,你得殚思竭虑与"世间"同步同调,但日谚有云:"旅の恥は搔き捨て"(人在旅中可无耻),只要走出了"世间"的疆域,天高皇帝远,你就可以对自己的欲望做出妥协,甚至耽溺于自己的"本音"也无妨,因为你在意的只是"世间"同仁对你的评判,而非"良心"的折磨或者上帝的"终极审判"。帝国时期的屠杀虐待战俘、当今的喜好海外狎游等等,都是案例,这大概也多少可以解释为什么会出现周作人所看到的"日本民族的矛盾现象"。

原载:2016 年 3 月 15 日 上海 澎湃新闻"外交学人"

6. 日本人的自然观

　　一个民族自然观的形成，跟其风土有密切关系。幅员辽阔的民族，自然环境变化较大，其自然观相应也呈多样化，如中国古来就有南北之分，黄河与长江两河各自流域的自然观就有差异，但由于传统文化起源于中原，所以中原风土在传统自然观中烙下较深的印记。日本国土虽然跨幅不小，但幅员相对逼窄，自然观的一致性相对明显。

　　"自然"一语是日本人借用汉语对洋语"nature"的译语，其原义在欧美一般作为"文化""精神"和"历史"的对应语。明治以前日本人对"自然"的观念，原本并非西洋意义上与"精神"和"意识"对立的外在世界，即自然界的存在物。古代日本人所言及的自然，除了来源于华夏的"自然而然"的外在自然之外，常常还是如盆栽和庭园一般凝聚着"匠心"的自然"具现"物，也就是具有美的和文字价值的"自然"，或者说是经过人工运营的、作为审美对象的自然。20 世纪 30 年代，日本的两位学者和辻哲郎（1889—1960）和寺田寅彦（1878—

1935)，曾经对日本人自然观的内涵及其成因发表过重要著述，至今仍被视为权威言说，广为征引。

文化学者和辻在其名著《风土——人间学的考察》中首先对风土做出释义，他所谓的"风土"，并非只是人类生存的外部"自然环境"，而是"人类存在的构造契机"，即是"主体性人类存在的表现"和"自我了解的方法"。和辻的定义有些过于哲学化，意蕴隐深。用比较浅显的话来说，"自然环境"是远在人类诞生之前就已存在的实体，而"风土"却是自然环境加上人类的文化观照。和辻把人间学（人学）和伦理学融进其"风土"概念，可以说是从文化学角度阐释"风土"，所以他又称"风土"是人与自然的"间柄"（相互关系），两个因素缺一不可。和辻把世界上的风土，大致分成三大类型：即亚洲的"季风地带"，阿拉伯、非洲和蒙古的"沙漠地带"，以及欧洲的"牧场地带"。他指出"沙漠型"因其干燥缺水，生存环境险峻，人与自然多呈对抗关系；"牧场型"因其水草丰穰，天灾稀少，人将自然置于支配之下；而"季风型"因其自然惠泽与台风暴雨等自然灾害祸福相倚，人对自然一体接受，虔敬忍耐。和辻的风土分类法显然过于大而化之，对不同类型风土的特征描述也有过于简单化之嫌。不过，他认为日本人的传统自然观重视人与自然的"一体性"，而与另外两大类型的"二元对立"做出区分，却是对日本人传统自然观的准确描述。

寺田是一位物理学家，他对日本人自然观的形成与发展，观察上更多一些实证与经验的成分。他的随笔《日本人的自然观》远比和辻的《风土》篇幅为小，却具有相等的影响力。他从日本岛具备亚热带到亚寒带的一应气候水土条件出发，指出其为大陆和海洋要素的混合体，既有周期性的季节循环，又不乏突发性的变化与替代，以气候多样性和变化频繁性为特征。岛上特殊的自然条件，形成动植物的丰富多样化，尤其给农作物提供了优渥的生长环境。但是海陆季风的交汇与地形构造的复杂，也在岛上引起周期性的台风暴雨与突发性的地震海啸等天灾。一方面是周而复始、充沛无尽的自然惠泽，而另一方面却是突发无常、肆虐性的自然灾害。寺田将两者形容为"慈母的慈爱"和"严父的威严"。大地母亲的慈爱，往往和天灾的惩罚相交替，如影随形。在很多日本人看来，自然灾害就像"严父的鞭笞"，警策在安逸中容易流于"游惰"的人心。既然天灾不可回避，就无需生出反抗叛逆之心，而应该委顺自然的威力，通过师法自然，学会与自然相处。"甘享"慈母的惠泽与"甘受"严父的惩罚，是人类作为自然大家庭一分子的应有姿态，寺田认为这就是日本人自古以来的基本自然观。

这种自然观的形成，当然与日本的本土神道教和中世传入的佛教有很大关系。浸透神道思想的记纪神话中，物（自然）与神是同时诞生的，自然物即神，神即自然物，神物一体。日本人的神祇崇拜，其实就是对自然的崇拜，所以征服和支配自然，就像征服和支配神祇一样，在日本先民看来是不可想象的。神道教认为人从自然来，归向自然去，人是自然的一部分，而且从属于自然。日本人看自然"诸行无常"，一直处在变化中，变是常态，无恒久性可言。平安末歌人鸭长明在《方丈记》中列数史上地震、台风、洪水、旱灾、饥馑、火灾、恶疫等灾害，它们影响人世的枯荣盛衰，让人慨叹"世事无常"。他主张逃脱"无常"的去处就是佛门寺庵，在自然的怀抱里找到"安住"之道。佛教还主张有生则有死，有惠泽则有灾难，祸福交替，无法以"善恶"价值观来判断是非，既然是"不可避之物"，就必须忍耐"甘受"，也成为日本人自然观的哲学宗教基础。

　　基于这样的自然观，日本人很少有"人定胜天"的霸气，也没有"愚公移山"的豪气。日本学者举例说：当暑溽难忍时，西洋人会发明电扇和空调等，日本人最初却只会考虑如何与自然"和谐"，如开窗垂帘，吊个风铃什么的。或在桌上放一钵鱼缸，置三两条戏水的金鱼等等，寻求一种形而上的"精神凉爽"。日本料理重视刀工，而对自然食材不大追求烹调功夫，借以保持食材的原汁原味。西式庭园讲究几何学对称、对照和比例，从古罗马以来强调通过"人工"对自然的支配，而和式庭园更重视在有限的空间"放置"自然，让自然水石草木自显匠心。和式庭园布置的非对称性，如池缘的非方正非圆非椭圆非菱形，石板曲径的蜿蜒蛇行，布置荫翳和青苔，以彰显岁月流逝的痕迹，也不同于西式庭园重视大草坪的宏放格局。西式庭园常置精美雕塑，而和式庭园往往只置老松数株，灯龛几尊，投闲置散，让人感受岁月的倥偬，也引人思考空间和时间的意义。人们还可以对比西式庭园平恬光滑的大理石与和式庭园未加雕琢的原石、西式改变水流方向的喷水池与和式溪沟的潺潺流水和听琴窟的水声玲琮，看出两种基于互异自然观的审美定式。

那么，华夏传统的"天人合一"说，与日本人"人与自然一体"的自然观，有何不同呢？"天人"之"天"，最初为自然神格，然后发展为人格神，如"天命玄鸟，降而生商"（《玄鸟》）与"有夏多罪，天命殛之"（《汤誓》），便是这种人格神的写照。《老子》提出："人法地，地法天，天法道，道法自然。"在"天"上还有个"道"，作为其根据，然后"道"上还有"自然"。老子的"自然"到底是什么概念呢？作为"道"的圭臬，肯定不是大自然，因为根据文意，"天"和"地"合成大自然。《老子》此句稍前有云："故道大，天大，地大，人亦大。域中有四大，而人居其一焉。"这是道、天、地和人的排序，合称"域中四大"。"自然"就不该是个"实物"，如果"道"之上还有"自然"，就应该有"五大"了，与老子自己提出的"四大"说有违。因此，合理的解释就是"自然"不是一个维度层面，也不是"道"的取法对象，而是"道"的取法方法，即"自然而然"。其实王弼（226—249）早就看出其中的奥妙了，他在《老子注》里解释说："法，谓法则也。人不违地，乃得全安，法地也。地不违天，乃得全载，法天也。天不违道，乃得全覆，法道也。道不违自然，乃得其性，法自然也。法自然者，在方而法方，在圆而法圆，于自然无所违也。"非常精确。"法自然"指的是该方的时候方，该圆的时候圆，自然无碍，自然无违，自然而然。所以"天人合一"之"天"大概并非指称"自然"，而是有意志的"义理"，是"顺乎天而应乎人"的"天人感应"，基本上与人和自然的关系无涉。

农业的发明，是迄今为止对自然最大、最深刻的改造，人类最终脱离自然，如告别狩猎采集的生活，从自然中分离出来。以笛卡尔开始的现代西洋自然观，吹响了工业时代"机械论"征服自然的宣言。工业化开始了人类历史上对自然及其物种的大规模破坏和毁坏，人类与自然从此成为尖锐对立的一对怨偶。最终以"发展"和"进步"的名义，人类将生存的自然环境破坏殆尽，使得人类安身立命的自然根基倾颓崩塌，如全球性气候变化，无疑是在警告人类正在走向自我毁灭之途。"人定胜天"的自然观，既是开启现代科学技术文明的动力，又打开了人类贪欲的魔瓶。科学技术发展的本身，如果缺乏人类伦理和是非价值的约束机制，对自然索取无度，肯定会招致自然对人类的报复与惩罚。我们期待新的自然观的诞生和形成，在此同时，传统思想资源如日本人的自然观，或许还有些参考价值。

原载：2016 年 4 月 27 日 上海　澎湃新闻"外交学人"

7. 日本人的韧性

天灾频仍的岛国

2011 年 3 月 11 日发生的东日本大震灾，震度 9 级，是日本地震观察史上测得的最大震度。地震及其所引起的海啸带来了深重灾难，还导致福岛核电站的带核辐射严重泄漏。灾区覆盖周围 20 余县，死者达 1.5 万人以上，近 13 万栋建筑倒塌，酿成日本战后面临的最大危机。而危机处理的不力，还颠覆了执政不久的民主党菅直人政府的效率形象，最终促成了自民党安倍政权的卷土重来。

位于欧亚大陆与太平洋四大板块交界处的日本列岛是板块挤压隆起的结果，而板块运动是地震、海啸和火山爆发的主要原因。所以有史以来，日本岛一直处在这些自然灾害的严峻威胁之下。

原始典籍《日本书纪》所记载的最早一次震灾，发生在公元 416 年（古坟时代），此后 1 600 年以来，日本震度 6.1 级以上的地震，有记录的共 300 余次，即差不多每 5 年有一次 6 级以上的大地震。其中 1923 年震度为 7.9 级的关东大震灾，死者超过 10.5 万人。地震发生的频仍，形成了日本特有的地震文化，以及日本人对地震等灾害特有的态度和应对。

除了地震频发之外，日本列岛还处在环太平洋火山带上，拥有活火山 110 余座，占了世界活火山总数的 15%。其分布纵贯岛国东西，可以说日本大部分地区都在火山的喷射覆盖范围。而日本还处于亚寒带与亚热带交界的特殊地理位置，属于季风型气候，地震、海啸和火山爆发之外，台风、大雨、洪水、山体滑坡、大雪和旱灾的肆虐也十分严重。

日本这个只有世界陆地面积 0.28% 的岛国，却摊上了世界 20.5% 的大地震、15% 的活火山和 12% 的自然灾害所导致的财富损失。

以柔软的姿态与命运周旋

岛上先民早就认识到来自"自然暴威"的激烈灾害是不可避免甚至不可抗拒的，也早就放弃了对自然的"反逆"和"征服"之心，而采取"顺从忍耐"的应对态度。

但是造物是公平的，大自然在"肆虐"的同时，大陆和海洋性气候的交汇混合，也给岛国带来了无比丰富的气候水土资源，农作物生长环境优渥，环海渔产聚集，食物资源充实。日本地质学家寺田寅彦将这种丰沛无尽的自然惠泽形容为"慈母的慈爱"，与自然威暴的另一面"严父的威严"相对称。"甘享"慈母的惠泽与"甘受"严父的惩罚，就是很多日本人所持的基本自然观。

日本人把自然灾难和惠泽视作一物的两面，对自然灾难较少怨怼之心，是因为对自然惠泽有乐观期待。在灾难与惠泽的无穷循环中，形成了日本民族性格中的韧性，日本人把这种韧性称为"粘り強さ"（不屈不挠）。日本学者认为其语源来自"根張り"（根须扩张）。《万叶集》中有咏梓树的和歌，梓树枝干的韧性，来自其深植的根部。后来水稻种植普及，米饭成了日本人的主食，稻米的黏性，让日本人看到其中的文化意蕴，"粘り"（坚韧）、"粘り気"（黏着力）、"粘り強さ"和"粘り勝ち"（奋战取胜）成为励志语。这是一种对命运的"逆来顺受"态度，但同时又以柔软的姿态与命运做永不放弃的周旋。这与"刚毅"的正面碰撞大相异趋，但对命运的超越却是一致的。

"粘り強さ"的韧性是日本人崇尚的美德，也成了日本民族性格的主要外显元素。传说日本战国三雄织田信长、丰臣秀吉和德川家康，以杜鹃不鸣为题各作俳句。信长的诗句为："杜鹃不鸣则诛之"，秀吉为："杜鹃不鸣则诱其鸣"，而德川则为："杜鹃不鸣则待其鸣"。信长的"短气"与"不能忍"、秀吉的"本能狡黠"与"善谋略"、家康的"能忍韧性"与"乘时运"的性格特征，跃然纸上。

德川家康自幼丧父失母，为人质颠沛流离，寄人篱下，苟且偷生，遂养成"泰山崩于侧而目不瞬"的坚韧性格，可以一忍再忍，时机不到，绝不轻举妄动。这种韧性，让他不但活过才气更高的信长和能力更强的秀吉，而且最终开启了江户 260 余年的清平世界。新渡户稻造称赞家康为"以韧性得天下者"，可谓一语中的。

很多日本人喜欢信长和秀吉，却在根本上认同家康。他们在家康身上看到的是自己，也就是这种普通人面对磨难（自然和人生灾难）的韧性。

百年中三次重建的三陆

日本人在自然灾害面前的这种韧性，可以举出一个事例稍加说明。岩手县的三陆海岸是日本东北地区出名的风景名胜和优良渔场，旅游和渔业资源使其富冠一方。可是近百年以来，三陆海岸地区却经历了三次毁灭性的地震海啸，当地的住民一而再、再而三重建家园，把自己的韧性镌刻在四处林立的救灾纪念碑和重建的家园之上。

1896 年明治三陆地震时，袭来的海啸盖过 10 层楼房，高达 30 米，所过之处冲毁一切，遇难者超过 2.2 万人。当时从海底卷起的重达 20 吨的巨石数块，现在尚且搁在田头林间，见证着当年海啸的威猛。三陆人却不为阻吓，一代生息，重建了家园。

1933 年无情的三陆海啸再度咆哮而来，顷刻之间，大浪淘尽了一切。又吃一亏的三陆民众再度发挥韧劲，建筑了一道高 10 米、总长 2.4 公里的防波堤，号称"万里长城"，又在大堤后面重建了家园。没想到 2011 年的东日本大震灾的海啸，以史上未曾有的高度，越过防波堤，还是把挡在路上的所有东西都给卷走了。

五年过去了，三陆早已恢复了壮丽的海陆风景，渔业也基本恢复到灾前水准，让人不由因当地官民的无比韧性而生出"悲壮"之感。

日本人挺过了历史上这么多自然灾害，尤其是在第二次世界大战战败的废墟里重建了家园，成为世界最大的经济实体之一，除了国际环境等变数之外，其成功多来自日本人的韧性这一常数。

世界各类媒体评选的地球最安全国度中，近 40 年来日本一直名列前茅，而且经常居首。但颇具讽刺意味的是，在同时"世界最具自然灾害风险的城市"排名榜里，东京/横滨、大阪/神户和名古屋也都排在前列。对这样一个在地震带和火山沿、靠着韧性和毅力建立起来，并在遭遇周而复始的自然损坏甚至毁灭后不断重建的繁荣家园，真不知是该为之悲哀还是该羡慕它？

原载：2016 年 5 月 24 日 上海　澎湃新闻"外交学人"

8. 日本人的生死观

　　日本在 1995 年和 2011 年先后发生了两次震惊世界的大地震：阪神淡路大震灾和东日本大震灾。前者震级里氏 7 级，死亡 6 400 余人，后者震级里氏 9 级，死亡近 2 万人。在救灾期间，日本和世界的媒体一直都在播报灾区的情形，留在笔者脑海里印象最深的有两个场景：一个是灾民排起长队，为了领取一瓶矿泉水，默默等候几个小时，无人插队，甚至没有喧哗。另一个是当救灾的自卫队、警察和消防人员从瓦砾堆里刨出罹难者的遗体时，在一边守护的家属一脸哀伤，却倒退着向抬着遗体担架的救灾人员连声道歉和道谢。那么支离破碎的灾区景象，如此多不胜数的遇难遗体，可是很少听闻有捶胸顿足、呼天抢地的哭号之声，也没有质询和问责的抗议之声，甚至几乎未曾发生过需要警察介入的偷、抢事件，灾民除了从事或者配合救灾，就是沉默地待在一边，作沉思状，对灾难呈现出一派"淡定"，甚至让人怀疑是"冷漠"的态度，而我们熟悉的"人之常情"，在日本人那里几乎不曾流露。笔者在震惊之余，开始探索日本人与常人迥异的生死观。

　　古语有言："死生亦大矣"，承认"死"与"生"一样重大，但是孔子又说："未知生，焉知死"，强调"生"而回避"死"。他的高足子贡接其余绪说："大哉死乎！君子息焉，小人休焉"，君子、小人在死神面前一律平等，死了万事皆休。其后荀子说："生，人之始也；死，人之终也"，也认为"死"是人生的终结。到了王羲之，他在《兰亭集序》中赓续孔子的"死生"之语，慨叹"岂不痛哉！"他痛斥"一死生为虚诞，齐彭殇为妄作"，将老庄的"心灵鸡汤"泼出如溷水。到了宋代，文人大抵恋"生"惧"死"，如张耒就说："万物皆畏死"，邵雍老夫子也说："恶死好生，去害就利；天下之人，其情无异"，"恶死而好生，古今之常情"，从本体论上提出了对生死的态度。最为出名的大概要算陆游了，他在绝命诗里写道："死去元知万事空"，人生如灯灭，一死一了百了。死了就意味着结束，笔者相信这在当今还是大部分国人的看法。

　　何以日本人对死这么淡然和漠然呢？这首先与其风土有关。日本学者寺田寅彦、和辻哲郎在20世纪30年代出版过《天灾与国防》《日本人的自然观》和《风土》等著述，认为日本与西欧诸国等其他国家比较，地震、海啸和台风的肆虐十分严重，日本的先民很早就认识到来自"自然暴威"的激烈灾害是不可避免甚至不可抗拒的，因此早就放弃对自然的"反逆"和"征服"之心，而以"顺从忍耐"为不二的对应之途。世上五分之一的大地震都发生在日本列岛，罹灾死人的事情在日本人眼里大概是"日常茶饭"之事，早已司空见惯而不惊不诧了。对灾难及其死亡的淡定冷漠成为从古以来日本人较为显著的一种心理定式，而在世界各地常见的属于人之常情的惊慌失措，在不少日本人看来还是一种"可耻"的失态。日本已故大导黑泽明在其回忆录中有过这么一段描写，很能说明其事：罹难 10 万人以上的 1923 年关东大震灾时，13 岁的黑泽明慌忙跑回家去寻找亲人，路上将木屐走丢了，见到兄长时被一顿训斥："瞧你这副模样，光着两只脚丫，成何体统！"惊喘甫定的黑泽环视一瞅，断壁残垣中环立的父母和兄姐都还穿着木屐，立时感到"羞愧"而无地自容。都到死亡遍地的境地了，日本人还顾念"体统"，这是什么样的生死观呀？

　　日本人对死的漠然，还与其宗教文化有关。日本人起先相信阴府地狱的存在，除了一小部分神祇之外，大部分人神死了都会转去在人间下面的"黄泉之国"。8 世纪初成书的《古事记》记载创世女神伊邪那美难产死后，就去了地下的"黄泉国"（Yominokuni）。"黄泉"借用了通过道教传入的汉字，但"Yomi"的存在却源于其本土的神话系统。不过当佛教在中世传入日本后，大部分日本人开始接受佛教的轮回转世说，尤其是净土宗的"西方乐土"之说。

通过相当长时间的"神佛习合",即传统神道教与外来道教、佛教甚至儒教的糅合,当今很多日本人依然相信人死了灵魂就会飘离遗体,在很长时间内流连徘徊于"此世"和"彼世"之间,大约 30 年后才得进入"彼世",不过那些对"此世"执着或者怨念太深的灵魂,就无法成佛,而变成留在"此世"的"幽灵";还有行为不端者,会堕入地狱,接受阎王和小鬼的凌虐。所以除了坟墓之外,日本家家户户多设佛坛,立牌位祭祀徘徊周遭的亡灵,每年 8 月中的"盂兰盆节"行事,就是集中飨祭归来的亡灵。其时 80% 以上的日本人都会参与"慰灵死者""供养先祖"的传统行事。除了超度亡灵之外,这些仪式也是为了维系家族的亲情纽带,通过家族的传承,超越"死"以及"世代",将一族的"生命"延续发展。

日本人习惯把"死去"叫作"往生",就是强调其通往"彼世"的再生。从这个意义上,畅销作家村上春树就说:"死不是作为生的对极,是作为生的一部分而存在的。"另一畅销作家永六辅也解释说:"往生就是前往而生,前往西方净土而得重生。"死并非是"生"的终结,而是"生"的另一个开始,就像作家五木宽之所言:"死是为了完成,就像诞生一样,我们或许需要十个月到一年左右的时间去对待。在此期间,我们静静地将死去的人们作为死者送出。"人气获奖影片《入殓师》,就描绘了这一"送往"的细腻过程。"往生"的人际关怀,表明了日本人以审美的角度观察和应对"死",视其为"生"的延续过程。

这让笔者想起江户时代儒者伊藤仁斋对死的看法。他说："天地之道，有生则无死，有实则无散。……父祖其身虽死，而其精神则传诸子孙，子孙又传子孙，生生无已，以至无穷，即可谓生则无死矣。"这种"生生不已"的自然生死观，打通了生与死的分际，让"个体"的"生"，在族类的繁衍承嗣中得以"永生"，所以没有必要怖惧死亡。

日本近年走红的男高音歌唱家秋川雅史，曾以一曲《化作千风》一夜成名，其歌词的首段为："请不要在我坟前哭泣，那里没有我，我没有沉睡不起。我已化身千缕微风，吹拂在宽广无垠的天空里。"这既是对神道教传统"万物有灵"的具体诠释，又嵌入了新生代对"生死"的达观和超越。虽然歌词源于美国的一首诗作，却非常传神地唱出了日本人的生死观。

原载：2018 年 8 月 22 日 广州《看世界》（2018 年第 16 期）

9. 日本人的复仇意识与"义理人情"

　　复仇意识就像孝亲、爱美和宗教意识一般，是人类最为古老的意识之一。在人类进入原始社会后，复仇就成为一种维护血缘家族和群居部落共同体利益的强烈连带意识。在原始部族中，复仇是成员间一种生存和自卫的义务。复仇意识和义务所形成的巨大威慑力，经常有效地在部族之间维系着相安和平。当人类进入文明社会后，复仇作为惩罚手段之一，被写进维持社会秩序的规章法典之中，如"同态复仇法"（talion）就列于迄今被认为最为古老的法规——古巴比伦《汉穆拉比法典》的"以牙还牙、以眼还眼"条文中。现存 32 部古希腊悲剧中，绝大部分都穿插有复仇情节。此外，许多中外典籍，彼此间虽然没有传承关系，却都赞成复仇，重视其对维持社会秩序的效用。

　　日本早期典籍如《神武记》《今昔物语》《源氏物语》《平治物语》等，都提及复仇，较早的时候延用古坟时代从中国传来的词汇"复仇"，但其后以日语的"宾动结构"生成和式汉语词汇"仇讨"或"敌讨"，与前者相提并用。日本的古老典籍《古事记》（712），载有眉轮王复仇事件：眉轮王的父亲被杀，其母携子改嫁安康天皇（454—456年在位），成为皇后。眉轮王无意间偷听得知杀害父亲的就是继父，立誓"父王之仇，不可非报"，便以一个7岁幼童之力，把睡梦中的继父刺杀，为亡父复了仇。情节离奇，堪称日本版的"王子复仇记"，其凭信度有待确定，不过史家特意点出"父无罪而被杀"的复仇原因和动机，目为孝道的体现，将复仇纳入"合理性"框架。

比起欧洲和中国史学、文学中的复仇主题，日本的复仇题材相对要贫乏得多。其史书记载中不曾像《春秋》般充斥着复仇事件，其传统和歌、小说中也较少描绘复仇本身的作品。平安时代颁布的养老律令规定："杀人者应死，会赦免者，移乡千里外。"照抄唐律，复仇作为冤家之间的私人行为，受到公法的限制，但也网开一面，让仇家避走，变相承认复仇的正当性，并未完全取缔。其后的武家时代，复仇成为武士维护和恢复名誉的手段，但须秉持"大义名分"（即采取行动的正当性）。战国豪强织田信长，开始实施"喧哗两成败"（即对争斗双方各打五十板）的做法，主要是为了在军中防止同僚争吵决斗。这一举措也为江户幕府延用，不过由于幕府强化儒学的忠孝节义，实质上助长了出于忠孝却逸出公法的复仇事件，使得"忠臣藏"（参见下文）系列的复仇主题蔚然兴起，一直延续至今。

说到复仇（仇讨），日本有所谓的"三大仇讨"事件：即

1191 年平安、镰仓之际的"曾我兄弟"，1634 年的"伊贺键屋"和 1703 年的"赤穗浪士"三大复仇事件，后两件都发生在江户时代。前两件情节比较单纯，复仇主曾我兄弟之父和渡边数马之弟皆无辜被杀，后来双双复仇遂愿。"赤穗浪士"则是日本史上最受注目、最具影响和意义的复仇事件，比较集中地反映出日本人的复仇意识及其特点。

　　事件起因于赤穗藩主浅野去江户幕府学习敕使（接待天皇之职）的礼仪作法，其导师上野据说没有收到可观的赞礼而心生嫌恶，对他百般刁难。浅野终于不忍，因起口角，竟在幕府官邸的走廊上拔刀刺伤上野。当时的将军纲吉以他"用血污染了敕使重地"而暴怒，不问起因若何，责令浅野即日切腹自尽。浅野死后，赤穗藩被废，藩下三百余武士一时成了无主浪士。武士领班家老大石内藏助开始计谋复仇，两年后领着 46 名武士，潜往吉良的上野藩邸，成功复仇，事成后即向幕府当局自首。这一事件在当时掀起巨波大澜，在论者中间产生了尖锐对立的两种意见。一种将其视为贯彻忠孝大义、可作武士之鉴的"壮举"和"义举"，而另一种则指斥其为褫夺公权的"愚举"和"暴举"。最终幕府大儒荻生徂徕的折中意见认为："义为洁己之道，法为天下规矩，若以私害公，则此后无以立法"（《政谈》）。主张以公论、立法优先，抑制私论同情。幕府最后决定不顾民间沸腾的同情舆论，判决参与仇讨的 47 名浪人全员切腹自裁（后其中的大石因不在武士籍而免于一死）。

　　民间对切腹武士的同情，完全未受公法原则的束缚，而多基于"义理人情"。事件之后不久就有《曙曾我夜讨》（笔者案：有碍于敏感现实，故意张冠李戴，将其置于上述曾我兄弟的年代）、《棋盘太平记》、《忠臣金短册》、《大竹数四十七本》等演剧，间接直接讴歌赤穗事件的武士。40 年后《假名手本忠臣藏》问世，开了此后经久不息"忠臣藏"系列文学文艺作品的先河。

　　"义理人情"本是"义理"和"人情"的合称，是日本中世武士社会以来一对重要的行为规范。根据学者源了圆的解释，前者来源于儒学的"道德原理"，偏重君臣之间的伦理关系，但是日本人似乎并未接受宋学"义理"的普遍主义倾向，而将其改造为"向谁之义理"，或者"为何之义理"，成为注重个别具体对象的道德原则。"人情"则是人际感情、情欲、同情和往来等关系的总和，经常会与"义理"发生龃龉，所以日本人喜欢使用谚语"夹在义理和人情中间"，来形容两者之间的抵触张力。很多日本学者认为"义理"其实就是日本社会所谓的"建前"，一种置于表面的行为规范，而"人情"就是深藏人心的"本音"，一种被规范的欲望和情绪。

　　赤穗浪士事件中，除了 47 名武士与藩主之间的君臣关系之外，复仇的义理还在于武士们认为其主公受到不公平待遇，因此有复仇义务。至于他们私下所受藩主的恩宠，在人情上也必须返报。问题在于既然是复仇，大石带领一两名武士就能找到机会，何以需要那么大阵仗呢？不管复仇的结局如何，因为违逆幕府判决，参与复仇的武士都只有死路一条。47名武士中，很大一部分为父子和兄弟连档，他们迟早都能找到新的藩主，为什么要共同赴死呢？这里就牵涉到日本社会的一个重要行为特征，即"世间社会"（有点近似社区、团体）在"空气"（主流环境氛围）主导下的决策模式。镰仓、室町时代兴起的武家社会，在武士麇集的藩属形成了一个个具有强烈连带意识的集团，而一致行动就是这些集团成文和非成文的核心规矩。这一武士的集团意识与当时底层民众的"村社会"结合起来，形成了后世的"世间"社会。虽然实施复仇并不需要如此众多的武士参与，但很多武士在集团内部的"伙伴意识"，甚至可以说"同侪压力"之下，也就是说在集团共同"空气"氛围的驱使之下，选择参与集体行动。即便在当今，这依然是日本社会的基本行事方式。

史载切腹武士的家属被争相邀去他藩入籍，而未参与复仇的旧赤穗藩武士此后受到巨大压力和谴责，被民间视为"叛徒"，其中有经受不了而自杀的，也有被逐出家门的。更有甚者，多年以后在这些武士故世后，城里的町民依然拒绝向其子孙辈出售酱油和味噌等物品，以示蔑视。于此可见，"世间"社会的压力有多么沉重，这是形成日本社会复仇意识之集团性特征的主要原因。

其次，日本式的复仇意识，基本上只针对当事人，并不延及家属。47 名赤穗武士趁夜进入吉良府邸时，只杀了仇人上野本人及其两名武士，其中一名在门关值守的武士不肯说出主公的所在，而另一位武士正好在上野身边，并企图保卫主公。其儿女等全部幸免，无一罹难，异于春秋战国时斩草除根的复仇模式。日本式的复仇还强调"同态对等"，即复仇与受害相埒，一般没有虐尸解恨的行径如伍子胥鞭尸三百、赵襄子把智伯的头颅制成酒杯、州绰食肉寝皮等等。日本人的复仇行为旨在了却"义理人情"，不太重视其过程是否"快意恩仇"。

在义理人情的重压之下，日本式的复仇剧还呈现避强凌弱的倾向。有的日本论者批评文学化的"忠臣藏"演义是一场"闹剧"，浅野在宫禁中动刀，怎么都是死罪，而且他的"短气"发作，置三百多武士以及更多家属和属下民众的利益不顾，以逞一时痛快，招致"废藩"之祸，于公于私，都不合"义理人情"。即便要纠集复仇，其主要对象应该是判定藩主切腹的幕府，而非纠纷另一方、始终毫无杀意的上野。一名论者指出，日本的人妻发现丈夫偷情时，经常会放过丈夫，而集中攻击小三，因为丈夫是经济来源，投鼠忌器，只好向较弱的一方复仇泄愤。"忠臣藏"武士如向幕府复仇，无异以卵击石，就只好拿

上野作为对象，来满足他们的"义理人情"了。比如日本民众
对冷战时代日本人被绑架事件同仇敌忾、义愤填膺，对绑架者
怒气冲天，远比对向广岛、长崎投核的美国的情绪激烈。所以
一些日本论者认为，日本人一旦被比自己弱小的对手侮辱戏弄，
更会引发强烈的复仇意识。

　　美国在二战结束前给日本本土带来了历史上最大的战争创
伤，不算太平洋战争中军人的死伤，根据日本《经济新闻》
2011 年的统计，光美军在 200 多个城市的空袭，就毁坏了占全
国总数 20% 的 223 万户民居，1 500 万人流离失所，33 万民众
死难，负伤者达 43 万以上。就像中国民众无比怨愤日军给中国
带来的莫大死伤一般，照理日本民众会把美国视为最大的怨主
仇人，对其怀有强烈的复仇意识才是。不过民意调查的结果并
非如此。如 2015 年广岛、长崎核爆 70 周年时的一则舆论调查
表明，只有 49% 接受调查的民众回答"不能原谅美国的核爆"，
而 40% 的民众却认为核爆"事不得已"。战后日本民众对美国
的亲和度一直居高不下，2016 年内阁府调查仍然列冠，达到
84.5%。究其原因，或与美国占领日本 7 年期间，实施"战争
犯罪宣传规划"（War Guilt Information Program），对战前和战
时的日本军国主义宣传做了比较彻底的反洗脑，还积极支援战
后重建，进行农地改革，解散财阀制度，颁布《和平宪法》等
等，给日本的战后复兴垒下基础不无关系。此外，还得归因于

日本人基于"义理人情"的复仇意识。尽管日本右翼仍旧拈出战前"大东亚共荣圈"的旧说，给日本侵略邻国寻找理据，但更多的日本人认为太平洋战争的挑起者为日本，"珍珠港偷袭"在先，所以对美国的复仇意识缺乏"义理人情"的根据。

不过随着对"义理人情"认识的改变，还有中断复仇计划的，接近老子"以德报怨"之说。菊池宽的名著史实传记《超越恩仇》（恩讐の彼方，1919）记叙了这样一个故事：旗本中川四郎兵卫的家来（即家臣）福原市九郎将家主杀了，逃出东京。在地方流浪25年后，家主的儿子实之助终于在丰前国（现九州福冈县的东部）一个叫邪马溪的地方寻到了怨主，当时后者已出家，僧名禅海，正在山上开凿"青洞门"修禅，已是当地名僧，有"活佛"之称。乡民知道实之助的来意后，恳请他放过一马，至少让市九郎，即僧人禅海，完成开凿山洞的悲愿。实之助去山上实地考察后，为之动容，不但放弃复仇，还帮着开凿岩壁。五年后完成时，他与禅海一起做了超度亡父的法事，其后带着后者返回东京，一时传为美谈。史实的细节肯定有文学的虚构和夸张，但这一轶事作为"未报的报仇剧"流传后世，显示"义理人情"变化后的另类复仇处理方式，也为很多当代日本人所接受。

日本人的复仇意识、实施模式以及做法，与其他国家的惯行多有不同之处，是日本文化、宗教与风土的特殊产物，其最大特征便是符合"义理人情",并以对等方式,弥补被害情感,解消怨恨。在此过程中,复仇者和仇人一起背负紧张的宿命,受到义理人情的煎熬,共同度过不幸的人生。这大概就是日本人所谓的复仇美学,所以有觉悟的论者就说:"花费时间于复仇几无意义,仇人总会死的,自己也终究一死,不如在快乐事上花费时间而有所得。"就有佛学的旷达,不失为一种思路。

原载:2018 年 9 月 3 日 上海 澎湃新闻"上海书评"

10. 日本人的内外观

内外观是人类的一种自我定位意识，最初是用于审度自己和他人、自己和外界（自然界和社会）的关系，属于原始和自然的意识之一。从个人到群落再到邦国，内外观延伸发展为国家观和世界观。每个民族和国家由于地缘、自然环境、历史、宗教、文化等原因，内外观也各有异同。尤其是大陆与岛国、沿海与内陆、山地与川原、单一民族与多民族、新兴与古老文明国家之间的内外观，会有很大不同。内外观影响行为方式，因此被目为国民性的基本构成部分。通过分析一个民族的内外观，可以窥见其部分国民性。

日本人的内外观受其自然地理环境影响较大。从北海道到冲绳岛，狭长的日本列岛从东北向西南，纬度跨幅巨大。由于七成以上国土为横贯腹地并向两侧延伸的山冈丘陵，大部分的居住地在山麓和沿海地区。日本列岛为欧亚大陆与太平洋底等四大板块对撞挤压而成，地质活动依然非常活跃，至少在其成史的绳文时代以来，火山、地震、海啸和台风肆虐，几乎无年不有，死伤成千上万是经常发生的事情，岛上先民很早以来就对大自然的威压产生了恐惧畏怖之情。而大陆与海洋交汇形成的岛上气候，带来多样的自然生态，虽然季风性气候时常造成洪水和干旱，但其丰富的动植水产资源，也给岛民的生存提供了无尽的惠泽。岛上先民对自然畏怖之余，又充满感激虔敬之意。绳文人于是给自己与生存环境的关系做了定位，即自我的人的世界属"内"，而自然及其人格化的神的世界属"外"。这种最初的"自他"关系，就反映在原始神道教的泛灵论、对神祇的敬畏以及对自然的依存和共生态度之上。

绳文人在很长时间里过着狩猎采集的游牧生活，但其性质与蒙古草原和欧洲平原的游牧族大相径庭，因为岛上很少一望无垠的平川原野，而由较短的河湖港汊分隔成地形繁复的小块土地。从考古发现的1.6万余年前的青森陶器碎片看，绳文人很早就开始制作使用陶器，其游牧采集生活大概很早就进入了半定居形态。内外观的产生与对土地的黏着有很大关系，弥生人在接受从大陆传来的农耕生活方式后，建立定居部落，整饬周边道路，设置内外交通关卡，合祀共同祖先和神祇，形成"村社会"的雏形。村落的稻作，尤其是水利灌溉，牵涉到水路的建筑和水资源的分配，需要村人的共同作业，缺乏共同意识和守则就会导致纷争不断，所以村落内的协调和融合是村落存续的重要保证。而对于没有直接瓜葛的"外"村落，就如秦越肥瘠、视若无睹了。这种基于"村社会"的内外观，以对内同调融和、整齐划一，排除异端异类，对外惕厉戒惧、狐疑不信、顺从强势等为特征。

在内外观的指涉范围与分际强度上，同样属于岛国的英国、菲律宾等国，以及同样属于农耕社会的中国大陆、朝鲜半岛等地区，就与日本社会非常不同。至少有下述两个原因，在造就日本人特殊的内外观上起过重大作用。

第一，在日本人内外观的形成时期，其村社会相对闭塞。日本多山林，古时交通极端不便，直到邪马台政权时期，据《三国志·倭人传》的记载，旅行者所目击的仍然是"山险多深林，道路如禽鹿径"，"草木茂盛，行不见前人。"从绳文、弥生到古坟时代，一直没有类似先秦"周道"和秦汉"驰道"等枢纽型交通干线。《日本书纪》所记载的推古天皇二十一年（613）建成的"难波大道"，也许是岛国公路建设的开端。考古学家在不少绳文遗址发现竖在聚集点入口或者路口的立石，推测其为"境界神"或者"路神"，既划出内外的分际点，又保佑村民外出劳作时的路途平安。这些立石后来发展成见于日本全土、竖于道端的成千上万"道祖神"塑像，可见古代日本的处处"畏途"和"行路之难"。生活在"村社会"的村民，绝大部分一生从未离开过自己的村落境域，与外界的接触顶多就是去附近的神社寺庙参拜朝圣。他们在安居于自己村落的同时，对外界冷漠轻忽，知之甚少，其内外观呈内重外轻、恒久不变状态。

第二，更为重要的是，像英伦三岛从罗马时代起，频繁遭受来自欧洲大陆其他民族的入侵，其国民构成甚至语言都一直处于生成变化状态。又像中国大陆，从先秦以来，秦汉和魏晋南北朝，乃至唐宋元明清，因为战争和自然灾害，南北东西的居民大迁徙无代无有。三十年河东，四十年河西，改朝换代，沧海桑田，很难形成固定不变的内外观。而在内外观发展时期的日本社会，天皇制从古坟时代以来，历千余年未曾改换。除了战国时代几次规模并不太大的南北征战之外，史上也很少发生过居民大迁徙。由于日本海与太平洋的天然屏障，岛国在二战战败后被美军短暂占领之前，绝未受到任何外族势力的入侵，而外来的小规模移民很快就被本土社会与文化吸收同化，从未改变岛国单一的民族构成。直到明治时代，日本超稳定、超平安的"村社会"制度一直未被打破，所以其相对闭塞的内外观也愈益强化，浸入社会生活的各个领域。

明治维新而起的"开国"近代化运动，在衣食住行方面带来了巨大变化，但"村社会"的长年体制，尤其是其峻别"自他"的内外观（严格区分自我和他者的内外观），却被工业近代化的"会社文化"所全盘继承，"村社会"脱胎换骨成为"世间"，政治上"派阀"运作、"密室"协议，经济上通过"谈合"形成企业联盟与垄断，宗教上门派林立、党同伐异，语言上因对象而异实施双重话语系统，待人接物因上下、长幼、亲疏、国族之别而厚内薄外，学校内结成"仲间"（帮派）集团，服强凌弱流行，在在都昭示着这种"村社会"内外观的残留与延伸。

日本人的内外观及其指导下的行为方式，使得日本社会具备超乎任何其他社会的内部凝聚力和协作机制，由其内外观所形成的内部"共同体"意识，也使得日本社会超常稳定与安宁。但是其中被诟病为"岛国根性"的内外观之弊端，也使得日本在一个开放时代较难与近邻融洽相处，以结成更大范围的区域乃至寰宇"共生共荣"共同体，尤其是其戒惧、狐疑和不信的保守对外观，还将在长时间内影响其对外政策，当然也会在中日关系中投下挥之不去的浓郁阴影。

原载：2019 年 3 月 26 日 广州《看世界》（2019 年第 6 期）

人物

1. 麻生首相和汉字

　　日本首相麻生从前任福田首相手里接过相位时，人气高腾，意气风发，执政党内大多看好他能带领自民党人赢得国会大选。不过曾几何时，他的名望下跌过半，而且跌势不止，到头来还不及前任，让福田白白做了"牺牲打"。究其原因，窃以为主要是他"生不逢时"，履新席不暇暖，便遭逢世界金融危机，原先以为日本经济翻身有望，结果却雪上添霜，且不知伊于胡底，换了谁做首相都是一样。不过其人气下跌，还有个人原因，归结起来，有出身和学养两方面的问题。

　　麻生是百分之百的贵胄子弟，外祖父吉田茂为战后名相，父亲太贺吉当选过三届国会议员，又是"麻生财团"的领班；夫人千贺子是另一位战后首相铃木善幸的女儿，妹妹信子嫁入皇族，为宽仁亲王妃子。"麻生财团"是日本有数的财阀之一，尤其以经营矿业出名，麻生本人在从政之前，做过六年多"麻生水泥"的社长。最近爆出财团属下的"麻生矿业"曾在战时大量使用战俘，被媒体追究不义的"血汗之财"。在优渥环境里长大的麻生当选首相后，曾经被问及方便面的价格，其回答让人想起晋惠帝"何不食肉糜"的名句，留给选民"不知民间疾苦"的印象。日本也兴"人肉搜索"，有人找来他几年前一次典型"豪游"记录：一日之间出入七家料亭（日式高级酒馆）、酒家和俱乐部，共花销 205.432 2 万日元，相当于时值 15 万人民币，何止"一掷千金"！麻生在高级宾馆消费上瘾，即便成了首相也不改旧习，几乎每天离开首相府后都去高级宾馆的酒吧深饮浅酌，被明眼的"狗仔队"逮住偷拍，上了各大报章的头条，更让处于经济厄境的日本民众感受不爽。

照理出身贵胄者，每每也会学养深厚，他从小便进入日本贵族学校"学习院"，从小学念到大学，又先后去美国常青藤名校斯坦福大学和英国名门伦敦经济学院留学深造三年，似应学贯东西了？但这位贵家公子似乎并不醉心学问，年轻时代爱好体育，曾经入选为 1976 年加拿大蒙特利尔奥运会日本飞碟射击代表。他对漫画情有独钟，成年之后也不吝推崇。日本国民喜欢漫画，很多知识都是通过漫画传播，喜爱漫画绝对不是弱智的征兆，但是一国之相的麻生公然表示对动漫画的偏好，却引起动漫画大师宫崎骏的警竦。宫崎在去年（2008）11 月，不顾麻生有首相之尊，于记者会直言："我觉得很难为情，这种事情（指麻生稍前在日本外国特派员记者会见时表明喜好动漫画一事）私下去做就好了。"意下作为首相的公然表态，十分失格。

漫画在日本并不单单是"小人书"，也是大有市场的成人读物。像《论语》之类的严肃读物，在日本就有不下十余种的漫画版本，通过漫画了解《论语》《战国策》《史记》等古代经典的日本人绝对不在少数。我所执教的大学，常常看见学生在休憩甚至上课时，拿出厚厚的一本本漫画，津津有味地阅读。首相大人公然宣示自己的漫画癖，其实是要突出自己的亲民形象，既能和"新新人类"新生代选民套近乎，又能掩饰其出身带来的"不恤民艰"的"原罪"，可谓一箭双雕。可惜这位纨绔子弟出身的总理大臣，似乎并不是单单在作秀时声称爱好漫画，我怀疑他说了大实话，即很可能和许多日本人一样，他也主要通过漫画来汲取知识。无法判断他是否厌嫌文字，但从以下的种种事例，可以看出麻生似乎对文字书"不求甚解"，因为他给好事者逮住经常读别字、读破字。

日语版《维基百科》（Wikipedia）的"麻生太郎"条目，给这位总理大臣列了 16 条"读破"的字例，还配有读破场景的录像，无法抵赖。最有名的是去年（2008）5 月他提到汶川大地震为"未曾有之自然灾害"时，将"未曾有"（日语读"mizou"）读成"mizouyu"，有画蛇添足之嫌。去年 11 月在国会答辩，谈到历史认识问题时宣称"踏袭（继承）村山富市首相的谈话精神"，他把"踏袭"（日语读"toushu"）读成"fushu"，让大家不知所云。去年 12 月，他在母校学习院大学欢迎日中青少年代表团交流仪式上致词，将日中两国首脑间"频繁交往"的"频繁"　　（日语读为"hinpan"）读成"hanzatsu"（烦杂），就非常有失礼貌了。

其他把"破绽""顺风满帆""低迷""详细""实体经济""焦眉""有无""思惑""措置""前场""怪我"等日语常用词汇读破读错的做法，一再令电视屏幕前的观众蹙眉摇头。日本的汉字从中国舶来，本来就有"汉音""唐音"，加上"留学生""留学僧"在中国所取的方言区域不同，再结合其"大和"古音，一个汉字往往有多种读音，称为"音读"（中国音）和"训读"（大和音）。如一个"生"字，包括地名、人名在内，起码有几十种读法，没有收罗完备的大辞典，几乎无从措手。读别字、读破字在日本是比中国更为严重的现象，甚至"司空见惯"，不足为耻。不过日本的电视媒体从 21 世纪初开始，盛行 quiz（测验）节目，尤其是"汉字测验"节目，铺天盖地，特别受观众欢迎，非但涌现出一大批汉字"达人"，也让普通观众的汉字读识水平突飞猛进。

因此作为一国之首的总理大臣，把字读破，就不免让人失笑了。有人干脆大逆不敬，把"麻生太郎"叫作"阿呆太郎"，因为"麻生"和"阿呆"谐音。号称拥有千名以上塾生的"SEO 塾"主宰石崎先生，在自己的博客大肆揶揄，编排一文说："总理大臣'频繁'交替，为'未曾有'之事，麻生总理莫非也会'踏袭'安倍、福田前总理的足迹，在大选前辞任?"读来让人莞尔。

　　号称"大嘴""毒口"的麻生首相，当然不会轻易咽下这口恶气。果然去年年终"汉字之日"他不甘寂寞，也提出自己的"今年的汉字"，用"气"字和"汉字能力检定协会"提出的"变"字对垒，"秀"了一记自己的汉字学养。这位自视甚高、不愿服输的好斗首相，意犹未尽，今年（2009）元月4日，在日本人刚刚过完正月后，他以得意的书法，提笔书写了"安心活力"四字，在记者会上发表，声称要以"安心生活之日本、充满活力之日本"，作为年初之字，大有平复去年读破字、失面子之意。

　　可是细心读者的火眼金睛，还是看破了孙猴子用尾巴在圣庙后面竖起的旗杆。总理大臣"秀"了书道之后落款："平成廿十一年。"于是媒体大哗，"廿"字本身就是"二十"，加上"十"字，又是"画蛇添足"。白纸黑字，登载报章，本来想让读者刮目相看，结果弄巧成拙，让日本的民众再次失笑。《读卖新闻》元月六日专门发表报道，题为《今年莫非又是汉字鬼门关?》。汉字鬼门关倒也罢了，希望麻生首相能够带领日本走出"金融危机"的鬼门关，给世界做出贡献，我想后世一定不会再计较他曾经读过破字的。

原载：2009 年 1 月 20 日香港《文汇报》

2. 鸠山由纪夫其人其理念

第45届日本众议院选举已经尘埃落定，民主党夺得总共478席议员的308席，单独超过半数，党首鸠山由纪夫铁定成为下届总理，执日本政坛牛耳达半个多世纪的"永久执政党"自民党惨败下野。领导日本"变天"的鸠山由纪夫何许人也？由他掌舵的"日之丸"将驶向何方？将对周边邻国发生何种影响？鸠山新政权的外交会以什么样的政策理念导航呢？

鸠山一族

先来看看鸠山其人其族，查查他的家世。鸠山由纪夫出身于日本有数的政治望族，曾祖父和夫是明治政府最早的官派留美学生，从耶鲁大学获得博士学位归国，1894年当选国会议员，曾任众院议长。祖父一郎为自民党创立者，曾三次组阁为首相。父亲威一郎当选国会议员后，曾任老福田内阁的外相。由纪夫和其弟邦夫先后当选国会议员，为鸠山政治家族的第四代成员。

鸠山一族是日本响当当的政治"看板"（参见本书《日本的

"政治屋"和世袭政治》一文），而在中国，因为京剧样板戏
《红灯记》里日本宪兵队长与之同姓，这一称谓被相当"妖魔
化"了。对很多国人来说，"鸠山"几乎成了"鬼子"的代名
词。由纪夫对此非常不爽，坊间盛传他随外相父亲出访中国时，
曾经特地表明他查遍历史，不曾发现家族有人在中国胡作非为，
恳请帮助还鸠山家族一个公道。《红灯记》编剧阿甲何以将"鸠
山"一名安在宪兵队长头上，已经无从稽考，不过坊间的传说
肯定是"物语"化了，因为威一郎是在 1976 年年底任职外相的，
其时由纪夫尚在斯坦福大学攻读博士学位。故事细节虽然有讹，
但由纪夫本人非常在意国人的观感一节，笔者相信真有其事。

由纪夫的曾祖父和夫曾经协助处理北洋水师访问长崎时水
兵和日本警民冲突事件（所谓"崎案"），被清廷授予二等龙宝
勋章。他在担任早稻田大学校长时，积极招收中国留学生，并
予以诸多关怀。祖父一郎为相时，不顾盟国的抵制，暗中发展
对华关系，展开民间贸易，为日后中日邦交正常化准备了坚实
基础。父亲威一郎任职大藏省主计首脑和外务大臣时，积极参
与发展对华关系，是《中日和平友好条约》日方主要缔结参与
者之一。至于由纪夫、邦夫兄弟，都是日中亲善友好的积极推
动者，先后担任过"日中友协"的副会长。由纪夫的太太幸夫
人在上海出生。鸠山一族和中国的渊源，四代绵延，不可谓
不深。

来自祖父的"友爱"哲学

鸠山由纪夫的政治哲学，如其本人在今年（2009）8 月发表的《我的政治哲学》一文中提及，来源于祖父一郎的"友爱"理念。战后鸠山一郎在战时的职历遭到追究，一时被联合国军司令部褫夺公职。"投闲置散"后一郎以读书消遣时日，读到有"欧盟之父"之称的库登霍夫-卡勒基（Count Richard Coudenhove-Kalergi）《集权国家之于人》（*The Totalitarian State against Man*）时，十分折服，即以《自由与人生》为题全文译出。

奥地利伯爵卡勒基 1935 年出版此书时，重拾法国大革命"自由、平等、博爱"（liberty, equality, fraternity）口号，予以重新阐释："缺乏博爱，自由将招致无政府状态，平等将招致暴政"。他声称"博爱"是制衡"自由"和"平等"陷入"原教旨主义"困境的最佳理念，因而提出："人是目的而非手段，国家是手段而非目的"，给"人"和"国家"重新定位，以反对当时的法西斯极权主义等等。

不过鸠山一郎故意将"博爱"译成"友爱"，认为后者是一种"作为革命旗帜的战斗概念"，为最适合战后日本发展的意识形态。由纪夫介绍祖父一郎将"友爱"哲学发展成自己的基本政治理念，写入自民党的党纲，成为 20 世纪 60 年代自民党妥善处理劳资关系、带动日本经济高度成长的政策基石。

为什么鸠山要秉承祖父在半个世纪前提出的"友爱"政治

哲学呢？他指出"后冷战时代"美国推行的"经济全球化"和
"市场自由主义"，酿变成丧失"道义和节度"的"金融资本主
义""市场至上主义"怪兽，不但破坏了日本的"国民经济"和
"日本社会"本身，还给世界带来了金融危机和经济危机。在日
本和世界当下面临的困境里，"友爱"理念再次显示出维系"经
济外价值"和"共同体价值"等与人的生命和安全攸关的强大
黏合力。他要以"友爱"来重构在过度市场经济重压之下的农
业、环境、医疗和教育等领域的秩序。

来自前任的"自立共生"

如果说来自祖父的"友爱"理念成了鸠山的政治哲学，来
自其前任小泽一郎的"自立共生"便是这一理念展开的具体框
架。1992年小泽在自民党内结成"改革论坛"，以"自立共生"
为纲领，次年成立"新生党"时，也将其突出为"基本理念"，
此后成为小泽的招牌"警语"（catchphrase）。当其对手福田康夫
2007年竞选执政党总裁，也拿"自立共生（存）"作为宣传警
策语时，小泽非常不客气地宣称这是"我的话语"，嘲讽对手
"盗用"他的政治理念。根据小泽的《日本改造计划》，日本国
民不享有"自治"，所以没有"真的民主"。其次，战后美国在
日本导入民主制度，却保存了战前的官僚组织，因此日本社会
并不具备实施民主制度的充分条件。再者，日本国民并非持有
自己的价值观、能够以自己的判断采取行动的个人，所以民主

主义无法在国民中生根。小泽基于这些基本判断，提出他的国家改造蓝图，其主干部分就是"自立共生"。

鸠山仰小泽为师，在政治哲学上和小泽相近，当然很自然地把"自立共生"撷为和"友爱"匹配的第二大政治理念。他认为人是具有多样化个性、不可替代的存在，"因此具有决定自己命运的权利和承担选择结果的义务"，这就是"个体自立"原理；而在相互尊重个体的"自立性"和"异质性"的同时，协调求得"相互共感一致点"，就是"与他人共生"原理。这和我们常说的"求同存异"非常接近，"异"相当于"自立"，而"同"相当于"共生"。

游走于美中两极之间

鸠山所提出的"自立共生"，在内政上可以归结为建立"小中央政府""小国会"应对握有"大权限、高效率"地方政府的所谓"地方分权、地域主权国家"，是一种自下而上的"市民参与型"和"地域互助型"国家共同体。而在外交上，走出战后长期对美国的依附从属，以"普通国家"的身份"自立"，建立和美国的"对等同盟关系"，在此基础上，基于地域和国家利益，以联合国为中心，积极参与世界事务，与亚洲邻国以及世界各国"共生"。

鸠山认为伊拉克战争的失败和全球金融危机的爆发是美国霸权衰落的标志，也是美国主导的"全球主义"终结的开始。

与此同时，中国已经发展为世界经济大国，鸠山相信中国将在不远的将来超越日本，成为世界第二。一方面美国正在为保持自己的霸权国地位而竭尽全力，另一方面中国正在强力崛起，夹在中间板块的日本应该怎样确保本国的政治经济独立性和国家利益呢？

日本近代化先驱福泽谕吉在面临西方列强压境时，倡导"脱亚入欧"，是要当时的日本脱离"固陋"落后的亚洲，转向先进的"西洋文明"。战后美国崛起，成为世界最强盛的国度，日本审时度势，将"入欧"调整为"入美"。沿着这个逻辑，当亚洲逐渐摆脱"固陋"，尤其是中国和印度等国在经济上强势崛起，一向有"服膺强者"文化的日本便再度思考其立国指向。鸠山强调日本作为亚洲国家，东亚是日本的"基本生存空间"，无疑是对现实的一种重新体认。一些论者据此认为民主党政权会加速"脱美入亚"的进程，不无道理，但据鸠山估算，美国将在二三十年间继续保持其"世界最大"的军事和经济实体地位，因此日本完全回归亚洲，还有一个漫长的过程。

在这个过程中，鸠山认为日本需要维持"日美安保体制"，希望美国继续在亚洲发挥其"军事"影响，以遏制所谓来自"新兴国家"如中俄的"军事威胁"，维持"地域安定性"，却又不希望美国过度介入本地的政治和经济事务。这种把军事存在和政治、经济影响分离的想法，可能只是鸠山和民主党的"一厢情愿",但是其"游走"于中美两极之间、各取所需的"企图心"却显露无遗。

"亚元"和东亚共同体

亚洲尤其是东亚和东南亚地区,日益成为日本走出经济低谷、维持世界经济强国地位的希望所在。在鸠山看来,东盟加上日、中、韩的国内生产总值(GDP)占世界四分之一,彼此之间在经济上的相互依存日渐深化,已经形成"经济圈"的必要基础条件。不过亚洲国家无论在经济实体的规模和实力上,还是在近代化历史以及政治、文化和宗教等价值取向上各不相同,而且还存在着错综复杂的历史恩怨和领土纠葛,缺乏彼此之间的价值认同和政治互信,要结成像"欧盟"(EU)和"北美自由贸易区"(NAFTA)一样的经济或经济政治共同体谈何容易。

鸠山于是提出了一个"悖论":亚洲国家间由于历史问题和缺乏政治互信,导致军备竞赛以及领土纠纷,阻碍地域共同体的形成,而解决这一窘境不能指望双边谈判,如日中之间或者日韩之间谈判解决领土问题,因为双边谈判会刺激双方的"国民感情"、激化"民族主义"情绪,而只能通过形成"地域共同体",才能一劳永逸地解决相关邻国之间的领土归属问题。他提出"欧盟"的成立使得相关国家之间的领土纷争"风化"(消弭),这是一种新的思路,值得有关各国思考。

　　既然东亚、东南亚地区的"经济圈"条件已经具备，鸠山认为可以分两步走，第一步建立"亚洲共通货币"（"亚元"），然后在此基础上建立"恒久的安全保障框架"，即东亚共同体。在这方面，鸠山的思路似乎尚未完全清晰，因为在《我的政治哲学》一文中，他一会儿说"经济共同体"（Economic Bloc），一会儿又说"安全保障框架"（Security Frameworks），这种"经济""政治"二元化的思路，在实际操作上是否可行，尚是"未知之天"，不过鸠山在外交上要游走于美中之间，坐收政治、经济实利的企图却是表露无遗的。

　　"宇宙人"的成败几率

　　鸠山是学者型政治家，是日本政界较有思辨气质的政治领袖之一，也正是由于其超脱形而下的思辨习惯，常常陷于语义不清，让人不得其高妙玄思的要领，因而在政界有"宇宙人"的雅号。鸠山性格温和，缺乏其前任小泽一郎的父性威严和铁腕决策能力，常常被目为优柔寡断，不过在宗派林立的民主党内，他正由于这种兼收并蓄的"友爱"气度，成为各股势力的最大公约数，从民主党创党以来，一直居于"帷幄"中心。时下的日本，到底需要一个铁腕的领袖，抑或一个能"集大成"的政治家，看来要等到明年日本参议院改选时才能见出分明了。不过一个具有"宇宙人"目光的日本领导人，对其东亚邻国来说，应该是"利多"吧。

　　再回到鸠山的姓名作结，"鸠"字在中日两国的文化语义里多有差别。中文的"鸠合"（乌合之众）和"鸠占鹊巢"（强占他人之物）等都是负面使用，而且常常和"鹫"字相混，让原本可爱的"关关雎鸠"形象转变成凶狠的"座山雕"类。日语里的"鸠"字却较多保留原意，为鸽科禽鸟，如"鸠派"（鸽派、稳健派）、"鸠杖"（慰劳功臣之物）等，日人还新造成语"鸠首凝议"，形容把头凑在一起热烈议论以达成协议，多具正面意义。中日间此类看似相同却不同、看似不同却相同的文化场景，最容易引起误解，观察时得千万小心。新首相鸠山的"鸠"，对国人来说，究竟是"鸽"还是"鹫"，还得拭目以待。

原载：2009 年 9 月 7 日香港《文汇报》

3. 从"军国少女"到"战争加害女"

2008 年 4 月故世的女诗人、随笔家冈部伊都子，是笔者比较喜欢的日本作家之一。冈部一生出版过 126 部小说、诗歌和散文随笔集，是位多产作家。她以女性特有的审美眼光和清丽笔触，描绘她对自然的巡礼和对社会的感受。战后她积极从事"反战""反差别"运动，并在晚年真诚反省作为"一介国民"的战争责任。她最为人们所纪念的地方，就是勇敢地承认自己为"战争加害女"。

战争向来主要是男人决策、男人从事的残酷活动，较少女性直接参与。但是第二次世界大战时期，日本的女性却狂热地参与战争，自发组织了"爱国妇人会"（上层女性）和"国防妇人会"（一般庶民）等民间团体，深入街坊邻里，宣传所谓"圣战"的意义，动员父夫兄弟子侄奔赴前线，检举反战和逃避兵役行为，为战争和军费开支募捐筹资，甚至奔赴前线，以各种形式慰问劳军，在军部、政府和媒体力所不及之处，发挥过重大作用。可以说战时日本女性的"温情攻势"，让男性们倍受

"鼓舞"或者"压力"，以至于义无反顾或者无所遁逃地奔赴前线，并在沙场勇猛作战，为"皇国"奋斗乃至捐躯。

1931年"满洲事变"发生后，日本各界妇女，包括小学女生和家庭主妇，自发地将"慰问袋""慰问文"和"慰问金"送到军部、报社和各级政府机关，声援"皇军"在中国东北发起的战争，据载曾经创造过一天集金200万日元的纪录，而当时一个小学教员的初薪才50日元。如果没有女性的积极参与，这样的募捐活动及其"业绩"应该说是匪夷所思的。战争期间，"国防妇人会"等组织各界妇女劳军、慰问军属和阵亡兵士家属，并以自己的"义务劳动"替代"奔赴前线"的男丁，生产军用和民用物资。这些活跃于街坊的妇女组织，通过"从厨房和家庭奋起保卫国家"，"不足不足，只有功夫不足"，"保持无欲，直至胜利"等口号，把无数的民众动员起来，参与战争。有"昭和烈女"之称的井上千代子的殉死故事，在当时传为"美谈"。井上的丈夫出征中国东北前夜，她穿戴整齐，自刃而死。在留给丈夫的遗书中叮嘱他"毋有后顾之忧，为国前驱"。据说她的"壮举"，果然激起丈夫井上中尉的"斗志"——次年日军屠杀平顶山3000无辜平民，井上中尉便是指挥官之一。

冈部伊都子也有相似的故事。长她4岁的兄长冈部博在东南亚一次飞行中被盟军击落阵亡。接到噩耗后，伊都子非但不悲伤，反而在当天的日记里，以诗化语言表示为有这样的烈士兄长而骄傲自豪。她的未婚夫木村邦夫在 1943 年被征兵后，曾经向她诉说自己认为这场战争不义，因而不愿为天皇战死的心情。她"大义凛然"，当面斥责了他，并说如果是她，"就会高兴地去战死。"于是，她挥着太阳旗，亲送未婚夫踏上征途。木村刚被派遣到中国北部，就遭遇当地的抗日民兵，他后来在给未婚妻的信中叙述他如何用军刀劈杀了民兵的指挥官。两年后，木村随部队退守冲绳，在一场和美军的遭遇战中，双腿被炸飞，不能行动，为了不拖累队友，他便拔刀自决，时年 24 岁。一名"反战"青年，在战争环境里转变成"好战"鬼子，最终自己也成了战争的牺牲品。

半年之后，伊都子从木村的母亲那里得知未婚夫的死讯。不过，她从"军国乙女（少女）"的狂热中醒悟过来，重新思考战争是非，是在战后读到战死兄长的一封遗书之后。这封信辗转了很久才传到家属手中。信中写道：

　　我现在怀抱着一名沦落在慰安所的慰安妇，她让我一名小兵感到温暖。虽然我们一同哀叹身世的不幸，我们却不说"去死"。但是世上的女性，母亲、姐妹、恋人、友人等，大家都说："勇敢出征，为名誉而战死吧！"即便口中不说，也明摆着写在脸上。这是什么呀？为什么只有慰安所的女人会对我们说："好好珍惜生命！""无论如何都不要去死！"我已经再也不能相信嘴上挂着爱的女人了！

战时的日本女性，明明白白地告诉她们的丈夫、儿子、兄弟和恋人，"你们勇敢地去杀身成仁吧！"当然把男人们推向战场、变成炮灰的，是军国主义的策划者，但是战时的女人们，往往在节骨眼上也跟着踢出了临门一脚。

冈部伊都子的兄长、未婚夫和姐夫都死于战争，太平洋战争结束前，美军狂轰滥炸，导致光大阪一地就有 1.5 万以上平民丧生，伊都子的住宅也因此被夷为平地。明白无疑，伊都子及其家属、亲戚、邻人都是战争的受害者。美国在广岛、长崎扔下两颗原子弹，更使整个日本都成为战争的被害者。因此战后，日本人的战争"被害"情结深重。每年在广岛、长崎的纪念烛光会上，看见耆老和稚童的涔涔泪眼，都让人动容，叹息日本人在战争中劫难深重。

突然"被害者"冈部伊都子在 82 岁的风烛残年，用颤抖的声音告诉她的广播听众："我不是战争的被害者，我是战争的加害女！"惊雷震天，让主持人和听众一同错愕。老神在在的伊都子接着告诉她的听众：

　　大家都认为自己是战争的被害者，但是挥着旗子把人送往战场，一边说："去吧！"怎么能说反对战争呢？这是在支持战争，所以我认为自己是战争的"加害之女"。我是多么尊敬和喜爱我的未婚夫邦夫，结果我什么都没做，把他送向杀人和被杀的战场，就好比在自己眼前杀了他。这就是我，从幼儿园开始，这种"加害"教育浸透骨髓。"去死"这种想法绝对让人厌恶，战争让人厌恶。死了就完了，年轻人不要去死。世上的人类互相团结，互相尊重生命，秉持同情，尽力而为，要互相爱护，这就是我的将死之言。

一位文化老人的"将死之言"，其言也哀，其言也善。伊都子"战争加害女"的自责"哀言"和"善言"，所幸还在日本继续流传，并持续在草根阶层触动有"善心"和"良心"的日本人去反省战争、反省过去。笔者相信，当国民开始认真反省自己的战争责任时，一个国家就很难继续缄默其口了。

原载：2010 年 3 月 26 日 香港《文汇报》

4. 日相菅直人，其人其事

民主党"新政"陷危机

日本民主党一年前尚在野时，和执政的自民党竞选，将大量便民政策及其措施写入竞选纲领，特别出名的如高速公路取消收费、儿童津贴、普天间美军基地"移设"和国家资源分配项目重新审核等。其中不少针对自民党长期执政的宿疴积弊，被选民普遍青睐，但也有一些不切实际、为了选胜的"喊爽"内容。因为很多选民嫌弃"病入膏肓"的自民党，更多则也是因为民众看好民主党的政纲，让民主党获得了竞选的成功。民主党在夺取政权、如愿执政后，发现有些政策支票要么根本无法兑现，要么短时间内缺乏兑现条件。如"八场水坝"的建设中止，非但无法取得"节约"效应，还让新政府和当地民众产生尖锐对立，一时成为"众矢之的"。又如高速公路取消收费一项，影响财政收入之外，以统一低收费制施行后，到处阻塞，引起空前交通混乱，只好喊停，而国土交通部新颁收费制还变相涨价，引起了使用者的不满。

民主党"新政"八个多月以来，高期待之下，各项承诺的落实多见"捉襟见肘"的窘境，乏善可陈，而对于普天间美军基地的"移设"问题，鸠山政权不顾是否具备条件，定下时间表，结果当事另一方的美国政府不愿配合，而所有候补移设点的地方政府与民众都不愿接受，使得鸠山内阁一筹莫展，只好毁弃竞选纲领将基地至少"移置"冲绳县外的承诺，接受了自民党执政时代残留的老方案。而鸠山内阁在通过旧方案的阁议时，又拙于疏通，使得三党联合政府之一的社民党"出走"，引爆了执政危机，让鸠山首相最后以辞职承担责任，还让"小鸠体制"的另一角小泽民主党干事长也"一同进退"了。

一场基地"移设"危机，引发"双爆"，报销了民主党的两大创党"看板"鸠山和小泽，只剩下第三块"看板"菅直人了。于是菅"顺理成章"被选为替代鸠山的民主党新党魁，也因此"顺理成章"地被"指名"为第94届内阁首相。

"平民"新首相的诞生

21世纪日本内阁从小渊惠三、森喜朗开始，历经小泉、安倍、福田、麻生、鸠山，至今已有七位前首相，清一色"政治屋"（政治世家）出身，而且多数祖辈以来便以政治为业，其中最近的福田、麻生和鸠山三位，更是一门父子、祖孙拜相，可见日本盛行"世袭"政治之程度。菅直人是第一位出身于"工薪族"的"平民"首相，而且观察其政坛经历，与他的含"金匙"长大、在政坛平步风云的诸前任颇不同。菅直人从政 36 年，开始时因为缺乏"三ばん"（看板、地盘和钱包），连续三次落选，幸亏锲而不舍，终于在从政七年后首度当选众议员。在他参与缔造的民主党内，他参选党魁六次，其中四次败北。而且因为"女性"和"年金"问题，两次淡出了政坛中心，几乎与政坛告别。

当小泉内阁三名阁员未纳"国民年金"资费一事曝光后，在街头演说的菅氏嘲讽他们为"未纳三兄弟"，辛辣刻薄，成为当年的流行语，严重打击了自民党的执政形象。后来自民党政府被迫公开一应国会议员的"缴费"资讯，结果发现"逞快"口舌的菅氏本人，在厚生大臣任上也有"未纳"记录，使得他百口莫辩，只好辞去民主党党魁一职。政治失意后的菅氏，削发励志，斗笠布衣，开始了"苦行僧"式的"遍路之旅"，在四国地区沿着空海和尚的足迹，遍访佛寺，通过"劳其筋骨"和"苦其心志"，反省自己在"谏人"过程中的"缺失"，借以"谏己"。这样的"遍路之旅"，菅氏后来还走过好几次，得以因此重塑受损的形象，一些媒体还因此称他为政坛的"苦劳人"，彰示他的"草根"秉性和辛苦遭逢。所以当菅夫人伸子被问及对丈夫当选为新首相的感受时，她脱口而出："与其向他道贺，还不如向他致慰。""良人"辛苦情状，真是知夫莫如妻了。

"性情"政治家

菅直人走入政治的契机，是在 20 世纪 70 年代帮助老牌女性社会活动家市川房枝竞选成功。此后他一直活跃于"市民运动"的中心，对城市土地问题有较深着力，又加盟左翼"社会民主连合"等政党，积极为都市弱者号呼，在政坛崭露头角。1996 年初，他出任桥本联合政府内阁的厚生大臣，任职期间，在"药物艾滋感染"事件中，他不顾官僚部门的拼死抵抗，实事求是，承认政府在血液制品受到艾滋病毒污染一事中的行政责任，并真性坦露，向受害者团体下跪谢罪，使得事件得到解决，他也因此声名鹊起。敢于和国家机器赖以运转的官僚争斗，在当时几乎绝无仅有。菅氏后来将这一政治理念带入新结成的民主党，使得"政治指导"和"制压官僚"成为民主党的主要"话语"。

当时发生过一件集体食物中毒事件，有关当局的调查报告指称，产于大阪府、遭到大肠杆菌污染的萝卜菜可能是其"元凶"，导致当地菜农大规模破产，甚至还出现了自杀者，酿成所谓"风评被害"事件。身为厚生大臣的菅氏，出席记者会见，并在会上大啖被指污染的萝卜菜色拉，证明菜农清白受冤。结果菜农提诉行政当局，最后法院裁判政府败诉，应当赔偿菜农的"经济损失"。身为政府部门的长官而不袒护属下机构的判断"失误"，此一行为又在国民心中烙下了关于菅氏"正义""血性"和"真性情"男子汉形象的深刻印记。

口无遮拦的"刺儿菅"

菅氏对官僚"不假辞色",动辄加以训斥,也相当出名,据说他的"咆哮"声经常透过大臣办公室的厚门,传到在邻近办公官员的耳际,让属下"闻风丧胆"。后来在野党问政时代,菅氏以其"舌锋锐利",经常代表民主党在国会出场,痛击执政党官员和被询官僚,如称小泉首相为"自我催眠的天才",嘲笑对手不会背"圆周率"等等。他似乎不单对政敌进攻凌厉,对党内同志和属下也同样从不手软,一言不合,暴言相向。菅氏的"短气"和缺乏耐心,让他赢得了"刺儿菅"(イラ菅)的恶名。

菅氏的"口无遮拦"也常常授予他的政敌以话柄,被媒体大肆渲染。如他痛斥自民党的厚生大臣柳泽伯夫蔑称女性为"生育机械",要求其辞职谢罪,而在另一场合却宣称:"虽然爱知和东京被视为经济发展良好、生产性高,而其婴儿生产率却是全国最低。"当国会辩论谏早湾浪费巨资的"干拓工程"时,他要追究给予许可者的行政责任,结果被踢爆许可令正是在他的大臣任上签发的。他被发现和电视台漂亮女主播户野小姐在宾馆宿夜后,辩白他们虽然"相处一夜却无男女关系"。他加入谴责自民党"世袭"政治的阵营,铿锵大言"二世议员的存在绝对不是好事!",可一转身,其长子源太郎出马竞选议员,他又辩称"我又没有让给他我自己的选区,所以没有二世议员的弊害"。最让人记忆犹新的是，他在竞选时声称："如果民主党取得政权，股票就会增值3倍。"让人无奈的是，民主党执政已近九个月，日本的股市还在"原地打转"，毫无起色。

不过据媒体观察，自从去年（2008）9月民主党执政以来，尤其是他今年（2009）1月以副总理兼财政大臣，成了国计的"当家人"以来，"刺儿菅"还从未"炸裂"过，媒体以"沉默菅"（ダマ菅）加以揶揄，说明菅氏还是相当"有分寸"的，至少比他的"上官"鸠山更知道"到哪山唱哪歌"。

工于精算的"巴尔菅"

因此很多政论家指出菅氏在"刺儿菅"之外，其实更是"巴尔菅"。容笔者解释什么是"巴尔菅"："巴尔"为日语"バルカン"的缩略语，原指"巴尔干"。欧洲史上有"巴尔干政客"（Balkan politicians）一词，常以贬义使用。第一次世界大战前，巴尔干半岛局势复杂，政客们必须学会政坛"游泳术"，即熟练于纵横捭阖，以小博大，从不分明"敌友"，昨日之"敌"，可为今日之"友"，要在"借力使力"。"カン"在日语里和"菅"发音完全相同。"巴尔菅"这一雅号显示着，菅氏远非"原教旨主义者"，他于三任在野民主党代表任上，经常根据情况及时调整自己的"身段"，让人见识了其高明的政治"变色"术。其实他在民主党三位"大家长"（小泽、鸠山和菅氏）中，最具灵活姿态，有着其余两位远远不及的来自"草根"族的政治敏感和敏捷。

他在所著《从市民运动到政治斗争的菅直人》一书中强调：
"政治就是人数，人数就是力量。……要实施一种政策，在议会
民主制下，如果不过半数，什么也做不成。"他从市民运动走向
政治斗争，就一直在凝聚着人数的力量。单凭他这一理念，就
可以判定他不是一个固执信念的理想主义者，而是一个重视
"数"和"力"的现实主义者。

譬如他年初跟小泽走得很近，将以前党内竞争时结下的
"梁子"全部卸走，化"敌"为"友"，因而当前财政大臣藤井
以健康原因告退时，菅氏得到小泽"应援"，顺利取得了内阁
"要职"。之后，小泽因为其资金团体"陆山会"的集金丑闻曝
光，三名秘书遭逮判刑，检查当局一再追究不舍，从民主党的
"大家长"变成了舆论"负累"。鸠山引咎辞职，并且拉着小泽
"双爆"，不惜炸裂"小鸠体制"。和小泽一般是业余围棋高段的
菅氏，在第一时间宣布出马竞选接任党魁，算准拥有党内第一大
实力的小泽正成"明日黄花"，转而倚重一直居于党内"非主流"
的"反小泽"少壮派如枝野、前原和野田等，终于击败小泽支持
的对手，如愿成为新党魁。菅氏一向是党内左翼的领军人物，而
枝野、前原等少壮派却属于党内右翼，在安保、改宪、财政和外
交等诸大端上，常和菅氏意见相左，而菅氏为了凝聚人数，风云
变色，马上扯起"反小泽"的大旗，将其全部招纳帐下，以此逼

迫"盟友"小泽，真让人感叹政坛没有永久的"同志"。

"就死"抑或"久视"

菅者，在中日文里均释茅草之属，其茎面质硬，可编绳索，或制成草席蓑衣。在民主党目前面临着执政危机时，菅氏当选为新首相，成了民主党的"救命稻草"，不过"荆棘"在手，是否能"紧握"还是问题。党外宿敌自民党虎视眈眈，准备卷土重来，而且从自民党分离出去的以及其余各类小党，环伺左右，积极争取不满民主、自民两党的第三势力选票。菅氏裹挟民意，将小泽逼入角落，但小泽毕竟是党内170人最大派阀的掌门人，夹之过紧，很可能引致反击，以小泽的破坏能量，恐怕会让菅氏寝食难安的吧。

而且菅氏的党魁任期，只有鸠山前党魁剩下的三个月，其中有一个参议院改选的民意审判，无论菅氏如何雄心勃勃，这三个月，准确地说是预定于七八月举行的参议院改选，将决定菅氏政权的生死存亡。如果菅氏能在超短时间之内拉抬民主党的民意支持，并在夏季选举中让民主党单独超过参院席位半数，或者最低限度输得不难看，他有很大希望在9月重新当选民主党党魁，不然的话，就得拱手让出党魁和首相宝座，成为历史上在位日期最短的首相之一。笔者也来仿效日本人喜欢以数字谐音"说事"的做法，对第94届内阁首相菅氏来说，这"94"到底是"就死"：即参院选举败北，菅内阁三个月"夭折"，还是"久视"：即参院选举过关，民主党得以继续"新政"，在菅直人首相领导下，"救市"（日股升值）进而"救世"（让日本脱离 20 年"不况"，即经济衰退），成为小泉内阁以来最为"久视"的政权，这是菅氏面临的最大课题。

菅政权的中国意味

中国国内媒体对菅政权的诞生多表热情欢迎和期待。鉴于菅直人是日本少数向"南京大屠杀"明确表示"谢罪"、对"靖国神社参拜"明确表示"反对"、对所谓"台独"明确表示"不支持"的政治家，这种乐观是有道理的。菅氏在外交理念上，和小泽、鸠山一致，是坚定的"脱欧入亚"论客；他虽然也主张"修改"现行宪法，却和保守势力的"改宪"派大有出入，他揭橥"创宪"一说，比起恢复"正常国家"主张来，他似乎更为重视"和平国家"理念。菅氏一向重视对华亲善，因此在和我国交涉方面，应该不会在政治上碰触我国的"底线"。

不过民主党在"小鸠体制"崩坏后，开始全面呈现出党内"新生代"少壮派接班的态势，这次党内较量浮上台面的枝野、野田和前原等人，在政治和防卫理念上，都是出名的"保守"论客，他们在经济上主张接纳中国、强化对华经济贸易交往，但在政治军事上，主张继续维持日美同盟、钳制进而对抗我国影响的扩大。民主党新任干事长枝野，被视为日本国会议员中的"对华强硬派"。新任财相野田，继任国交相前原，政治理念和对华态度更为"保守"，菅首相在这批少壮派势力的包围之下，在海洋战略、经济水域、环海资源开发上，很有可能不顾周边国家感受，提出"冒进"策略，并且不惜走向"对抗"。

对"菅—枝野体制"的成立，我们没有理由过于乐观，而笔者认为比较前此的"小鸠体制"，我们或许应该更为警戒。国内媒体突出报道菅政权延揽华裔莲舫"入阁"一事，喜悦之情溢于言表，有点不知就里的过分乐观。莲舫女士虽在成年后加入日本国籍，却明确反对赋予久住日本的"外国人参政权"，这位新内阁的"看板"人物，在政治光谱上属于保守，应该不会在对华关系上有所建树。

日本政坛进入政党轮替和新老交替之际，21世纪以来，处于"多地震"阶段。对任何国家来说，外交都是内政的延续和扩大，尤其是像日本这样的议会政党制国家，内政的"失政"，常常会殃及外交，政客利用外交说事，试图通过民意煽情，提高政党支持，是经常发生的事情。由于历史和现实原因，中日两国关系的民意基础还是比较脆弱，"草根"性很强的菅新首相，大概不会无视这一现实吧。

原载：2010年6月9日 上海《新民周刊》（2010年第22期）

5.　政治家的取号和"被"取号

日本的外号文化

政治家不断被曝光于媒体，举手投足经常受到注意和品评，爱嫌好恶之下，自然比常人得到更多的外号别名。能准确勾勒出政治家行为举止特征的外号，一经媒体传播，经常不胫而走，迅速构成或颠覆政治家的公众形象。政治家外号的流行程度，每每反映出一个"公民社会"的开放水平。不过不少外号出自"恶意"攻讦，与其说是在行使"批判"的权利，还不如说是在"宣泄"失意者和局外人的愤懑和戏谑。至于政敌间"诋毁"性质的取号与被取号，经常出于阴暗的政治动机，流于阴险刻薄，并不可取。

美国的外号文化异常发达，下自细民，上至总统，多喜给人取号，以此享受"命名"的快感。远的不说，晚近每一位总统都有绰号。日本人也爱好给他们的政治家取号，似乎比美国人而毫无逊色，尤其是在晚近，网络上充斥着征集"绰号"（ニックネーム）或者"诨名"（アダ名）的网页。比起美国人的

"幽默感"来，日本人的取号，似乎过于认真严肃，有不少迹近谩骂和诋毁，有着明显的恶意和敌意，不过因其刻意求深的功夫，传神者还真不少。

如田中角荣在位时被称为"今太阁"，暗指他是丰臣秀吉（官至太阁）再世；他下野后仍在目白住所呼风唤雨，左右朝政，因此得名"目白闇将军"（"幕后将军"之意）。三木武夫当了50年议员后熬到首相，因此被称为"议会之子"，他一生廉洁，又被叫作"清廉三木"。中曾根康弘的政治光谱瞬息万变，左右摇摆不定，因此得号"风见鸡"（风向标），他卸下长年首相职务后，还一直活跃于政坛，直到21世纪初80余岁才被"劝退"，因此得名"平成的妖怪"。宇野宗佑拜相不久，被曝光在外相任上，曾经伸出三根手指（即月30万日元），要"包养"赤坂的一名艺伎，因此得号"三本指"。大平正芳和小渊惠三都被称为"钝牛"，指其勤于任事，埋头拉车，结果都在任中病倒，未久物故。森喜朗口无遮拦，出言经常引起争议，因此有"失言连续剧"之嘲，最后还为了失言辞职。他的政策"口惠而实不至"，因此被称作"蜃气楼"（海市蜃楼），空有一片幻景。安倍晋三少年得志，为相后既缺乏丰富的经验，又匮乏坚忍的意志，被称为"甜瓜王子"和"赤坊"（孺子）。麻生太郎喜欢看漫画，他在车里放置漫画书，有人见他看一本主人公叫"ローゼン"（《蔷薇少女》）的漫画小书津津有味，于是获得绰号

"ローゼン（蔷薇少女）麻生"，风行朝野，他的内阁因此被唤作"漫画脑政权"。刚刚辞任的鸠山由纪夫，也有很多绰号，其奢谈理想、好高骛远却又缺乏韧性的做派，为他赢得"宇宙人""15分钟男"和"近未来的来客"等雅号，他的不切实际，最后让他在短短八个半月后就丢了政权。

取号女王

和"贵公子"小布什相仿，日本最出名的"贵公主"田中真纪子（前首相田中之女），是日本的取号之王。出身相门的高贵和优越感，让她不把任何政客放在眼里，取号随心所欲，所向披靡。她给人取号无数，如上述森喜朗的"蜃气楼"，便是她的命名。1998年7月，三位候选人竞选执政的自民党总裁，看热闹的田中各给一号，即称小渊为"凡人"，指他缺乏"魅力"，小泉为"变人"（怪人），指他为党内"异端"，另一位最年长的梶山静六为"军人"，指其出身于旧陆军士官学校，为过时老耄。三"人"绰号由于高度概括了三位候选人的行为特征，风行一时，成为当年的流行语，也让田中名满天下，成为取号"女王"，此后一发而不可收。

不过田中的取号，缺乏温柔敦厚的初衷，往往流于刻薄乃至刻毒，让被她扫到的人忌恨连连。她似乎对继承她老爸的派阀掌门人小渊特别不假辞色，极尽攻讦之能事，甚至在他"鞠躬尽瘁"后，仍然无所顾忌。譬如她在声援小泉的街头演说中，攻击已故小渊首相在执政一年间借金百兆日元为造孽，然后她以谐音称"オブチ"（"小渊"的发音）如今已成"オダブツ"（陀佛，日本人将去世者称为"陀佛"），挖苦说是"自作孽"。这就是有名的"陀佛事件"，引起轩然大波。她因对死者的不敬而受到党内严重警告，还被迫写了检讨。

不过"江山易改，本性难移"，当自民党从森内阁改朝换代，直到安倍、福田和麻生内阁，江山几变，田中依然一一给予辛辣的绰号。她把安倍叫作"51 岁的复制人"（51 歳のコピー人間），讥讽他没有自己的特质。安倍晋三的"晋三"（しんぞう），和"心脏"（しんぞう）在日语里同音，她调侃说吃不准安倍"是肝脏还是心脏"，暗指他缺乏"头脑"。她还称安倍为"无种西瓜"，表面说他华而"不实"，不具备长久性和未来性，但当人们得知她是在影射安倍夫妇"膝下无子"时，就不由得为之蹙眉了。"无种西瓜"的刻毒语言，曾经引起罹患不孕症的日本男女国民的严重抗议。田中"大小姐"还是我行我素，不为所动。当福田康夫继安倍出任首相后，她又给他一个绰号："阴气的蚕豆"，蚕豆在日语里也称"空豆"，大概她是指福田也是徒具"空壳"而已。她给麻生外号"吹火男总理"（ひょっとこ総理），"吹火男"是日本民俗中的一种猥琐滑稽人物假面，大小眼、尖嘴猴腮，祭祀时常用来套在头上舞蹈。麻生说话时，两嘴角有高低，田中曾经加以挖苦说"不明白他的嘴巴为什么搞成这样的曲线", 这一以生理特征作为嘲讽对象的外号, 实在有失厚道了。不过在田中的取名"宝典"里, 本来就没有厚道一词。

原载: 2010 年 8 月 26 日 香港《文汇报》

6. 美国学者笔下的丰臣秀吉

　　从"应仁之乱"（1467—1477）到"大阪之阵"（1616）的
150 年，称为"战国时期"，是日本史上动荡时间最长、波及范
围最广、社会变动最剧、历史人物最为活跃的一个时代，也可以
说是日本前近代史上最具有戏剧性，因而也是最为精彩的一段历
史。近代以来，对这一段血腥与辉煌、角力与谋略、刀光剑影与
歌舞升平、新与旧、生与死的强烈冲撞和对照的历史时期，历史
和文学性叙事可谓卷帙浩瀚、汗牛充栋。日本国会图书馆所收藏
的和文书籍，光书题有"战国"一词的竟高达 4200 余种，就算
剔除重复以及不同版本，其数目也相当可观，更何况书题虽然不
含"战国"一词而内容却关涉战国时代的著述，应该多出好几
倍。譬如国会图书馆所藏书名涉及有"战国三杰"之称的织田信
长、丰臣秀吉和德川家康三人的书籍，都各在千种以上。

　　在这些书籍中，直接关于丰臣秀吉的专著，比较具有学术
性的，估计有 500 种之多，其中可列为历史专业参考书并被研
究者广泛征引的，至少在百种上下，如小濑甫庵《太阁记》

（1625）、林罗山《丰臣秀吉谱》（1642）、山路爱山《丰太阁》（1909）、渡边世祐《丰太阁与其家族》（1919）、宫川满《太阁检地论》（1955）、奥野高广《信长与秀吉》（1955）、松田毅一《太阁与外交》（1966）、山冈庄八《丰臣秀吉》（1973）、桑田忠亲《丰臣秀吉研究》（1975）、藤木久志《织田丰臣政权》（1975）、小和田哲男《丰臣秀吉》（1985）、朝尾直弘《天下一统》（1988）、协田修《秀吉的经济感觉》（1991）、小林清志《秀吉权力的形成》（1994）、堺屋太一《秀吉：超越梦想之男》（1998）、童门冬二《信长、秀吉、家康之研究》（2009）以及司马辽太郎《历史中的邂逅：织田信长与丰臣秀吉》（2010）等，都是秀吉研究的翘楚读物。

其中尤其是被誉为"秀吉研究第一人"的桑田忠亲和同样著述等身的小和田哲男两位，都以毕生的精力从事战国史和秀吉研究，结下丰硕成果。小和田哲男为主编之一的《丰臣秀吉事典》（1990年），把秀吉的时代、家系、政策、建筑、政治构造、合战、家臣团、趣味和文献史料列为专栏，下设章节，由各专题出名的专家学者撰写，是一部百科全书式的"丰臣学"事典。而桑田的《丰臣秀吉研究》，是他在1940年出版第一部研究专著《丰太阁传记物语之研究》之后，荟萃其近40年的研究功力而成，堪称"秀吉学"的集大成著作，从秀吉的出生、从军、发迹到谋略、政策、建树、勋绩、教养、家族、文献来源以及研究经纬，勾勒出秀吉研究的整体框架和涵盖范畴，标志着当时日本"秀吉研究"的最高成就。

相比之下，迄今关于秀吉的英语文献并不多，20 世纪 80 年代以前就更寥若晨星了。美国学者贝里女士的学术专著《秀吉》（2012 年由江苏人民出版社推出中文版，笔者为其两位译者之一）一书中，提到了 28 种英语论著，其中仅有德宁《丰臣秀吉的生涯》（1888）和波斯卡罗《秀吉的 101 封书简》（1975）两种和秀吉直接有关。前书初版于 1888 年，作者德宁（1846—1913），英国传教士，长期旅居日本，其《日本的往昔》（*Japan in Days of Yore*），比《丰臣秀吉的生涯》早一年出版。德宁这两种书后来在世界各地再版流传，成为很多欧美人了解日本人和日本文化的入门读物。但两书都非学术专著，而属于文学性叙事之作，虽然贝里在《秀吉》第四章注释 15 中称其"引人注意"，不过它们对《秀吉》一书思路的成形，影响大概非常有限。至于《秀吉的 101 封书简》，为意大利"日本学"学者波斯卡罗（1935— ）女士英译的秀吉私人书简集，虽然提供了秀吉研究的一个侧面，但正如贝里女士所指出的："他的家族书简，通常都很简短、俗套和重复，密闭其内心生活"（《秀吉》最后一章"垂暮岁月"）。尤其是秀吉晚年的私人书简，缺乏个性色彩，史料价值相当有限。于此可以看出，贝里女士在撰写其专著《秀吉》时，英语资源严重匮乏。从这一文献背景而论，作为英语著述的

《秀吉》，可谓筚路蓝缕。

《秀吉》全书征引共及 156 种文献，其中日语文献超过八成。这些日语文献几乎涉及"秀吉研究"的所有方面，尤其是在资料的辨识梳理、事件来龙去脉的因果和时序排定、学科研究的框架构建上，厥功甚伟，为本书垒下资料文献的厚实基础。日语文献在有关秀吉研究的很多方面都达到了"水落石出"的水平，譬如说"太阁检地"的缘由和始末，"兵农分离"的实施与结局，"城下町"的建置与都市政策、"天下征服"合战的布局与展开，佛教"僧兵"围剿与基督徒"追放"，"南蛮"外交与侵朝战争等，日本学者以令人赞叹的细节重视、锲而不舍的学术精神，在很大程度上"再现"和"复原"了历史事件。可以说如果没有这方面的研究成果，《秀吉》一书的主干部分就难以成立。

但是日本学者的"秀吉研究"，在整体构架上比较缺乏逻辑叙事的手眼，往往忽视大背景和具体时间、时代氛围与人物活动、历史整体的有序运动与历史事件的无序展开之间的节点串联。以《丰臣秀吉研究》和《丰臣秀吉事典》两书为例，其共同优点是构架整然和叙事清晰。《事典》的编排从"时代"到"文献"，让人一目了然，便于寻检可资参考的条目。《研究》则分人物（出身、性格、后世评价）、事功（天下征服）、治理（政策与制度）、教养（所倡文化）和家族（生母与妻妾）五部，细大不捐，应有尽有。其共同弱点是细部纹理毕现，而各部之间却缺乏逻辑关联。譬如说秀吉在什么样的时代出世，为什么在"信长时代"结束后会有"秀吉时代"，"秀吉时代"最大的特点是什么，即历史为什么选择秀吉去完成结束"战国"、一统天下的大业，而秀吉本人具备何种人格和能耐可以膺当此一历史重任？秀吉留给后世的最大遗产是什么？惜乎《事典》和《研究》两者，都未能予以完满回答。

而回答这些问题，成为贝里女士《秀吉》一书的首要内容。从这部著作的结构，就可以观察到这些强烈的问题意识与解决的不懈尝试。第一章"丰臣升平"只有短短六页半（中文才四页半），向读者展示了传主这位"农民出身征服者"，如何以军事及非军事手段，让人惊奇地结束了战国时代，给此后日本带来 300 年和平格局。第二章"一个缺乏中心的世界"，介绍了作为秀吉崛起背景的战国时代；第三章"恐怖时期"，叙述织田信长以残酷的军事征服尝试解决战国问题的努力及其最终失败；第四章"征服和安抚"，则介绍继承信长的秀吉，以军事和非军事两种手段，如何继续解决战国问题；第五章"丰臣政策"，开始具体介绍其各项非军事手段；第六章"联盟及其动机"，主要分析前述非军事措施得以实行的主要平台——"联盟"。作者在第一章中表明："秀吉的联盟是本书最重要的主题"，视"联盟"式解决思路为秀吉成功的最主要原因。第七章"追求正统"，叙述秀吉如何利用"皇权"作为"联盟"式解决的法理正统，借以号召诸侯。而最后一章"垂暮岁月",则重点介绍秀吉晚年的"侵朝战争"和"继承权"问题,以秀吉事业的成功(解决战国问题)和个人以及家族的失败作结。作者将秀吉时代所面临的"问题"以及如何"解决"作为一条逻辑主线,以此"起承转合",突出了秀吉在"战争"与"和平"两大时代过渡时期所起的显赫作用,为传主的历史存在做了准确的定位。

"织丰政权"一直被人们相提并论,织田和丰臣之间,确实有很多一脉相承之处,如检地、城割、兵农分离、商工发展这些政策,皆非秀吉政权的首创,他只是在统一全国之后大规模实施它们而已。但是,两个政权在根本路线取向上迥不相同。正如作者在第三章描述信长的解决方案最终失败时指出的:"信长开出的整合国土的高昂成本,导致无法看到减缓前景的武装抵抗。作为拥有日本三分之一国土的大名,信长依然面对着毛利、岛津、上杉、伊达、北条和长宗我部势力,这些家族联合起来,就比他所掌握的势力更为强大。织田势力在1582年的进展状况,已经无法保证有进一步发展的可能性。"通过军事征服的武力解决,已经达到其能力的界限,"暴力性权力集中",只是解决战国问题的"一个方向",作者正确地指出还有另一个方向,那就是联盟式的"地方自治"。信长拒斥天皇和幕府,拒绝与地方领主共享资源、分权而治,欲以武力将权力臻于一身,完成国家统一,作者认为这是"战国的旧有传统"。秀吉选择了联盟和分权这一新的方向，而历史于是选择了秀吉。

作者分析出身贫苦的传主，有着异常的"虚荣心"，这一人格特征，使他在征服过程中逐渐倾向于"扮演了一个仁慈的和宽容的保护人"，在武力之外，寻求"疗心效果"，进而确立自己"为一个超越武力的统一者"。联盟于是就成了实施其理念的最佳途径与最适平台。他确认作为自己征服对象的外样大名的领地，清醒地拒绝仿效信长"让土地向自己的家族集中"的做法。作者在第四章分析其"征服"和"安抚"两手并以此成功一事时总结说："他还愿意把击败者揽入自己的联盟，胜利时绝不残忍，结盟时绝不倨傲，既不依赖内部追随者，又不贪婪土地支配，他提出了脱离信长模式的愿景，使得政治凝聚成为可能。"作者的这一大胆结论，远较许多谨慎细致的日本学者的持论具有说服力。历史并非盲目地选择了秀吉，而信长的失败，作为历史选择的参照系，让秀吉得以从众多织田诸侯中胜出，并完成织田的未竟之业。

第五章到第七章为本书的主干部分，叙述秀吉政权在"一统天下"之后所实施的具体政策，以及通过"联盟"这一与地方分权的方式，借重"万世一系"的法统来源"皇权"实施这些基本政策的过程。比起前四章创新迭出、议论风发来，这三章平稳行文，充斥案例与数据，广征博引，大量采纳日本学者的既有研究成果，向读者端出丰臣留给后世的"遗产"。在作者看来，"丰臣政体是秀吉留给后继者的最伟大遗产。得益于其军事成就的社会和政治解决方策，证明是远为重要的和持久的胜利。虽然政权会被易手，德川幕府的世代将军及其大名，几乎没有更改统治的丰臣框架。1650 年代的和平，归功于这位最先统一战国的将领，更归功于这位为统一创造坚实环境的统治者"（第五章）。作者对秀吉的历史定位，无疑是相当准确的。

第八章"垂暮岁月"，叙说秀吉晚年的两大主题："入侵朝鲜"和"继承权"，叙事重新回归"精彩"，不过也因此不乏偏颇之处。譬如说，作者坚信秀吉行为很多都源于其"暴发户"的"虚荣心"。她在第七章以"显贵的盛典"和"公众夸示"两个专节，提出其问题。在第八章里，作者又提出秀吉生涯最后十年的两个所谓"超验"问题，即如何"确立继承人"和让自己"名垂青史"。作者声称："秀吉的抱负从来都不曾摆脱傲慢，其自豪永远和虚荣相连，以及其权力总是受到腐败的侵蚀。"这对大部分日本学者来说也是"闻所未闻"的。秀吉的"低贱"出身，当然影响了他日后的待人接物和权力行使，但是他平定天下的"抱负"，并非仅仅出于"傲慢"。他对自己"勋绩"的"自豪"，也并不总是与"虚荣"纠缠。权力受到"腐败"侵蚀，并不仅是因为他出身"低贱"的缘故。其他"世代"大名也或多或少受到了影响他们的决策的"侵蚀"。

为了说明秀吉举措的动机，作者一再引用路易斯·弗洛伊斯于 1586 年在大阪城受到秀吉接见时的谈话，说秀吉"侵朝""入唐"的野望，来自其"将来会称他为敢于从事此大业的第一个日本主君"这种"虚荣心"的驱使。弗洛伊斯甚至还假定："如果他成功了，中国人向他臣服，他不会夺走他们的国家，也不会留在那里 …… 因为他只希望他们承认他为主人。"作者似乎偏向于相信弗氏的观察，继续引用秀吉本人致朝鲜国王的书简："予愿无他，只显佳名于三国而已。"于是得出结论，称秀吉侵朝战争"索要的是敬意，而非控制"，因此当秀吉的议和条件遭到大明皇帝的轻侮拒绝时，作者解释说秀吉"不能容忍羞辱，并从心里把第一次远征作为一件终结的、如今毫无意义之事而加以摒除，秀吉向朝鲜半岛发动一场新的战争。这一决策有某种恒定性，一种捍卫自己及其军队荣誉的决心。但是也有当其名声，或许其继承人的尊严受到伤害时，其为人所熟悉的节制能力的缺失。"将两次侵朝战争简单化地描述为确立、捍卫和挽救"声誉"，而且"为了挽救其声誉，秀吉造成重大损害。他也再次表明他对自己形象的执着，驱使他走向邪恶之行"。

更有意思的是，作者在全书之尾时，以这么一段富于感性与知性的评论作结："秀吉赋予自己多重角色，可以需要的方式去死。直到生命终结，其灵魂的一部分，仍然在其观众的掌握之中。"似乎秀吉的一生，受其对"名声"和"声誉"追求欲望的驱遣，身不由己。作为译者的笔者不由因此也忽发奇想，如果作者的判断属实的话，"秀吉"之名，应该倒过来读为"吉秀"，即"吉"（good）之"秀"（show），在日本国民的大舞台前，举行"上佳之表演"。

"名声驱使"说，显然失诸偏颇。秀吉侵朝战争的动机，至今在学界依然是聚讼纷纭的议题。笔者相信，秀吉在统一日本后"放眼"东亚和世界，其一是日本统治者对西洋大航海时代与殖民地运动最初的回应，秀吉希望通过"进出""立足"半岛和大陆，借以"领袖"东洋，抗衡西夷。明治时代后期，日本挑起的"日清战争"和"日俄战争"，以及后来所谓的"大东亚战争"和"太平洋战争"，日本军部以及一部分好战学者的说辞，和秀吉的动机应该"出自一揆"。其二，正如一部分日本学者所揣测的一般，织田信长消灭了足利幕府，明智光秀除掉了织田信长，秀吉虽然名尊皇室，只是"挟天子以令诸侯"的勾当，他的终极目标却是通过成功"王化"三国（朝鲜、大明和印度）的盖天勋绩，凌驾日本皇室，使自己的一族最终取代日本的皇族，并成为亚洲的霸主。囿于篇幅的局限，此处未能多加申论，不过作者的"名声驱使"说，却是明显缺乏说服力的。

本书佳处，虽是荦荦大端，不过也难掩其随处可睹的问题和缺失。除了上述稍嫌偏颇的持论之外，全书日语资料的英译，显然难以让人安心惬意。尤其是将其译成中文，笔者起初还是一以英文原著为准，后来对勘所引日语原书，发现问题超出了不同语言之间移译所允许的歧异甚至讹误，于是回顾全书的大部分引文，对照或者径照原著予以重译，这些所在，大多都在"全书注释"中的相应处，以"译者注"的方式予以指明，必要时甚至还在文本中作注说明。

例如作者把"討ち取り"译成"讨伐并俘虏"（cut through them and many were taken），显然是望文生义。这里的"取り"没有"抓获"之意，很难想象突袭队在追袭敌军时，还会抓获俘虏，事实上秀吉的原文是把所遭遇的敌兵全都砍杀了。（见第三章"恐怖时期""幕府的崩溃"一节）

再如作者在叙及地名"长浜"（原名为"今浜"）时发挥说："秀吉将港口重新命名为长浜——'长'寓意'长远'，比'今'的'现在和当下'更为合适。"（见第三章《恐怖时期》）其实秀吉是以主公"信长"之"长"，改名"今浜"为"长浜"，以讨好取悦信长。秀吉出身草根阶层，其性格之狡黠，于此并非初见。民间故事称他初投信长时，为其扈从，冬日侍候主人起居，觑其即将起身，先将其屦履置于怀中焐热，不仅让信长登鞋后感受体温，也让他对仆从的耿耿忠心大为动容，于是视秀吉为亲信，不次拔擢。民间故事未必真有其事，而秀吉之心迹则于此可循。秀吉在信长帐下时，常窥信长颜色行事，能屈能伸，作为大抵如此。作者当然知道这一类故事，但于书中一律不取，大概是嫌其"英雄气短"吧。

又如第五章作者转引秀吉亲信三宝院住持和尚义演的日记，说明秀吉政权的行政体制。其原文为："传闻，太阁御所御不例不快云云，珍事祈念之外无他事。浅野弹正（长政）、增田右卫门尉（长盛）、石田治部少辅（三成）、德善院、长束大藏大辅，五人被相定，日本国中之仪申付了。昨日右五人缘边，各罢成云云，是御意也。"本意为义演听闻秀吉病重，日夜为其祈祷。当时执掌行政的所谓"五奉行"浅野、增田、石田、前田和长束五人，被叫到病榻前"缘边"。作者不明其意，将其译成"called to his side"（招来身边），就把这段引文的要点给遗漏了。日语"缘边"的语义为"结成姻亲"，即病入膏肓的秀吉指示最获其信任的"五奉行"，相互结成姻亲，抱成一团，与德川为首的"五大老"形成权力平衡，在他命归西天之后扶植"幼主"秀赖，继续掌管天下。

这一类的资料性、语义性和诠释性错讹缺失，在全书中并不少见，使得全书在比较准确地勾勒出传主的时代、勋绩和对后世的影响、意义之余，留下诸多细部败笔，令人遗憾。

虽然有一些不尽如人意之处，毕竟多属琐细，本书大体是一部出色的著作，既有很高的学术性，也有很强的可读性。换言之，这是一部可以被学者专家当作参考书的学术之作，同时也是一部可以为普通读者随意翻阅的人物评传。我国近年来出版的有关丰臣秀吉的书籍，总共还不满10种，如铃木良一、山冈庄八和津本阳三人各撰却同名的《丰臣秀吉》、冈本秀文的

《暗杀丰臣秀吉》和司马辽太郎的《丰臣家的人们》等，多数为
日语的译作，而且泰半为文学读物。中国读者对文学人物的秀
吉可能知之不少，但对历史人物的秀吉却不甚了了。鉴于丰臣
秀吉的对外政策，在江户时代沉寂了近 300 年后，被明治政府
重新提起，其"侵朝""入唐"的"大梦"，也被一再重温，中
国的读者完全有必要从历史的角度去认识和了解这位可能是日
本前近代史上最为重要的历史人物，以及日本近现代一部分对
华政策的"始作俑者"。

因此把贝里女士这部严肃却又不失理趣的著作《秀吉》介
绍给中国读者，也许有助于让读者从一位非日本人学者的著述，
跳出"爱憎"的非学术语境，观察日本历史这段重要时期，以
及传主丰臣秀吉这位至今仍在日本被视为"英雄"的历史人物。

本书作者玛丽·伊丽莎白·贝里，1947 年出生，曼哈顿维
尔学院亚洲研究本科（1968），哈佛大学东亚宗教研究硕士
（1970），哈佛大学历史与东亚语言研究博士（1975）。1974 年
开始在密歇根大学执教，1978 年转入加州大学伯克莱分校执教
至今。贝里教授曾经两度为京都大学访问学者，亦曾为斯坦福
大学访问教授。其第一部著述便是 1982 年在哈佛大学出版社出
版的本书，此后又出版过《京都的文化与内战》（ *The Culture of
Civil War in Kyoto* ）（1994）和《书籍中的日本：近代早期的信
息与国家》 （ *Japan in Print* ： *Information and Nation in the Early
Modern Period* ）（2006）等著作。作者现为加州大学伯克莱分校

历史系教授，系主任。

由于其出色的学术、教务以及社会活动，贝里女士在 2009 年当选为美国艺术与科学院（American Academy of Arts and Sciences）院士。这一具有 230 余年历史的美国最高学术荣誉机构，拥有自然科学、社会科学和艺术等门类的 4000 余名院士，其中包括 200 多位各类诺贝尔奖的获得者。

笔者曾在《中国学术》发表过论文，因此与其主编刘东兄结缘。刘东兄主编"海外中国研究丛书"，学界好评如潮，兄遂贾其余勇，主编"西方日本研究丛书"。前年兄聘笔者为《中国学术》海外通讯编辑之一，便投在其麾下奔走，于是受命翻译本书。后因教务繁忙，征询多伦多大学同学张珠江女士，承担后半书的翻译，笔者前四章，珠江后四章。各自译出以后，由笔者润色全书，以求行文统一。珠江从北师大本科毕业后，负笈日本，在笔者一度执教的筑波大学获得硕士学位，此后远赴多伦多大学教育学院攻读博士学位，与笔者相识，成为多年好友。珠江英文、日文俱佳，在翻译过程中，经常彼此切磋，多有互补。此书付梓，珠江功不可没。是为译者前言。

原载：《秀吉》（西方日本研究丛书），江苏人民出版社，2012 年 7 月 1 日

7. 丰臣秀吉其人

笔者新近翻译出版了美国学者玛丽·贝里女士的评传《秀吉》，觉得意犹未尽，拟对秀吉其人，提出一些补充见闻，以飨该书的读者和欲读者。

日本的战国时代，跟我国的"战国"时代一样，都是古代史上极富戏剧性的时代，区别是中国的战国时代在2200年前，而日本的战国时代却是在400年前。前者在中古史的开端之前，而后者却在中古史的结束之前。日本的"战国"时期，是日本史上动荡时间最长、波及范围最广、社会变动最剧、历史人物最为活跃的一个时代，因而也可以认为是最为精彩的一段历史。"日本放送协会"（NHK）从1963年的《花之生涯》，到2012年的《平清盛》，迄今共拍摄了51部所谓的"大河剧"，即在历史长河里涌起过大波的人生剧，其中20部为战国题材，如《太阁记》《三姐妹》《秀吉》《信长》《江：公主们的战国》等，占了五分之二，而秀吉在其中直接出场的，也多达好几部。

说起"战国"，就一定会提及其峰巅时期的所谓"战国三杰"：织田信长（1534—1582）、丰臣秀吉（1537—1598）和德川家康（1543—1616）。战国最精彩的活剧，就是围绕着他们三人上演的。后世民间对他们三人之间的传承关系有过非常传神的描述：信长捣（舂米磨粉）、秀吉捏（和面做饼）、家康食（坐享其成）。织田筚路蓝缕，辛苦经营，把"天下大饼"的材料准备一齐，待动手制饼时，却因部属叛乱身亡。丰臣从织田子弟与众多部将中脱颖而出，攻城略地，连横合纵，统一日本，终于制成"天下大饼"；惜乎享年未永，稚子不器，"天下大饼"让活得最久的德川唾手得去。家康坐享其成后，建立江户幕府，引进朱子之学，巩固上下分际，让天下大饼在德川一族传承了近 300 年！

除了年寿与非命的偶然因素之外，其实三雄各异的性格也为这一结局提供了不乏必然性、合理性的解释。后世民间对此也有一说，与上述"大饼"说相映生辉：据说三雄在某一特定场合，以杜鹃不鸣赋题，各作俳句。信长的诗句为："杜鹃不鸣则诛之"；秀吉的诗句为："杜鹃不鸣则诱其鸣"；而德川的诗句为："杜鹃不鸣则待其鸣"。信长的"短气"与"不能忍"、秀吉的"狡黠"与"善谋略"、家康的"能忍"与"乘时运"的性格特征，跃然纸上。

信长和家康，都是贵胄子弟，不过前者自幼随父南征北战，叱咤风云，目中无物，是项羽式的英雄，一切以实力计较，冲锋陷阵有余，却不能善待部属，死于非命，也是早晚之事。而家康自幼丧父，又为人质，颠沛流离，寄人篱下、苟且偷生，遂养成"泰山崩于侧而目不瞬"的坚定性格，可以一忍再忍，时机不到，绝不轻举妄动。所幸上天垂鉴，让他不但活过秀吉，而且子孙繁息，终于开启了江户300年的清平世界。

秀吉出身贫民，而且自幼丧父，少小外出当兵，以其聪颖的生性，在各不同阵营之间碰试运气，换帜如换衣，最终看准目标，当了只比自己年长两岁的"少帅"信长的勤务兵。民间传说他初投信长为其扈从时，冬日侍候主人起居，觑其即将起身，先将其屦履置于怀中焐热，不仅让信长登鞋后感受体温，也让他对仆从的耿耿忠心大为动容，于是视秀吉为亲信，不次拔擢。就像上述两则传说一样，民间故事未必靠谱，秀吉之心迹却于此可循。秀吉在信长帐下时，常窥信长颜色行事，能屈能伸，作为大抵如此。譬如他率兵攻下浅井氏的今浜城后，随手将其改名为"长浜"，以迎合信长之"长"，取悦主公。这种来自草根的察言辨色能力，让秀吉善于"识时务"，进退自如，在日后制作"天下大饼"时，既不像信长一般"暴戾冲撞"，也不像家康一般"一味隐忍"，终于让历史选择他去统一了日本。

秀吉其实与信长一样野心勃勃，他在统一日本后"放眼"东亚和世界，希望通过"进出""立足"朝鲜半岛和亚洲大陆，借以"领袖"东洋，抗衡西夷。明治时代后期，日本挑起的

"日清战争"和"日俄战争",以及后来所谓的"大东亚战争"和"太平洋战争",日本军部以及一部分好战学者的说辞,细究起来,秀吉可谓"始作俑者"。织田信长消灭了足利幕府,明智光秀除掉了织田信长,秀吉虽然名尊皇室,只是"挟天子以令诸侯"的勾当,他的终极目标就是通过成功"王化"三国(朝鲜、大明和印度)的盖天勋绩,凌驾日本皇室,使自己一族最终取而代之,并成为亚洲的霸主。

一些读者可能会对其"野望"嗤之以鼻,不过老天若对他假以年寿,结果真的还难以测知。当然历史并不单以军力而定,还有其他诸多因素决定历史发展的方向。天公并不作美,秀吉的晚景可谓凄凉,家族离析,而稚子既未长成,自己又多病缠身。他在 63 岁临终前,低声下气,向他的臣属"五大老""五奉行"托孤,寄望于他们能不泯忠心,扶持幼主。濒死前他还留下如下一首辞世和歌:

> 来如朝露落,
>
> 去若朝露消。
>
> 朝露岂吾身?
>
> 唯余难波事,
>
> 梦梦竟连宵。

前三句看似他已经"窥破红尘",身如朝露,瞬息幻灭,一切都不重要了，可是后两句又显示他"执迷不悟"，就像常人一般，至死还眷眷思恋尘世情事。这让人想起曹操，他也说"人生如朝露"，但是他以"杜康解忧"，潇洒豪迈。而秀吉则念念不忘"难波"，他唯一幼子秀赖寝宫大阪城的所在之地，竟然梦回萦绕，连垂死之际，都挥之不去，英雄气短，呜呼，悲乎痛哉！

原载：2013 年 1 月 22 日 香港《文汇报》

8. 母亲的目光：岩崎知弘的童画

儿童画的画家，很少有像岩崎知弘（Iwasaki Chihiro，1918—1974）一般，在殁后近 40 年间，一直受到读者的爱戴。其画作不但让在童稚时代濡染一过的旧知念念不忘，而且仍然吸引着一批又一批的新知，新旧相续，绵延不绝。今年（2012）5 月"黄金周"连休，得暇与友人相聚，问以所欲，友人答以兵库县立美术馆有岩崎画展，幼时曾邂逅其画册，深为其童趣和色彩所吸引，以此向往，欲一睹原作，于是我们就去了在神户港麻耶埠头临海的美术馆。

兵库县立美术馆占地近 2 万平方米，2002 年开馆，为日本主要美术馆中的新秀，其设计者安藤忠雄为世界级建筑大师，美术馆无疑为其杰作之一。美术馆的原址为一座叫"渚"（Nagisa）的公园，"渚"的原意为"水际""水边"，临水当然是其最大的借景资源。安藤在设计美术馆时，立意融入其海港背景，建筑主体分为三层，下层外侧为看台型的台阶，面对一座广场；主层为石砌外墙，六扇对海的落地大窗；上层为三个独立的建筑单元，硕大的平顶，临海一侧向前伸展数米，就像三座巨型观礼大台的冠盖。安藤的设计初衷，是将美术馆本身构筑成一件美术展品。从其形状优雅的外观、螺蛳壳状的回旋楼梯、幽深的石壁长廊等让人印象深刻的诸多物件而论，精构细制，予人鉴赏之美，确实足以赢得"艺术之馆"的美称。

听友人介绍之前，我还不知道岩崎其人与其画。从画展提供的以及其后检索的资料得知：岩崎大正年间出身于一个富裕家庭，父亲为帝国陆军建筑总部的工程师，母亲为女校的教师，家里拥有一应当时的摩登生活娱乐用具，如收音机、留声机、照相机和风琴等。岩崎为三姐妹中的长女，父母给她取名男孩气的"知弘"，当然有"弘"其"知"的初心，给她提供优越的通识教育，让她进入名校，历练音乐书画，乃至体育。岩崎14岁时在绘画方面崭露头角，但立志要把她培养成"贤妻良母"的母亲，却在她18岁时把她送入一所服装学校。20岁时她和父母安排的"婿养子"成婚，然后渡海去满洲和夫婿同居，未久，因为夫婿自杀而回国。其父母是帝国对外殖民政策的积极拥护者，母亲在二战期间辞去教员之职，为在中国东北从事殖民的日本侨民招募和培育新娘。受家庭影响，25岁的岩崎在战争结束的前一年，还随官方组织的所谓"女子义勇队"奔赴满洲前线。次年，她家在东京的寓所在美军的空袭中焚毁，举家疏散到母亲的老家长野，直到战败，日本被美国占领接管时。

　　战争期间和战后的经历，彻底改变了岩崎对战争与人生的态度。27 岁那一年，她加入一贯反战的日本共产党，并且和父母"政治诀别"，背着他们独自来到东京，负笈日共主办的艺术学校，师从著名共产党员赤松俊子，学习绘画。她那年秋天画的一幅自画像，与前此温柔婉约的淑女型大相径庭，以飘蓬的短发、鹰隼般的目光、倨傲不屑的嘴唇，表现自己桀骜不驯的一面，后来被称为"27 岁的旅立（人生旅途的开始）"。

　　不过出人意料的是，她并未以艺术家常见的放浪形骸和颠覆传统来表现自己的反叛，学成后发表的第一部正式作品，竟是为江森盛弥翻译的德国作家汉斯·布兰克（Hans Friedrich Blunck）儿童文学作品《有只恶狐叫瑞乃克》的插绘。她同时开始创作绘本故事《妈妈的话》，一年后结集出版，隔年获得"文部大臣赏"，使她声名鹊起，奠定了从事儿童绘本、插画和绘画的人生道路。其后她与日共同事松本善明成婚，又隔一年，儿子松本猛出生，成为她许多作品的创作灵感。

　　此后 20 余年，她以童稚与母亲的目光从事儿童题材的绘画，先后创作了 9 400 余幅作品，其中大部分收藏于她在东京和长野两处故居改建的美术馆。这次在神户兵库县立美术馆展出的是其中 130 余幅代表画作，作为《每日新闻》创刊 140 周年的纪念，在《岩崎知弘展》的主标题之后，特意标出"母亲的目光·给孩子们的传言"这一副标题。

先来看"母亲的目光"：展品大部分是描绘孩子与自然（花卉草木）、孩子与孩子、孩子与宠物、孩子与大人以及孩子自身，这些都是母亲的目光中的"被视体"。如《母亲节》（1972）描写伏在母亲左肩上的女儿，手持一枝鲜花，脸上洋溢着依偎的亲情与喜悦，而母亲却只见盘在脑后的发髻，但你可以想象母亲眼中泛出的极度温馨。如《红丝帽的女孩》，画作上的小女孩戴着高耸红丝帽，帽上落满雪花，一双小手戴着红手套，捂在下颚两侧，母亲的眼中此时肯定正泛起一片暖意。又如《绿风之中》（1973），和煦的春风里，戴绿帽穿连衣裙的小女孩，手执一束黄花，亭亭玉立，背后显然有着母亲喜悦的目光：吾家有女初长成。再如《相互寻找的狮子与小女孩》，一头硕大母狮，蹲着观看一个只见背影、玩具大小的单薄小女孩，在母狮的臀部却悠然停落着一只更小的鹦鹉，而母狮一派慈眉善目，很显然是女孩母亲目光的折射。

综观画作里"母亲的目光"，全是关爱、期待和宽容。母亲对自己所给予的生命那份天然的关怀与怜爱，呵护之间，喷薄欲出；面对儿女的成长，母亲有份期待，而与这份期待相始终的，总是忧虑与欣喜；面对儿女的淘气与挫折，母亲呵责之余，更多的还是宽恕与扶持。日语自创一词叫作"见守"（mimamoru），就是母亲目光的最好写照：以深情的注视守卫着儿女。这种母亲所特有的目光，几乎在岩崎所有的作品中闪烁，让你感受到其殷切与炙热。

再来看"给孩子们的传言"：展品在在所透露的消息，就是"和平与幸福"，这是天下母亲的梦寐之求，也是天下母亲的祈祷之声，这既是给孩子们的"传言"，更是给大人们的"传言"：为了世上可爱可怜的孩子们的幸福，我们需要反战与和平。越战爆发后，岩崎连续创作了《给世界上所有的孩子们和平与幸福》（1970）、《战火中的孩子们》（1972）、《孩子们的幸福》（1973）等，而稍后她在病中出版了《孩子们的幸福画集》（1973），成为她绝笔的画册。在生命的弥留时期，为孩子们呼吁幸福，是她作为儿童画家的临终"传言"。

儿童画家岩崎的"目光"与"传言"，如果缺乏对画艺的精湛造诣，尤其是对色彩超群绝伦的把握，恐怕也无法传递如此久远。在习画时代，她不但受到西洋油画、水彩画的严格训练，还对东洋的绘技、书道了如指掌。她尤其对两宋时代传入日本、江户时期登峰造极的水墨画技情有独钟。通过展品中的《十五夜的月亮》（1965）、《花车》（1967）、《雨日留守》（1968）、《月夜散步》（1968）、《浴水晃动》（1970）、《万叶之歌》（1970）、《手捧葡萄的少女》（1973）等，可以窥见她将东洋绘画的技艺，如水墨画的晕染、无骨与渴笔等技法，尤其是江户"琳派"的"溜"技，即一色未干又叠一色、色色相浸成其间色的画技，发挥到淋漓尽致。她晚年的成熟画作，轻盈简洁，色彩荡漾，仿佛有一种巨大的磁场，吸引着看客的眼目。

　　惜乎画家享寿不永，英年溘逝，若假以年华，以其东西合璧的高超绘技，肯定会更上层楼，成为画坛一代宗师。

　　　　　　　　　　原载：2012 年 5 月 11 日 香港《文汇报》

9. 酒井法子：一代天使堕于泥

2009 年 8 月 4 日，我在桂林参加一个国际学术研讨会，偶然瞥见电视转播酒井法子因丈夫携毒被捕后失踪的新闻，日本媒体担心突然受到刺激的酒井会一时想不开去寻短见。我不由神经绷紧，开始高度关心后续报道。十余年前旅居日本以来，看了不少日剧，包括《同一屋檐下》和《星之金货》，酒井饰演两剧的主角柏木小雪和仓本彩，给人留下深刻印象。其冰清玉洁的长相、甘醇甜美的笑容，征服过成千上万的观众，我也忝在其列。十余年来，喜欢过的偶像如走马灯似的倏忽去来，很少有几位经久不衰的，酒井却一直占据着心扉一隅。

事件回放

8 月 3 日未明时分，酒井的丈夫高相祐一从东京闹市涩谷夜店出来，因为举止怪异，被缉毒警察拦截盘问。他在第一时间便联系上妻子，酒井即从港区住宅赶到现场，和警察交涉。警察在高相的裤衩里翻检出兴奋剂时，酒井一时傻眼，跌坐在人行道上失声痛哭。警察以携毒罪逮捕高相后，希望酒井能自愿同行，接受尿检。酒井号啕之余，推说 10 岁的儿子正托付友人照管，需要返回打理，便呼叫友人前来，将其载离现场。

3 日午前，酒井携子离开寓所，不知去向。高相的母亲遍寻不得，怕母子出意外，次日午后求助警方。酒井所属事务所"太阳音乐"（Sun Music）社长相泽正久也在当天傍晚召开紧急记者会，呼吁社会寻人。消息扩散后，很多社会名流如千叶县知县森田健作等也加入寻人行列，一时间全国媒体处于焦虑状态，担心这位爱惜羽毛的"国民偶像"，无法应对突发事变，会带着幼子自戕。

难熬的两天过去了，警察在山梨县截获过其手机讯号，便加强在彼处搜索，结果一无所获。一时谣言纷起，还有网络报道酒井的遗体已经在北海道的摩周湖寻获。直到 6 日傍晚，酒井的儿子被发现寄托在友人处，安然无恙，关心酒井母子安危的民众才松了口气。不过媒体开始披露一连串冲击性内幕新闻，让民众惊愕失措。先传出高相交代妻子也参与吸毒，接着在酒井居住的高级住宅内搜出微量兴奋剂和大批吸管，DNA 检验证明吸食者为酒井本人无疑，警视厅便在 7 日对酒井发出通缉。抵此舆论大哗，酒井的失踪原来是一场逃跑闹剧。吸食兴奋剂后三到六天尿液呈阳性反应，逾时重归阴性，尿检便无从检测，原来酒井失踪是为了赢得时间。果然 8 日早晨，酒井通过律师向警方自首，而其尿检结果为阴性。有专家称，既然在居所仅仅发现不足一口的微量药粉，尿检亦呈阴性，酒井应该有可能逃过一劫。短短一周间，故事情节如此跌宕起伏，让观众如坐"过山车"一般，体验了酒井出演的日剧所没有的"暴起暴落"。

超级偶像

1985 年酒井 14 岁时，被老牌娱乐事务所"太阳音乐"相中，翌年以歌手出道，很快以一曲"Norenai‐Teenage"（《不合时宜的少年》）获得"日本歌谣大赏最优秀放送音乐新人赏"。甜美清纯的长相使其在众多歌星中脱颖而出。在艺能活动之余，她还擅长漫画，在漫画杂志连载自己成星的过程。她自成一格的少女"话语"，如"itadaki mammoth"（超级领受）、"yup-pi"（好）、"ure-pi"（快乐）等，被冠以"Nori-pi"（法子的语言）之名，长时间在少女间流行。作为歌手，她从 1987 年出版专辑 *Fantasia*（《幻想曲》）以来，到 2007 年的 *My Moments Best*（《我的最佳时光》），先后出版 36 张专辑。从 1986 年的《春风一番》到 2007 年的《丸子小不点》，她一共出演了 19 部电视连续剧，还出演过 10 余部电影。此外，她被 Lion、Circle K 连锁业、东芝、日产、邮政省、日清食品、中部电力、松下、花王、丰田等一流公私机构和企业聘为广告代言，活跃于各类媒体。

1990 年代，酒井出演的日剧进军中国市场，所到之处，备受欢迎。她趁势录制中文歌曲专辑，在港台地区举办个唱会，一度在华语娱乐界掀起旋风，成为华人世界最为出名的日星之一。至今在中国各地，几乎无人不知酒井其名。

酒井出道 20 余年来，从青春少女到少妇人母，在娱乐界树起了一座清纯玉女的超级国民偶像，大众媒体对其情有独钟。

砂器宿命

酒井法子在福冈出生，父亲为暴力团山口组成员，有报道说结过四次婚。法子的母亲为再婚，在法子 2 岁时，不堪丈夫频繁的家庭内暴力而离婚。法子在入学前过继给亲戚做养女，六年后才返回酒井家。她在中学年代曾经违规抽烟，作为"问题少女"接受过学校的"生活指导"。其后她父亲贩毒时触犯帮规，被山口组"破门"（开除），去了继母智子的老家山梨县改营金融业谋生，1989 年在一场车祸中丧生，最近有报道指称他是因为欠债累累而自我了断。可以想见，酒井在 14 岁出道之前的生活充满艰辛。她异母弟酒井健也是山口组成员，并先她一个月以使用兴奋剂和恫吓两罪被拘捕。姐弟俩受到家庭负面影响显而易见。

有的论客在酒井出事之后强调其"血筋"（犯罪家庭）的渊源，不能说完全没有道理。不过她出道之后，努力从其饰演的善良角色中汲取正面营养，更由于为许多大企业做广告代言，或者出于自觉或者出于被迫，逐渐将自己形塑成完美的社会模范，以符合广泛的社会期待。在这方面，她比同样出身少女歌手的挚友，同为社会名流的工藤静香（木村拓哉夫人）和森高千里（江口洋介夫人）更为出色。她在饰演《星之金货》的聋哑女一角时，经历千辛万苦学会手语，而且此后频繁出入慈善活动，为弱势群体募捐谋福利，备受社会赞赏。

少女出道的酒井没有完成学业，很难想象她如何得以构筑以知识和教养为基础的坚定人格，加上从复杂的家庭背景跨入更为复杂、有"染缸"之称的娱乐界，虽然她成功地建立起自己"亭亭玉立"的风荷般的社会形象，惜乎终于不免出淤泥而染浊秽，证明只是一具砂器，经不住风吹雨淋。

淤泥土壤

酒井本人以及媒体构筑的"清纯玉女"形象，在其逃亡、自首和被捕闹剧后，轰然倒塌，媒体开始寻绎其因果轨迹。至今很多人依然把她走入歧途归因于"遇人不淑"，归咎于其丈夫高相祐一，其实并不尽然。酒井形象的塑造成功，在很大程度上得益于她所主演的三部连续剧：《同一屋檐下》及其续集，和《圣者的行进》，其编剧为号称 20 世纪 90 年代"收视率之王"的剧作家兼诗人野岛伸司。酒井和野岛的合作，也开始了他们之间长达四年的黄金拍拖。当 1998 年酒井手持滑雪器具店小开高相祐一的相片宣布婚期时，最为落寞的一定是野岛，在他稍后的剧作《世纪末之诗》里，竹野内丰饰演的主角野亚，其新娘在婚礼上和人私奔了，很多人附会这就是剧作家当时心情的宣泄。这大概是酒井"野性"的首次大发挥。

　　高相当然是个华而不实、游手好闲的"纨绔子弟"，他有本领先让"国民偶像"在怀孕后宣布结婚，而在婚姻实际搁浅时，又以毒品套牢妻子，让她无法以离婚抽身。不过他也只有这丁点儿"黔驴"式贱招，据说婚姻十年，他没向家庭贡献过1毛钱。在被警察盘问时，他第一时间叫唤妻子前来顶挡应付，而在被捕后又很快供出妻子参与吸毒，毫无"大男人"的担当，如名导北野武就公然痛斥其行为，表示不齿。

　　和丈夫的"草食"型懦弱性格相对照，酒井却处处闪现其彪悍的"肉食"型"野性"。丈夫一通电话，她立马赶到现场救驾，魄力非凡地和警察斡旋两个多小时。在警察从高相的衬裤里搜出兴奋剂时，酒井还强词夺理辩解道："裤衩里放的是壮阳剂，他那里疲软，需要敷贴着行走。"当她干净利索地摆脱警察的"纠缠"后，毅然决然实施"逃跑"计划，而在闹剧无以为继时，她断然收场，不拖泥带水，歹戏拖棚，至今不闻她咬出任何关系人来，颇有"好汉做事好汉当"的豪气。不少论客对她的"胆力"印象深刻，其中有一位还把她和岩下志麻饰演的《极道之妻》里的"大姐大"相提并论，这位黑道大姐作派果敢凌厉，让道上兄弟对她唯唯诺诺，唯命是从。酒井的性格，确实比她所饰演的单纯角色复杂多了。

高处不胜寒

　　酒井丈夫高相从父亲手里继承了一爿出名的体育用品店，

为了赶时髦，将其改装成咖啡吧，可惜缺乏经营才干，终于无法维持，在 2006 年闭店。出于经济上的压力，酒井产后 10 个月便返回现役，幸好她的事业不受结婚生子影响，而且迅速从青春偶像过渡到贤妻良母形象，活跃于演艺界和广告界。她在收入上和高相对比悬殊，形成了名流夫妇之间所谓的"格差婚"，让几乎一文不名的高相自暴自弃，夫妇关系豹变。在酒井全力赚钱养家的同时，高相却加速寻找刺激，以女人和毒品"浇愁"，排解自己的"不遇"。

这位缺乏进取精神的花花公子，连找外遇对象都吃"窝边草"，硬把酒井的闺中女友发展成了"爱人"。为了维持自己"国民偶像"的形象，酒井一直隐忍，甚而容忍"爱人"加入自己的家庭生活，让高相享受现代"齐人之福"，发展到一同出游、一同寝息的不可思议程度，连在逃跑时也将儿子托付丈夫的"爱人"临时照顾。

酒井生子后一直注意营造自己"教育妈妈"的形象，非常注重儿子的"精英式"教育。她与姐妹淘工藤静香和森高千里相约，将三人的同龄儿女共同送入东京的一家顶尖私立小学接受教育。然而，四年前酒井的儿子未能如愿入学，让酒井在"peer pressure"（伙伴压力）之下，深感挫折和沮丧。知情者认为儿子教育的失败给酒井失败的婚姻雪上添霜，让她坠入失望的深渊。据说正是在这一背景之下，她开始接受丈夫提供的毒品舒压。当坠入依赖毒品的另一深渊后，她就再也无法离开分居的丈夫，她的毒品供应者了。据被捕的高相交代，携子7月22日去鹿儿岛观看日全食时，他们夫妇还共同吸食兴奋剂，而他被捕当天正是去涩谷嗑药，被警察搜到的那一份，莫非是为酒井准备的？

一代天使，竟然堕落毒品的深渊，让人扼腕痛惜。不知堕泥的天使如今做何感慨？许是"嫦娥应悔偷灵药，碧海青天夜夜心"吧。

原载：2009 年 8 月 26 日 上海《新民周刊》

10. "矢村警长"，走好！

我这一代中国人，没看过日本电影《追捕》，或者对其一无所知的，大概很少。这部"文革"结束后在中国最早放映的日本影片之一，使得高仓健（饰演杜丘）和中野良子（饰演真由美）名满华夏，至今仍是在中国最为人熟知的日本演员。看过此片的人一定还对另外两个角色留有深刻印象：缉逃的矢村警长和被服药的横路敬二，记得当年模仿最多的不是酷警长便是傻横路。我相信很多人在啧啧赞赏这两位演员比高仓和中野毫无逊色的演技时，并不知晓他们的名字，至少我就不记得。但是他们留在观众脑海里的深刻印象，却与两位男女主角不分轩轾，以致数年后负笈东京留学时，我开始注意他们出演的其他作品。他们就是原田芳雄和田中邦卫，在日本演艺界，是"神"一般的巨大存在。

7月19日，饰演"矢村警长"的原田芳雄，因为大肠癌转移肺部，终于不治谢世，享年71岁。噩耗传来，让人黯然。这位形象"帅酷"，声音暗涩却富磁性，银幕上下都是"硬汉"的老牌影星，拥有无数的"粉丝"。原田出道稍晚，高中毕业后做过工薪族，后来进入演艺学校"俳优座养成所"学艺，一边又在花店打工，维持生计。近"而立之年"出演第一部影片《听到复仇之歌》，此后在 70 部电影和 48 部演剧中饰演主配角色，以个性派演员精湛的演技，获奖连连，征服海内外无数观众。

"矢村警长"十分敬业。2008 年发现肠癌手术后，他一个月便返归舞台。去年在拍摄他的生涯最后之作《大鹿村骚动记》时，由于癌细胞转移而长期服用抗癌剂，全身痛楚难忍，甚至食不下咽时，因为情节的需要，他仍在岁暮的酷寒之中，拍摄大雨淋身的外景。病逝前八天的影片首映仪式，他的主治医师力阻他前往参加，未果。他自己手摇轮椅登上舞台，在无法出声的情况下，由共演的石桥代读致辞。据说他知道死神已经近在身边，在观众的欢呼声中，拭去纵横的热泪，轮椅徐徐降下舞台时，抱拳向观众深深一礼，完美地画下了演艺生涯的最后句点。

原田精湛的演技，使他成为日本影界的大台柱，很多一线的出名导演都会首先邀请他出演，以镇台脚。据说日本电影界最为天才的演员、英年早逝的松田优作，一度对原田钦佩无以复加，仿效其举手投足，甚至一笑一颦，最后才集其大成。影片里饰演很多言辞木讷、举止犀利角色的原田，在银幕之下却是滔滔雄辩，口若悬河。他不但和诸多评论家对谈如流，臧否古今，月旦人物，还善撰辞章。他的随笔集《B 级天堂》，读之令人如坐春风，如沐甘霖。譬如他说："我很少窥镜，以致常常忘记自己的长相。"演员多顾影自怜自恋，他的这份洒脱，文如其人。他又说："妻之于夫，多有克己隐忍之处，莫非抑压所致？虽然恋人之时，无需克制，欲归则归，随便就可独处躲避，但一旦结为夫妇，便有了更为奇怪却又更为浓厚的男女关系。"将长年夫妇之间的这种牵扯却又缠绵的"绊"的关系，表露无遗，充满着感性和知性。

"矢村警长"嗜酒，有酒必喝，性格也如纯酒一般甘醇怡人，因此在演艺界上下，不乏老少交游。他急逝后，灵柩移回其在东京涩谷的寓所。翌日演艺界生前好友 50 余人，前来吊唁，所携大多是各式酒类。他们围坐在灵柩边上，在警长生前爱听的蓝调乐曲中，举杯酌饮，回忆和警长的交往，几位喝到茫然的好友，甚至还要吻别警长，遭到家属阻拦。

《追捕》结尾时，冤家对头聚在楼顶过招。"昭仓不是跳下去了？唐塔也跳下去了……所以请你也跳下去吧……你倒是跳啊！……怎么的，你害怕了？你的腿怎么发抖了？"警长对着"冤家"长冈如是命令。冷酷嘲讽的话语，显示出内心疾恶如仇的炽烈感情。一代名优而今溘然长逝，而"矢村警长"的帅酷形象，却依旧盘旋脑际。警长，走好！

原载：2011 年 8 月 3 日 香港《文汇报》

风
土

1. "老铺"大国日本

在日本住久了，你会发现日本文化是一个奇怪的混合体。它既小心翼翼地保持岛内的古老传统，又睁大眼睛注视岛外所发生的一切。起源于绳文时代的"注连绳饰"，今天仍然挂在家家户户的门首迎接新春，日本很多的节气祭祀依然带着原始初民朴拙粗犷的气息。而另一方面，巴黎香榭丽舍大街今天的时尚，明天就会在东京的涩谷流行，美国巴诺书店（Barnes & Noble）的畅销书，不少隔几个月就可以在日本各大书店看到其和译本。这种"保守"和"求新"的奇妙混合，体现出岛国文化对"失统"和"落伍"的焦虑。它一直在"内顾"和"外视"之间寻找平衡。日本文化的"内向性"，使其常常以墨守传统来保持个性，因而具有明显的"保守"趋向；而其"外向性"，则使其经常注意周边环境的变化，以"维新"的方式充实传统，因而具有健强的自我调摄、更新能力。日本的"老铺"现象，大概可以视为日本文化的一个缩影。

日本的 400 余万中小企业，曾经是"日本奇迹"的重要创造者，而且当今依然是日本经济"再生"的重要支撑。这些主要分布于制造、建筑和服务业的中小企业骨干部分，是经营历史超过百年以上的"老铺"企业。老铺企业作为一国企业的根干，并非日本特有的现象。《财富》杂志每年统计的"世界500强"企业中，家族企业约占四成，而这些家族企业中，有近三成为"老铺"企业。根据韩国中央银行2008年的统计，世界上41个主要国家中，超过200年历史的"老铺"企业共有5 586家，其中日本有3 146家，占了56%，居世界第一。其余老牌工业国家，如第二位的德国有837家，第三位的荷兰222家，第四位的法国196家，三国加起来总共才是日本的39%。其他如美国有14家，我国有9家，印度才3家。所以径称日本为"老铺大国"，大概不为"过言"吧？

再来看看日本"老铺"企业的年龄成分，最为古老的大阪建筑企业"金刚组"，创业于589年，到今年（2010）已有1 421年历史了。其他如小松市的"善吾樱"旅馆，京都的"虎屋黑川"和果子店、"田中伊雅"佛具店、"平井常荣堂"药铺、"一和"和果子店，都有千年以上的经营历史。500年以上的"老铺"企业也有32家，如果统计日本"百年老铺"的话，则超过10万家。根据国际"老铺"协会"艾诺金"（Les Henokiens）的资料，意大利的金银首饰行"托利尼"（Torrini）创建于1369年，是欧洲现存最古老的企业，比"金刚组"足足晚了780年。

韩国有句俗话说"店铺不过三代",果真全国连一家"百年老店"也没有。韩国中央银行对日本"老铺"企业做调查研究的初衷,恐怕就是为了弄清何以韩国就没有"百年老店"吧。

那么,日本的"老铺"企业哪来这么"厉害"的"韧性"呢?

让我们从企业生存的社会环境以及企业本身的素质构成两方面着眼,来探讨日本成为"老铺"大国的主要原因。首先,日本在6世纪末开始大规模引进隋唐"律令"、成为统一集权国家以来,历经奈良、平安、镰仓、室町时代,岛内既没有大规模的农民起义,也没有大规模的军阀混战,而且民族构成比较单纯,没有大陆国家"五方杂处"、异族之间为争夺生存资源而起的频繁战争,加上四面环海,天然屏障,几乎不曾有过外族入侵。因此社会相对稳定,为手工业和商业的持续发展提供了相对安定的社会条件。

在国策方面,从飞鸟时代起,尤其是在日本全面接受隋唐制度之后,儒家的"农本主义"成为历代的基本国策,但"重商主义"也一直构成国家经济基轴的另一侧,尤其到了镰仓时代开始的中世纪,"重商主义"渐次抬头,商工业和海边贸易受到重视,经商的僧人、手工艺职人、海民等"非农业民",成为社会的活跃阶层。即便在"战国时代",战火延及的范围也相当有限,而且各大名将军努力发展本地产业,以资军备,给予手工业者和商人相对宽松的发展机会。

在欧洲，近代"重商主义"兴起之前，手工艺者地位卑下，不受社会重视，英国贵族以及"上流阶级"至今不会轻易让自己的子弟在大学选择工科，大概就是这种遗风的反映吧。在中国和韩国的古代，由于儒学区分"劳力"和"劳心"两类人等，"劳力"如手工艺者，是"小人"的职业，"君子不为"，很少富家愿意送子弟去学"手艺"，而且万一子弟以"手艺"致富，多会被家族强迫改弦更张，另谋仕道，以求"出息"。若非不得已，鲜少有愿以"手艺"传代，让子弟赓续其业的。日本则不同。司马辽太郎在文化随笔《日本的原型》（1993）中提到，世界上很少有像日本这样尊重手工艺职人的文化的。日本的职人，尤其当他们的技艺臻于"达人"和"名人"的境界时，从古以来，备受社会敬重，当今日本很多被国家封为"国宝"者，就是手工艺职人。民众还以"常连客"（回头客）的形式，对他们爱用的工艺和服务表示支持。笔者在庆应大学留学时，差不多每周课后，指导教授都会领着诸生，去同一家饭馆用餐。记得这家饭馆叫作"山田屋"，餐厅的墙壁上挂满了和庆应有关的旌旗、照片和纪念品，大概从福泽谕吉的"义塾"时代就开始了这种主客交往，恐怕已有一个多世纪了吧。顾客的忠诚，无疑是"老铺"存续的重要因素。

再来看看"老铺"企业的素质构成。第一，"老铺"企业拥有独特的技术，而且经过世代磨砺，与时俱进，精益求精，臻于炉火纯青的境界，为社会所亟需。如三百年老铺"福田金属箔粉"，生产手机等配线基板所需的电解铜箔，和另一家日本同行一起，提供世界总份额九成的供应。百年老铺"田中贵金属工业"，生产手机振动器的细金丝，细到只有一根头发的八分之一，可以把1克纯金拉成3 000米长、0.05毫米粗的金丝线，世界极细金丝线需求泰半由其满足。

其次，大部分成功经营的老铺，都以地元乡梓为中心提供产品和服务。其字号招牌，经过长年的锻锤，信用深入顾客心坎，老铺和用户之间形成一种"共生共荣"的社区环境。老铺以盈余的部分还原于乡梓的福利，而在遭逢意外蹉跎时，常常会得到顾客的扶持。老铺和顾客之间的铁打同盟，使同社区潜在竞争者的空间大大压缩，因而让老铺注重产品和服务的质量，得以最大限度持续获取和巩固顾客的忠诚。这种老铺和顾客之间的良性循环，让老铺立于不败之地。日本每年都有很多企业倒闭，但其中鲜少老铺。

再次，日本很多老铺企业都秉持"保守"理念，如常见有以下两条"社训"：其一为"辨分"（分を弁えろ），即明辨"本分"；其二为"守分"（分相応），即不逾"本分"。为此甚至还有老铺以社训明白告诫承业的子孙："不要扩大规模"（大きくするな），警惕"盛极而衰"的扩张。而且大半老铺不改其创始初业，较少会随意跨出本业去寻求新的发展。这种不追求暴利，不盲目扩张，并将质量、服务和信誉置于赢利之上的经营理念，是老铺长寿的另一个主要原因。

当然，老铺企业长寿离不开"职人精神"。职人并不是普通的从业员，而是传统技艺的承传者。职人从上代承受技艺，一生以"一筋"的专注态度从事其业，完善技艺，然后传薪给下一代职人。老铺由职人支撑，因而"职人精神"是老铺长存的关键因素。从这个意义上说，日本既然是个"老铺"大国，那么同时也就可以说是一个"职人"国家了。

原载：2010 年 4 月 7 日 广州《南风窗》（2010 年第 8 期）

2. 汤岛圣堂和日本社会的文化底流

从学园都市筑波到东京市中心秋叶原开通了直达火车，正好约了友人在东京茶之水车站见面，便去坐了一回。茶之水就在秋叶原的西邻，翻过一个坂道，约莫 10 分钟便走到了。秋叶原电子街的烦嚣顿时消失，而茶之水果如其名，让人立时感受到丰腴安闲的氛围。因为时间有余裕，便沿着日本铁道中央本线向西，一睹周边的风物人情。根据史载，这一带古代曾经是望族的墓冢地，15 世纪初得名"神田明神"，是祭祀神灵之地。德川家康扩建江户城时，疏浚神田川，将此间的低洼地填平，并开发市街，使其转成寓居之所。如今神田川依然在坡道边的峡谷里静静地流淌着，水呈墨绿之色。川边是日本铁道的轨道，火车不时地来去往返。峡谷上架设了多座过桥，有石桥，也有铁桥；有平桥，也有高耸的拱形大桥。谷边长满了蓁蓁莽莽的杂草，在周围崇楼巨厦的映衬下，更显出拙野素朴的气氛来。

茶之水从江户时代开始便是东京的人文中心，这里有明治初期建立的最早的大学雏形：东京师范学校和东京女子师范，是筑波大学和另一所国立大学"茶之水女子大学"的前身。这里荟萃了一批日本最出名的高等学府，除了上述两校之外，日本大学、明治大学、顺天堂大学、日本医科齿科大学和东洋学园大学都在这里设有本部或者分部的校园。中央大学的旧址也在这里，后来因为校园窄小的缘故搬迁出去了。此外，这里也有不少研究机构、出版社、图书馆、会馆和教堂，而店铺街也被浸染了人文气氛，音乐和乐器商店林立。稍微西北就是东京最著名的游乐场所之一"后乐园"，再稍西便是二重桥的皇居了。

和友人会合后，友人提议去看看就在边上的汤岛圣堂。被告知汤岛圣堂是日本最有名的孔庙时，我着实吃了一惊。20年前负笈庆应大学时，住在文京区的根津神社边上一年，那儿离汤岛并不很远。当时就听说过汤岛圣堂，还以为是基督教的大堂呢。尽管孔子被尊称为"孔圣"，但国内文庙或孔庙一律不冠"圣"字，倒是后起的基督教会动辄以"圣"命名，潜移默化，孳生偏见，以为以圣名者便是西式教堂了。汤岛圣堂就在茶之水车站的北边，而车站的一个出口就叫"圣桥口"，这座"圣桥"的两端便是车站和圣堂。圣堂前面的道路叫昌平坂，是以孔子故里昌平乡命名的。

我们从大石垒起的围墙边门进入圣堂，随即登上了大成殿。殿前一座广场，正殿左右建有两庑。时近黄昏，参拜的游客稀少。登阶入堂，正面是孔圣的塑像，两侧是所谓的"四配"，左边是孟子和曾子，右边是颜子和子思。孔子和"四配"为诸圣，都是塑像。其两旁正面壁上悬挂着所谓的"历圣大儒像"，左列朱熹、张载、程颐，右列周敦颐、程颢和邵雍，一式宋代的理学大师，都是单独挂轴。东西两壁及背面门墙上悬挂着14幅画像，其中8幅为5人一轴，其余4幅为6人一轴，7人、8人各一轴，合计79人，称为"贤儒图像匾额"。这79人中大部分是先秦典籍中有名姓可考的孔子弟子，如有若、公西赤和冉孺辈。背面墙上是弟子之外的宋明大儒，如司马光、吕祖谦、陆九渊和王阳明等。我和友人在孔圣塑像前，拈一撮香灰，注入另一香炉，两拜如仪而退，尽了学子的礼节。

德川家康统一日本后，以战国时代的动乱为鉴，重新建立国家秩序。家臣背叛大名，大名背叛幕府，政治秩序荡然无存的战国，让他心有余悸。他在着手建立新秩序的时候，看中了强调伦理纲常的宋儒理学，开始将朱子学设为江户幕府的正统意识形态。他聘用当时朱子学的传人林罗山为他的政治顾问，在上野忍冈辟地给林建立宅邸，以示尊崇。林氏一直奉仕抵第四代将军，是江户初期最重要最有影响的儒学者。他以私塾培养从政的儒生，1632年在私邸建立了祭祀孔子的圣堂，昭示家学渊源。林氏死后，他的子孙世代承袭儒官。到第五代将军德川纲吉时，朱子学已经成了官学，再以私学方式培育儒生已经不符时代所需，幕府便决定将林氏私邸的圣堂迁至场地更大的汤岛。1690 年，汤岛圣堂落成，据载纲吉本人还曾经亲莅给儒生主讲过《论语》，可见其对儒学的钦服之深。此后，圣堂成了官方培养儒官的最高学府，称"昌平坂学问所"（俗称"昌平校"），就像清代的"国子监"一般，对江户的政治发挥着巨大的影响。

明治政府导入现代学制时，也是率先在圣堂的基础上建立了高等学府，因此说汤岛圣堂是日本现代高等教育的策源地也不为过。300 多年的风雨沧桑，圣堂历尽劫难，光江户时代便遭逢 4 次大火，关东大地震时劫难最重，除了一幢门墙外，全部焚毁。现在的规模是 1935 年根据旧制以钢筋水泥重建的，1945 年竟然躲过了美军飞机的狂轰滥炸，不能不信是美军有意让其作为珍贵文物而幸免的。这是学术之幸，斯文之幸，江户文化得以留下一座有形的纪念馆。

薄暮降临的时候，我和友人出了正殿，开始参观其周围庭院。正殿前的广场上，有几处祈愿榜，挂满了祈愿牌，日本人称其为"绘马"，据说起源于平安时代，当时有钱人家给神社奉纳马匹，因为过于昂贵，逐渐改为容易筹措的木马，后来变成时下通行的版绘。圣堂在战后成了就学就试的祈愿场所，希望入学以及各类其他考试成功的学子等人往往来此祈愿。我们翻检了不少"绘马"，祈愿者来自全国各地，祈愿对象多为各类大学和官方的资格考试如律师、护士等等。在中国，祈愿之后，如果遂愿，祈愿者常常会返回报答神佑。但是我在上百枚的"绘马"里，竟然没有找到一枚表示谢忱的。我问友人，他也说日本的文化习俗里，似乎只重祈愿，了愿之后不必谢恩，使我有些愕然。

这里也可以看出日中文化细部的歧异之处。我们国人向来重视"报"的文化，"报仇""报恩"，是人子的天生职责。"三矢报仇"，是后唐有名的逸闻，"毛宝放龟而得渡"，也是民间津津乐道了几千年的故事。"一箭之仇"，"一哺之恩"，若未得报，行卧不宁。中国文化，是重视历史、重视回顾的文化，讲究传承，讲究报应。相反，日本文化更重视现世，往事如流水，逝者如烟，恩仇不必一一相报，所以遂愿了也不必再返回一次，以答谢神佑之恩。日本庙宇里也常常有施主捐献的廊柱旗牌等，但多为祈愿时所捐，很少看见有还愿之物。而在国内，旧时还愿，往往会去捐个香炉门槛什么的，来表示念念不忘神的恩典。

最让我心动的莫过于圣堂的学舍，坐落在圣堂正门的右首，普通平房，毫无雕饰，中间为事务室，两边有三间教室。进门两侧的墙上贴满了各类讲座介绍，还有汉学家的书道展览，书桌上陈列着在此讲学的汉学家的著作，如石川忠久先生的一册新近刊行的精装书就堆在桌上待售。左边的大讲堂里，一位硕儒模样的老者正在讲读《孟子》，右边两间教室在讲《素问讲读》和《论语素读》，学生多为中老年，听讲神情专注。友人告诉我，因为圣堂的名气，很多出名的日本汉学家都以能在这儿讲学为荣，所以设帐者中不乏名师。日本的很多大学都在教授汉语，基本上都是教养类的基础语言课，即便汉语专业的也以基础课程为主，很少能讲到专题如《论语》《孟子》和老庄诸子的。这些专题常常设在社会讲座，甚至是广播讲座，一周能听到几回。有人讲，当然有人听。就像圣堂举办的专题讲座，有很多的参加者，汉学的香火，代代相传，不绝如缕。

现代物质文化，凌轹一切前代遗留下来的文明，后者中很多都没有闯过适者生存一关。汉学在现代社会的命运，已经引起过几代中外学者的关注。孔子的学说是否能成为现代东方工业文明所带来的副作用的解药，尚未有结论，不过在全新的文明价值观正在形成的时候，尤其像在中国这样的处于飞速发展之中的国度，儒学中不少价值，我觉得还是应该继续让其发挥作用。正在填补真空的外来或新出的价值观，未必见得比儒学的价值观更能弥合发展所带来的缺失和分裂。在日本这一高度现代文明的社会里，儒学以及其他旧价值观，依然在安抚商业扩张所引起的社会躁动，在法律之外，给社会带来稳定因素。这一脉文化底流通过汤岛圣堂这一类旧文明的遗存，还在默默地流淌，给现代社会补充精神养料。

离开圣堂，友人带我去了邻近的俄罗斯东正教尼古拉教堂。

西洋风格的穹顶建筑，大堂的拱门紧掩着，未能进入里边一睹究竟。旁边的一座小礼拜堂却开着大门，黄昏里，门首点起了蜡烛。除了我们两人，只有一位中年女士，在门口的长椅上面无表情地坐着，看着风中摇曳的烛光，仿佛在等着什么人前来相会。堂内矗立着一尊基督受难像，不由得使人心情抑郁起来。中华文明正在崛起，俄罗斯文明也正在复苏，处于两种文明相峙之间的日本，怎么接受这种巨大的张力呢？

汤岛圣堂不单单作为文物，而且作为一股日本社会的文化底流，能挺过 21 世纪吗？想着这样严肃的问题，不免让人有些惆怅和紧张起来。

原载：2010 年 5 月 11 日香港《文汇报》

3. 造币局的樱花

　　4 月初转勤来大阪之后，樱花丝雨绵绵延延，下个不停。今天是十天来第一个有太阳露脸的晴天，昨天便计划好午后去大阪市中心的造币局江堤赏樱，据说造币局的樱花比别处迟开，现在应该是满开的时辰了。坐上地铁谷町线从居住的平野区出户站北上，到北区的天满桥站下车。在天满桥下车的旅客扶老携幼，熙熙攘攘，大概多是去造币局赏樱的市民吧。车站为此还特别贴出导引路线图，标志通向造币局的顺道。出车站左拐不远便是跨越大川（旧名淀川）的天满桥，铁制桥身，气势恢宏。"天满"是神格化的菅原道真的神祇称号，这一带有天满宫，每年 7 月 24、25 两日有"天神祭"，祭祀天满神菅原，为日本最大规模的"三大祭"之一，参与行事和观赏的民众达百万以上。

　　初晴的今天游客众多，桥的左右两侧划为单行通道，左侧进，右侧出，人流不息，而秩序井然。天满桥下的大川名副其实，是在日本难得见到的大川。大川旧名淀川，从滋贺的琵琶湖发源，流入京都盆地西折，在盆地的西端与桂川和木津川合流，西向流经大阪市区，通过我居住的平野区注入大阪湾的海湾，全长 75 公里。史载大川是江户时代的主要运输河脉之一，水势湍急，船舶在很多水段都需要纤夫拉纤，历史上流传下来很多纤歌和民谣。现在流经大阪市中心的江面依然开阔，水流沉稳，河面上有装潢绚丽的游船，河堤边还有饮食行会搭建的歌台，乐团正在演奏应景的笙歌，岸边临时搭起的座席上散坐着许多听众，一边吃食，一边欣赏悦耳的轻快音乐。

造币局明治四年（1871）建成，选址此地是因其交通方便。在公路不发达、没有铁路的明治初年，水上交通是主要的运输手段。造币局的建筑和工场设施由英国技师设计，一部分制造器械从当时的英属香港水运来此，造币所需的材料铜也从各地通过船舶运来，日本货币最早使用的日元硬币就是在这儿发轫的。造币局的建筑也是大阪市区最早的西洋建筑，据说正是从这儿，"断发"、洋服等西洋文化和风俗开始流传。局内接待所英式洋楼"泉布观"是一幢非常精美的两层建筑，尤其是其罗马风格的立柱式阳台，蔚为壮观，明治天皇视察近畿时多次幸临。醉心于西洋文化的明治天皇爱屋之殷，可以从后来此楼成了天皇御用的行宫来直接说明。可以说，造币局是大阪近代化的一个主要窗口，"洋风"和"西化"从这儿向四面八方辐射，浸淫日本的传统文化。

沿着河堤就进入了造币局的南门（正门），一条甬道直通北门（里门），全长 560 米。江户时代的大阪物产富庶，号称"天下厨房"。其食材主要来自三大集市，即堂岛的米市、杂喉场的鱼市和天满的菜市。当时津藩的藤堂家族，在天满建有 32 万石的粮仓（藏屋敷），加上左近麇集的名铺如"八轩屋"和其他豪商第宅等，令天满一直到幕末和明治初年都是大阪地区农产品的主要集散地。各地的青果蔬菜经过大川漕运天满暂储，然后流布市内各地。天满桥下的南天满公园里，有一尊背负幼子的母亲塑像，边上竖立着一块摇篮曲碑，其歌词大意我试着翻译如下：

天满的集市

睡吧，睡吧，天满的集市啊，

萝卜堆起来呀，装进船里，

装进船里了，运往哪儿去呀，

运往木津和难波的桥底，

桥底住着一群鸥呀，

船竿将群鸥惊起。

可以想见当时漕运和菜市的繁华景象，不过随着明治时代的公路、铁路建设，漕运不再是唯一的运输手段了，除了造币铜材的运输外，天满作为大阪主要菜市的地位大概开始日见萎缩了。

代之而起的是，天满却成了赏樱的名所。明治四年造币局建成后，沿河通道两侧，从近邻藤堂家的庭院里移植过来一批樱花树，其中不乏栽培的名贵品种，共有 100 余品种的 500 多株樱树。这批名贵樱树中泰半为较其他品种迟发的八重樱，此外居多的是属于里樱的珍贵品种，如"关山""普贤象""松月""红手毯""芝山""黄樱""杨贵妃"等，名目繁多。造币局是明治政府的重要设施，除了从业人员和关系者之外，当然一般的庶民是无法一睹闭锁在围墙栏杆之内的名花贵木的。后来履任的一位叫远藤谨助的开明局长，觉得只让局员欣赏这么名贵的樱花有些可惜，便提议每年场地内樱花满开的一周对公众开放，让市民也来领略这一难睹的奇景。于是明治十六年（1883）开始，国家设施重地造币局域内的樱花终于开始向公众露脸了。这位远藤局长的公民意识是非常值得大书特书的，当然予以核准的明治天皇的亲民作风也值得尊敬。不要说是国家重地，旧时代的名园贵邸，若有名花神木，一般都是锁在深宅，只供一己和戚属鉴赏，哪能与外人共享呢？

进入南门之后，通道两侧植满各类樱树，这才发现造币局的樱花果然名不虚传。寻常的樱花粉色，四五花瓣，花色清淡，花束窄小。樱树绽叶之前，樱花先放，一束一束的樱花姿色平凡，近看了无意趣，只宜远观。造币局的樱花非同寻常，一束花的花瓣寻常有 30 到 50 枚，花束壮硕，十余束成一簇，又有普通樱花不常见的绿叶相扶。花色除了普通的粉色之外，有绛红、乳白、鹅黄等，最神奇的竟然还有黄绿夹色的花瓣，包裹着绯红的花蕊。花轮花蕊，交相辉映，让人惊艳。

今年评选出来的年花叫"大手毬"，是牡丹樱的一种，花瓣有 50 余枚一束，绛红色，花束紧挨，簇拥成巨大的花簇，横斜的树枝之上结满了花簇，又衬以新发的嫩叶，可与玫瑰和牡丹比艳而毫不逊色。特别出众的花树枝干上往往还挂着入选的赏客俳句，传达樱花的文化意蕴和赏客的诗骚雅意。赏客之多，如川流不息，好多名树之下，得有纠察维持秩序，劝告游客不要流连止步，不少樱树前还明示不能停下摄影，以免引起人流的堵塞。不能伫立花前仔细鉴赏，而只能随着人流走马观花，确实是一种遗憾。但夹道 500 余米的樱树，即便是浏览一过，也可大饱眼福。旅居日本 10 年，看过多处中部、长野和关东的樱花，今天看到的大阪造币局旧址的樱花，洵为最美的经验之一，让我觉得樱花不只是淡淡的，也有浓艳的。在这个迷恋樱花的岛国，至少有一个地方的樱花是可以远观、近玩两者得兼的，这就是造币局的樱花。

从北门出来后，便沿着河堤南行，河堤里侧也种满了樱花，却是日本到处可见的寻常品种，似乎也过了满开的盛期，经风一拂，粉色的花瓣纷纷扬扬，撒落在转绿伊始的草坪和甬道之上，让人想起《古今和歌集》里描写樱花的名句："樱色深熏衣，花落赏其时"（试译"桜いろに衣は深く染めて着む，花の散りなむのちの形見に"）。绚烂的尤物，大抵稍纵即逝。可以观赏的美总是短暂的，永恒不会成其美。美的天敌大概就是俗套，而时间会让一切美的东西成为俗套，厌倦则是美转化之酶。留在记忆中的消失的美，大概才是永恒的美吧？再套用柏拉图学派的说法，美作为一种理念是永恒的，而体现美之理念的载体，如樱花之美，则是美之理念的映像，注定只是短暂的。从樱花雨的陨落想到美的不能永驻，有些让人伤感起来。不过，今年的樱花谢了，明年还会再开。樱花之美虽然短暂，却年年赓续。一片一片的美，只要美感和美意识（美之理念）依然存在，美还会继续。永恒的美之理念，就是依托片片段段的、短暂的美的外观显示其永恒的存在。

原载：2010 年 5 月 19 日 香港《文汇报》

4. "扇城" 桑名

名古屋西南 25 公里处有桑名市，方圆 130 余平方公里，人口 14 万上下，位于三重县北端，与爱知和岐阜两县相邻。桑名的北面有鹿连、养老诸名山，东南面是伊势湾，背山面海，得天独厚。桑名古城的建造，始于"关原之役"后，当时胜出的德川家康，分封功臣，把"桑名十万石"封给"德川四天王"之一的本多忠胜，本多便沿着揖斐川开始筑城。桑名古城规模有多大呢？根据当时的记载，作为城墙最重要建筑的天守阁为四重六阶，相当恢宏。此外城郭之上还有"橹"和"多闻"这类防御楼台和兵器贮所，共 97 座，可以想象桑名城建构的宏大。桑名城郭建成后，因其构造像一把铺开的巨扇，所以历史上得名"扇城"。

桑名之称，起源就更古老了，《日本书纪》就已经记载其名。中世时代，桑名以其地处东国和京都的通衢要冲，四方水陆商人辐辏。当时经商有"入座"制度，好比是经商执照，没有入座的人，不得经商，所以官府和豪族联手垄断了商利。而桑名却不行其制，人人得自由行商，被商贾称为"十乐之津"，像是自由贸易的集散地。又因其水陆交通之便，遂成要津名埠。

　　桑名不仅面海，还是揖斐、长良和木曾三大河川的交汇之所，地理位置奇特，因而又有"水町"的美称。桑名古城将揖斐川水引入城河，以之贯串城下町，所以也有"水城"之号。笔者曾经在三川交汇处登高骋望，见其水势浩浩汤汤，虽然河床宽阔，岸堤高耸，雨季或有泛滥之虞。后来翻检典籍，果然历史上三川经常为虐。宝历年间，幕府九代将军德川家重，出于削弱强藩的动机，命令远在九州的萨摩藩负责治其水患。藩主岛津氏委派家老平田率领数百藩士前往，和本地民工近千人一起，历经两载，完成工事。工事让萨摩藩巨额负债，几近财政破产。工事过程中，心怀不满的萨摩藩士和监督工事的幕府官员之间冲突频起，先后有 51 名藩士以自杀表示抗议，又有 33 名藩士因为恶劣的劳作条件和疟疾流行丧生。家老平田对此羞愧万分，在完工以后也以切腹谢罪，了断了自身性命。这就是江户史上有名的"宝历治水事件"，据说幕末萨摩藩奋起领导"倒幕"运动，与此有关。

　　平田死后，藩主哀悼不已，把他和其他 24 名自杀的藩士，合葬于本地的海藏寺，让平田身后有哀荣，亦不寂寞。其余包括萨摩藩士在内的工事死者，分葬三重、岐阜等处，共十四寺庙，可见两年间工事之浩大、死伤之惨烈了。平田死后 240 年，海藏寺祭奠的香火依然旺盛，也算是对他生以尽职、死而赎罪事迹的一种纪念了。

桑名在战国时代也出过一名耿介之士，名叫鸟居强右卫门。当时的桑名由长筱藩管辖，初代强右卫门为藩主奥平贞昌家臣。天正三年（1575），武田和织田两超级大名之间，有长筱之役，武田大军包围了织田盟友的长筱城，城中粮绝，危在旦夕。鸟居强右卫门请于藩主，愿意冒险作为使节，越城求援。突破重围后，抵达冈崎，得到织田、德川联军发兵救援的允诺，随即返回围城，不幸被围军俘获，被逼向城中传呼"援兵不至，乞降之外别无生路"。强右卫门假装从命，而最终却呼告联军将至的消息，让城中守兵士气高涨，继续守城抵抗，而强右卫门则当即被武田兵扑杀，其墓如今还保存在桑名城的专正寺里。太平洋战争期间，强右卫门的事迹多经媒体渲染，被编成课文、电影等，1941 年颁发陆军守则《战阵训》，其中第二训第八条"惜名"提出"不受生俘之辱"，就推崇鸟居强右卫门为楷模，成为军国主义所谓"玉碎"宣传的教本。

长筱藩主以佐助德川家康统一天下有勋绩，家康将孙女赐给他为妻，夫妇之间生下四名子女。幺子忠明后来成为家康养子，别立门户，改姓德川家旧姓松平，其族从 18 世纪初为桑名城主，一直延续至近世。明治初年实行削藩，颁发"废城令"，桑名城主不服，以武力抵抗，攻防中一部分城池被毁，政府军占领城堡后，将其拆解，把城墙和城楼的石块运至附近的四日市海港，充作防波堤之用。当年的城河"吉之堀"，在昭和初年被修整成一条占地7公顷左右的河川，并在两侧建起一座公园，取名"九华"，其标准音读"きゅうか（Kyuka）"之外，还可以训读为"くはな（Kuhana）"，音变为"くわな（Kuwana）"，和城名"桑名"的读音相同，命名颇具匠心。不仅如此，据地方史学者介绍，"九华"之名源于汉代的"九华扇"，迎合了桑名城的"扇城"旧称。笔者因此做了一番考证，从曹植的《九华扇赋》序言中得知，其祖父曹腾（曹操养父）为汉桓帝中常侍（宦官），得宠幸，被赐予一柄竹制九华扇，后来竹扇传到曹植手里，他便作赋纪念，"九华"寓意"花纹繁多"。公园取名果然和华夏文化有关。

九华公园里种植着数以万计的樱花、杜鹃、菖蒲等植物，四季花木繁盛，从4月到6月，每月都举行时令"花祭"，成了本地市民和外来游客的观赏、休憩佳所。进入园门后，左边便是吉之堀的上游，宽20多米，河岸种满了樱树，对岸则是鳞次栉比的民居，多拥临水庭园，屋舍掩映在葱蔚的林木之中。时下正值杜鹃花季，成片的杜鹃，花色有深红浅黄两种，赏心悦目。晴阳天气，煦风轻拂，河中有一段断槎搁浅水上，露出水面的上半段，有老龟数匹停歇其上，一副坐禅模样，寂无动静。其边上有水凫野鸭之属，却在尽情戏水，浑然不知游人缘何而来，睹何而去。在悠悠天地里，看见这些与世相忘无争的龟鸭鸟凫，艳羡之心油然而起。

沿着吉之堀前行数百米，河川成丁字形向两边分流，河面则宽阔好几倍。河边有不少垂钓者，对岸也是民居，屋舍俨然，临河也各有妆点，花草蔚然。园内古木扶疏，很多都是旧城时代的遗物。笔者特别喜欢其中的一架紫藤，龙蟠虬结，枝叶如云，其主干粗盈尺，想来也是旧城时代残留的旧物。其花垂满架，花色紫白相间，端庄娴静，凝视之余，让人觉得浮躁之心渐归安宁，百虑之烦也转趋淡定，似乎生出一种启示性的感悟。

九华园的佳胜之处，在于其为桑名旧城的遗址。历史的遗迹，赋予自然景观以厚实的人文蕴藉。桑名旧城的亭台楼阁，在九华园里几乎不见踪影，但旧时的河池草木，却依然在默默地承载着旧城的历史记忆。无形的史迹，需要寄托在有形的河池草木之中，而河池草木本身，就成了历史记忆的有形平台。徜徉于河池草木之间，才能在最佳的氛围里遭遇和感受历史。在九华园的树荫里凭吊桑名旧城的遗迹，仿佛返回过去的时代，在风生云起之际，见证了城起城圮、物换星移，算是跟着历史走了一遭。

原载：2010 年 10 月 4 日 香港《文汇报》

5. 犬山城和日本莱茵河

　　犬山地处古尾张国的北端。尾张国旧地，东北边一片群山，木曽川流贯其间，可谓得山水之胜，为日本中部地区的旅游名所。其文物重地犬山城，是被国家指定为"国宝级"文化遗产的四所城堡之一，最初为尾张豪强织田家建于天文年间。战国末期，大名之间的武装兼并加剧，得失兴亡，转瞬之间，犬山城几度易手，见证了祸福无常、世事沧桑。到了德川家族奄有骏河、三河和尾张三地，西向围灭守据大阪的丰臣遗孤，四方大名先后臣服，建立了江户幕府体制。德川家康便把犬山城封给家臣成濑正成做领地，成濑家九代据守，迄今已有400余年历史。明治初年实行"废藩置县"，强迫各地如清州、姬路、松本和彦根城主撤出城堡，拆除城橹，解体城门，犬山城也成为废城。不过到了明治二十八年（1895），政府却以修理自费为条件，将犬山城还归成濑家，成为全国唯一一座私人据有的城堡。

　　犬山城的入口处，有一座稻荷神社，然后进入山道，道径回环曲折，左侧林树深密，右侧则是寺庙林立。拾级而上时，不时可以看见石碑，标识旧城的城门、城垣所在。按其标识，可知犬山旧城依山而筑，中间主道，左右屋舍庭庑。明治间拆除城门城墙，城内庭院也纷纷易主。如今所谓的犬山城，只是当年城中屹立山巅的天守阁一处，当然不是完城了。天守阁内高四层，外观飞檐三重。最上层为瞭望台，有回廊勾栏环绕，可以登临眺望四方烟景。其东、西、北三面环山，南面是平旷原野，鳞次栉比的屋舍，一直南向延伸，望不到尽头。天守阁北临木曾川，川流从东北而下，经过城下，向西南流去，绕过夕暮富士山后，就失去了踪影。犬山城下段的川面宽阔，约两百米，水势湍急，像是飘荡在崇山和危城之间的一条白色缎带，有"千里江陵"的壮观。

日本古代第一大儒、江户时代的学者荻生徂徕，是朱子学的一代宗师，一生在诸藩间传授汉古文辞和儒学经典。徂徕特别喜爱李白的歌诗，当他举趾犬山城时，登天守阁瞭望台，对太白"朝辞白帝彩云间"一诗的意境深有会意，而觉得以"犬山"命城，太过俗气，便以"白帝城"重新命名。若从木曾川彼岸南望，犬山城矗立于50余米的悬崖峭壁之上，确实有白帝城的风概。城下的川中多礁屿，阻遏上流而来的川水，春夏水满时，激荡成巨波大涛，还真仿佛李白诗境里滟滪堆的水势，"白帝"之名，不能不说十分贴切。

木曾川在长野县的钵盛山发源，流经岐阜、爱知和三重三县，在伊势湾入海。南北朝时期，盖建伊势神宫，所需木材大抵通过木曾川运送。江户初年以来，沿川兴土木，打造城下町，官舍民屋的建筑材料，陆路之外，也是多由木曾川水运。此外朝廷、幕府的贡米，商贾的货物，伊势神宫的香客和东海水道的旅人，也多从木曾川舟船往返，川运繁忙。到了明治时代，开发公路铁道，木曾川的货运业务开始式微，逐渐以其幽胜的风景，成为中部旅游名胜。

木曾川水流浩大，因为河床有地势高低，在不少河段形成咆哮激浪，古时候与球磨、富士并称"三大急流"。其自美浓太田抵犬山一段河流，舟行约 30 里，崖谷林木壮观，奇礁怪岩峥嵘，急湍惊涛轰鸣，为历代的诗人墨客所称扬。笔者读过斋藤拙堂在天保年间写的游记，描述舟行峡谷时的见闻，曾经为之神往。大正初年，地理学家志贺重昂探胜抵达此间，这位曾经游历德国的学者，发现这一段的河川与莱茵河相似，便以"日本莱茵河"命名，其名迅速流行。

除了河川胜景之外，日本莱茵河的两岸，春季赏樱，夏季纳凉，秋季观枫，冬季看雪，四季不乏来自远近的游客。昭和初年，《每日新闻》遴选"日本八景"，日本莱茵名列河川部的首席。昭和中期，这一带开辟"日本莱茵公园"，其后又在此规模之上，把从岐阜温泉名胜下吕至犬山的六十公里流域，划为"国定木曾川公园"。日本莱茵河的名声因此愈传愈盛，游客也愈益众多。很多人将此归功于"莱茵河"名声的响亮，看来志贺氏功不可没。

笔者以为，从风景命名，可以看出风气的转移。江户时代犬山城以"白帝"流行，不见文史记载中有以为忤者，可见华夏文明得到普遍认同。当时的朱王儒学、汉唐辞章，为贵族上流文化所宗，后者多以入其藩篱为光荣。近世西方文明崛起，船坚炮利，裹挟其文化学术，东向攻城略地，风靡亚洲。日本岛上的志士，震惊之余，群起应变，于是有明治维新之举。来自华夏的斯文典章，也逐渐被欧风美雨取代。"日本莱茵"之名的流行，就是当时世风的写照。本来既然已有"白帝"之称，其下河川，径称为"滟滪堆"的话，也是顺理成章。但是在当时，即便有好事儒者念念不忘华夏古文化，以华夏地名相附会，肯定也不会流行，更不要奢望能和"莱茵"之名相拮抗了。一个失坠之中的文明，连自照犹不暇，敢望照人吗？

志贺重昂从明治十九年（1886）开始周游世界，一生行程43万公里，差不多可绕地球10圈。志贺的足迹遍历西方文明的腹地，并及于西方列强的殖民地，借以探索西洋文明的浸淫所至。明治间日本朝野宗师西方，举凡政体、科技、文化、学术，乃至建筑、装束、饮食、游戏等，多以西洋为圭臬。甚者一以西方为依归，亦步亦趋，提倡极端欧化主义。志贺从其初游归来后，与三宅雪岭、棚桥一郎等人结"政教社"，欲以佛理和东洋哲学重塑日本传统文化。譬如他声称要以日本传统文化为"胃官",消化西方文化,然后与本土文明臻于同化。以志贺为代表的"东西文化融合"论者,既反对全盘西化主张,又拒斥传统神道主义。他们的持论接近清末张之洞辈的"中体西用"之说,不过两者的命运却大相径庭。志贺等人的主张在日本大行,而"中体西用"说在中国缺少市场,终至于体用无法契合,维新路绝,革命兵兴,使中国走上一条漫长而动荡的现代化道路。

志贺的文化坐标里,西洋一直只是参照系统,其主轴一直是日本本土文化的重建。他游历环球归来,在明治二十七年刊行专著《日本风景论》,以西方地学理论重构日本山水风土的框架。他这种"学以致用"的成功尝试,使得其书畅销,一连刊行十余版,日本读者的景观意识为之一变,作者亦随之声名鹊起,成为一代地学宗师。志贺晚年的"莱茵"命名,是其《风景论》理念的实践应用,依然是挟洋以重乡土山水。他在书中还有其他远见卓识,甚至不让今天的论者。譬如他在100年前的工业开发时代,就揭橥"山水保护"之论,在当时绝对是空谷足音。其时,人们以开发为名,乱伐森林,砍斫"名木""神树",干涸湖泊塘池,捕捉珍稀禽鸟,并把古城和庙宇之类文物,视为"文明开化时代之无用长物",加以拆除焚毁。志贺不遗余力痛诋这一类行径。100年后,地球上的居民才开始关注这一人类和自然关系的大命题，对于"先知"如志贺这样的学者，不免肃然起敬。

百余年以来，正是因为像志贺这样的学者，前后赓续，大声呼号保护风土环境，其声音渐渐达于采风者的耳朵。尤其是战后，以"水俣病"爆发为契机，日本朝野的环境保护意识转强，通过立法建立环境保护的强大机制。如今日本各地，严格禁止砍伐森林和开采山石，全国三分之二的林地覆盖并未受到工业化和城市化的蚕食。犬山城下的木曾堤岸，山色葱蔚，水色明净。非独犬山一地，整个东海道沿途千里，山水明秀，田园整饬，俨然旧时读唐宋诗所获的江南意象。

原载：2010 年 11 月 11 日 香港《文汇报》

6. 足助町的香岚溪

爱知县东北端有町名足助，与长野和岐阜两县相邻。足助町泰半为山地，居中有座饭盛山，山顶露呈数块巨大的岩石，气势伟岸，当地的先民以为天降之物，像神明一样加以奉祀。据说平安时代，有先民在巨石间安置经冢，以后又以一块巨石作为基座，盖起了古神社八幡宫。其东面有一座曹洞宗的平胜寺，相传圣德太子曾经在彼处开辟过灵场，做过佛事。该寺有传自平安时代的木造观音菩萨座像，平素香火旺盛。

平安末期的治承年间，尾张源氏家族的支裔山田重长，以庄官赴任足助，后来便以足助为姓。重长先在黍生峰建立城堡，因为其地势险要，可以俯视追分、冈崎和名古屋三方的交通。足助氏的二世重秀，在二里外足助的腹地饭盛山另建主城。饭盛新城踞巴川和足助川两水的合流之处，东南侧为断崖绝壁，城门前设两条城壕。饭盛新城位置要害，易于据守，其后足助氏世代居住。除了饭盛山主城之外，足助家又在臼木峰、真弓山、成濑和城山等七处相继建立支城，安置族裔分居，有事则相互应援，后世有"足助七城"的称呼。

足助家族既然渊源于八条院领的命官，便与京都朝廷世代相亲，往来绵密。元弘初年（1331），后醍醐天皇计划讨伐镰仓幕府，夺回政权，就在笠置山兴师动众。足助七世重范携一族勤王，被任命为皇师总大将，统绾兵马。"一之木户"战役，重范率师与幕府军激战，皇师败绩，笠置城陷落，重范为府军俘获，元弘二年（1332）被斩首于京都六条河原，其事迹详细记载在《太平记》里。重范死后，其弟重春奉遗孤重政，并迎宗良亲王所率的皇师残部于足助。重春和亲王赋诗唱和，两人的作品都收在《新叶和歌集》里。讨幕之役，足助一族死了很多人，幸存下来的，有的避难远方，有的迁徙东国，离散各地。进入战国时代之后，足助诸城因为地踞要塞，为群雄所争。三河豪族铃木家一度占据入主，其后又被武田家支配。长筱之役，武田落败，诸城又为德川家族占据。德川平定关西后，移师关东，在江户设府，就把足助归为天皇家族领地。

足助的交通，如今还能稍窥其古貌。其道路大多开辟于山间，南北逶迤，就是今天，主干道也仅容两车对驰，可以想见从前要双马并辔并不容易。这大概是其成为要冲的主要原因吧？尤其是连接丰田市的一段道路，长数里，左侧矢作川，其水渊深，呈黛绿色，水波不兴的时候，俯视也让人怵然，何况风浪之时呢？其右面贴山，悬崖峭壁，仰视悚然，真可谓是一夫当关、万人莫前的地方。这条道路在江户时被称为"伊奈街道"，亦称"中马街道"，与矢作川水路，成为南北交通的要津。尾张、三河的海盐，信州、美浓的米谷山货，马驮船载，多经其道往返贸易。江户时代，此地曾经商家麋集，百业繁盛。到了近世，街道的交通渐渐转落。明治大正之间，中央铁道全线开通，"中马街道"开始失去其通商之用，足助也连带失去了通商要津的地位。

不过足助香岚溪两岸山间的枫叶之胜却开始名播遐迩，到了红叶季节，通往景点的四方道路几乎全部堵塞，区区十几里地，要开车半天才能抵达。香岚溪是巴川与足助川交汇形成的一条支流。溪谷从香岚桥开始，经过饭盛山的南面，抵达巴桥，再度与足助川连接，全长约三四里。溪谷中卧石磊磊，其中大的形状峥嵘突兀，上面可站五六人，小的若鹅卵石，可以把玩。溪谷宽而浅，溪水因为石势的高低缓激，有奔腾的水段，其声铿铿隆隆，疾驰而过；也有平坦的水段，溪流在石间潺潺而行，其声细碎嗳嚅。香岚溪的得名，缘起于饭盛山有香积寺，晨昏常常被山中岚气缭绕。进入深秋季节，溪谷北面的饭盛山麓，几千株枫槭树，树叶开始转成绯色，到了11月中，层林就是赤色世界了。红叶如火如荼，在天光的映照之下，像是一派灿烂的彤云；映鉴在溪水里，满谷溢彩流红。笔者幼时喜欢读杜牧的《阿房宫赋》，读到"弃脂水也"一句，一直似懂非懂，直到看见香岚溪水中荡漾的红叶之影，突然觉得有所会意。

饭盛山开始种植枫槭之属，是在建造了香积寺之后。后醍醐天皇讨幕失败，连带足助一族开始飘零。饭盛山主城丧失城主后，风雨剥蚀，未过百年，倾颓成为一堆断壁残垣。应永四年（1397），有一位名号"白峰禅师"的祥瑞和尚过此，盘桓流连之后，在旧城的废墟上盖起了香积寺。又过了200年，第十一世主持参荣和尚，开始在寺内以及参道两侧，种植枫树和杉树，逐渐外延于寺庙的周边。据说参道左边两株至今犹存的巨杉，就是参荣手植的。杉树挺拔高耸，老干苍枝，落尽铅华，有出世的容态，莫非阅尽了寒暑风霜和世事沧桑？二十五世主持和尚风外禅师，唱梵诵经之余，狎其绘技，成为一代丹青宗师。风外早年似乎并不看重面壁参悟佛理，而喜欢托钵交游，足迹遍历扶桑诸国，以其佛名和画名誉满岛内。晚年主持庙务时，四方慕名而来者络绎不绝，使得香积寺成为一代名寺。至今寺内馆藏数帧禅师的墨宝，笔者特别喜欢他的"岚虎图"，立意奇特，布局萧疏，深蕴禅理，毫无媚俗之气，为画中上品无疑。

香积寺是香岚溪红叶的滥觞。观赏红叶的游客，往往会上山去香积寺膜拜，因此红叶季节，香客爆满，大概这正是参荣和尚种植枫树的初衷吧？香岚溪的溪石和红叶，有香积寺这一名寺妆点，增加了深厚的人文蕴藉。如果没有香积寺，香岚溪既无红叶之衬托，亦无名刹之点缀，大概只是一道寻常的溪坑，未必会吸引很多游人。反过来，没有香岚溪和溪边的红叶，香积寺大概也不过是荒山一庙，守着两三枯僧，能衣钵相承、薪火相传就是万幸了，敢望门庭充斥如此众多的香客吗？这样看来，一溪一寺之间，相得益彰。自然景观有人文景观相佐，就会增添文化意蕴，使得游客接通古今，驰骋胸怀。所以笔者游览一地，常常先尽案头功夫，如考稽其方志地理，了解其文物掌故，然后游其地，就仿佛接上古人的馨咳，想象其奋发得意和落魄扼腕时的情状。譬如登临香积寺时，知道其为足助城的旧址，就特别留心其地理形胜，观察选择此地作为主城的缘由。又譬如重春何以在仓皇之际，还能和亲王唱和山间？知其历史，就能知道风物的由来，遥感古人的悲喜之情了。

香岚溪流过巴桥，重新汇入足助川，河川两岸沿街多是商铺，其中不乏旧屋，标志江户徽记。店铺之间很多窄巷，通往后面的民居。窄巷的路径大多整然，两侧门户通常点缀花草，只听见鸟语啁啾，很少见到人影。窄巷的底端有石蹬，更窄且陡，仅容一人通过，通往下边的足助川。河川的堤岸新近砌成，其上有平旷的步道，但是屋舍大多陈旧，还有一些已经失修颓圮。足助川中也多石，水从东来，比香岚溪更为湍急，闻之殷殷如雷声。此间的河川离香岚溪仅百余米，因为没有枫树红叶，游客罕至。笔者则喜欢其僻静，每次来香岚溪后，都会在此盘桓更长时间，涤除烦嚣，流连不忍离去。这一段河川的佳处，在于水势和水声，比香岚溪更富于变化。而且因为人迹稀少，可以信步徜徉，也可以择地而坐。审察水势随地形变化的姿态，倾听水声的天籁之音，可做四季游，而不限于深秋一季了。

香岚溪负其盛名，到了红叶季节，来观赏的游客熙熙攘攘，香岚一溪，饭盛一山，摩肩接踵，如游集市，兴尽则归，很少有人会留心近在咫尺的足助川。若论地理，香岚溪和足助川相接比邻，若论气候，则两地冷暖相差如此悬隔。所以对"名胜"来说，有"名"才"胜"，无"名"就连"胜"景也是枉然，空自寂寞而已。当年柳宗元写《永州八记》，对此耿耿于怀，"名"怎么可以任"有无"呢?

原载：2010 年 12 月 3 日 香港《文汇报》

7. 安城——德川家族的发祥地

　　安城距离名古屋约 40 公里，是战国时代三河国的腹地，兵家相争频繁，留下不少大小战役的遗迹，供后人凭吊。笔者因为研究课题的关系，近来对尾张、三河中世的史迹多所留意，因为安城是松平德川家族霸业的发祥之地，其残留文物和史迹，多与松平一族攸关，所以颇为留心。

　　史传松平家族的初祖亲氏，14 世纪中叶崛起于西三河北部六所山的山谷间，因其四环多植松树，所以就用松平名其村落，亲氏的祖上便袭用松平为姓氏。传到儿子泰亲一代时，松平的势力渐渐茁壮，渐渐不能安于在偏僻山间躬耕陇亩的生涯，开始志在向山下平野寻求发展。泰亲于是带领儿子信光一支，下山南向，迁徙于冈崎的北岩津，在彼处筑屋定居。信光长大后，彪悍有力，参与平息郡内纷乱，开始在地方崭露头角。稍后以武力东进，越过矢作川，在文明三年（1471）夺取了和田氏经营了 30 年的安祥城，成为新的城主。安祥城后来简称安城，其后亲忠、长亲、信忠和清康四代，先后 50 余年在此养精蓄锐，乘势待发。

　　根据记载，旧安祥城初建于室町中期的 1440 年，城基为一座平丘，其北面有一片繁茂的森林带，所以有别称"森城"，东南西三面为湿地和稻田，植秧时节，远望水田之上的城堡，恍若一座"浮城"。旧城的遗址，如今地形平旷，周围既无水田，亦乏沟渠，易于攀登，远远没有后来松平一族迁居的冈崎城险要。江户时，在旧址盖建了一座净土宗大乘佛寺和另一座八幡神社，两处至今香火缭绕。据说佛寺北角有一口"风吕井"，是汲水洗澡之处，为安祥城残留的唯一遗物。井口方形，外观古拙，四边井石已给井绳磨蹭得平滑光亮。绕寺有一条溪流，宽盈数尺，溪底布满大小石，流淌着一渠活水。溪流内侧为一排山茶树，虽然序属岁末，而山茶花正在盛开，红色花瓣陨落于溪中，随流漂移。溪流高下处，水声潺潺，宛若细语，仿佛断断续续在向游人诉说前代旧事。

　　到了第七代清康氏时，松平一族已经成长为三河地区的最强势力。享禄四年（1531），清康占据了冈崎城，随即加以扩建，作为西进尾张的据点。当时尾张大名织田信秀势力最盛，觊觎三河，而骏府大名今川义元欲与争锋，两雄之间，兵祸联结，夹在中间的清康、广忠父子，只好选择与今川结盟，对抗织田。首当其冲的安祥城，成为攻防拉锯战的焦点，历时九年，安祥城数度易手，桶狭间战役后，受到兵火严重损毁的城堡终被废弃。

据说安祥城首次被织田军攻陷时，近处寺庙有一位叫善惠的法师，奋起抵抗，执长刀阻挡尾张的兵丁。法师有武功，所向披靡，惊动了尾张大帅织田，亲自召集枪手，环绕善惠，放排枪将其戕杀。善惠的遗体洞穿如蜂巢，有村人将其瘗埋，并在坟上简单立了一块木标。旧传阴雨日常见萤火出没城址，村民附会说是善惠的魂魄来归。明治的时候，其坟所在的山主山口氏，为善惠事迹所感动，重新为其竖了一块石碑，镌文记叙法师的勇武行状。镰仓、室町时代，寺院势力昌炽，僧人常常干涉俗政，并不惜与地方守官以及豪族龃龉，因此寺僧中多有好武善战者，迹近唐宋时的武僧，善惠就是其中一员吧？另一方面，中世豪族子弟也多与寺院有纠葛。安祥城拉锯战役的双方主角，今川义元少时曾经出家为僧，织田信长也有"法师"之号，而且豪族皆有家寺，其主持往往参与机要，可见寺僧的权重。再说我国古时虽有习武的寺僧如少林出家弟子，但往往只是为了强身和护寺，很少听说有热衷于山下的世俗政治，甚至进而下山干政的。

笔者以为安祥城攻守战的意义，在战国时仅仅次于后来的"关原之役"。何以见得？一是其历时之久，双方消耗之大；二是松平家第九代城主家康（即后来的德川家康），正好在其时度过了艰辛颠簸的童年，对其后来人生影响非常重大。清康在扩建冈崎城时，不能善待部下，大概催逼太过，导致家臣反乱，清康在乱中被杀，其子广忠被拥为城主。拉锯战开始第三年，即天文十一年（1542），家康在冈崎城内出生，乳名"竹千代"。2 岁时，其母舅刈谷城主水野信元氏倒向织田，其父广忠在今川义元的胁迫之下，将家康生母于大氏休回了母家。家康 6 岁时，广忠为了维持和今川的联盟，同意将儿子家康遣送到今川本据骏府去做人质。不幸遣送途中，遭遇织田军，被俘送斩。当时军中少公子织田信长可怜其稚弱，向父亲信秀陈情，家康得以幸免一死。次年春天，广忠也因事为家臣所杀，被囚的家康便以童稚之年，突然成了松平九代主。这一年的冬天，今川军克复了安祥城，俘虏其守将信广，而信广则是信秀的长子，信长的长兄，织田家的接班公子。因此两边一议，就用信广对等交换了家康。家康虽然回到冈崎做了少年城主，而仰承今川的鼻息度日，则毫无变化。家康小心翼翼，以进贡等方式，刻意讨好今川，隐忍苟安，一直到成年的 19 岁。

当家康出生时，战国大名间的纷争正烈，天下秩序荡然，拥有武力的，凭力气立足，欠缺武力的，以谋划营生，结果气力不足或用罄后，属下作鸟兽散；谋划不逞或无以为继时，追随者各自谋生。家康不幸生长于战国纷争的漩涡之中，2 岁失母，7 岁失父，做人质寄人篱下，夹在强邻之间，跋前疐后，一直看人颜色，以定进退去从，其最大的功夫当然是"能忍"

了。家康"及冠"之前的生活，仿佛"天将降大任于斯人"，完全实践了孟子所谓的"苦其心志、劳其筋骨"的考验。

民间故事相传"战国三杰"曾经一度相聚，以《杜鹃未鸣》为题赋诗。织田信长说"不鸣则杀之"，透出霸主本色；丰臣秀吉称"不鸣则诱其鸣"，露呈其谋略功夫；德川家康谓"不鸣则待其鸣"，其隐忍过人的性格特征，溢于言表。故事当然出于附会，却有"阿堵传神"之效。信长叱咤风云，雷霆震怒，鲜有能摧阻其锋芒的。他先后制压毛利、歼灭武田、陈兵京都、威震天下，但是手下一将叛乱，仓促不及应付，结果只好在本能寺里自刃了断。秀吉多智，谋定而动，很少有失算之时。他平定四国、九州，四方大名，惶恐听其号令，因而谋向岛外伸张势力，结果兵败朝鲜，抑郁以死。这两位战国顶尖武将，最后都不能成就大业，多少和"不能忍"有关联。

再看德川家康，看他趋走于今川麾下，仰事他十余年而不露愠色。今川在桶狭间战死，家康立即与织田媾和。后来在小牧、长久手战役兵败，他又和秀吉媾和，不惜称臣于秀吉。等到秀吉一死，传位给幼子，家康又隐忍十余年，直到所积足够厚实，然后始展宏图，终于在关原一役，击破石田西军，统一日本，开了江户250余年治世。家康能完成织田和丰臣的未竟之局，究其主观原因，大概是能忍吧？要追溯其"忍功"的养成，大概便是在安祥城九年之役时期吧？如果没有安祥城的纷争，家康很可能只是一名"安乐公子"，钟鸣鼎食，充其量也只是一大名而已，哪能肇始像江户这样日本历史上最长的清平格局呢？

能忍是一种大功夫，不过唯忍也不能成大德。家康之能忍，大概是有所待吧？正因为其有所待，当"时不我予"时，就隐忍度日，徐图所为，等待时机。"应仁之乱"后，未过百年，室町幕府式微，各地豪强竞起，攻城略地，天下纷扰，拉开了战国纷争的帷幕。家康生于其时，亲历各类超常的灾难，和平秩序之世，大概就是他的"所待"，进而也是他的"使命"吧？当他周旋于群雄之际，一再陷于危殆，以其能忍，终于转危为安。一旦时机成熟，如面临关原之战时，他又能发挥勇武智谋，尽显英雄本色，最终能完成使命，实现"所待"，向世人证明他并非以"忍"苟全乱世之辈。有"待"才能"忍"，所以家康"所待"愈大，"所忍"就愈深。一"待"一"忍"，是家康性格的最好概括。

当我在安祥山前伫足时，正好夕阳西倚，绮霞满天，大乘寺里的梵颂之声，嫋嫋远引，一派祥和景象，很难想象400年前的烟熏火燎和刀光剑影。离开安城后，车经刈谷，特地在历史名所"椎之屋邸"稍停。椎树，我国俗称柯树。家康生母于大（后称"传通院"）被休后，遣归娘家，其兄信元安置她在此居住。因为木屋掩隐于柯树丛中，所以得名"椎之屋邸"。相传于大常常盘桓于树下，听风声鹤唳，消遣时光。她一定在树间见过母鸟哺幼、稚雏呼母的光景吧？世事无常，宛如南柯一梦，于大返归母家时，已为人母，见此情景，不知她如何感伤？其时薄暮初临，暝色渐起，让人觉得有了几分寒意，不敢流连，就驱车归道。途中一再恍然闻得雏唳之声，萦回脑际，再三挥之不去。

原载：2010 年 12 月 22 日 香港《文汇报》

8.　日本的梅花

名古屋天白区有一座市营农园，1965 年建成，以示范农牧业的科技成果，达普及之效。农园占地 8 公顷，除了散养鸡场、海棠园、市民菜园和各类温室之外，最为出名的是其 12 品种、700 余株枝垂梅，成为名古屋地区赏梅名胜，所以把农园径直称为梅园亦无不可。每年二三月之际，园内梅树发蕊，花开四五分时，张灯结彩，举行枝垂梅祭，延续约半月，其间四方观赏游客，扶幼携老，纷至沓来，络绎不绝，直到梅花绽尽为止。

枝垂梅是梅的异类品种。寻常的梅树，枝干上耸，像桃树一样呈现扇形，而枝垂梅则如其名，枝干下垂，像柳树一样，呈现伞形。当其花开全盛时，一条枝干之上，硕大的花蕊一簇一簇，相互比连。枝垂梅的花色，有粉红和淡白两种，全绽时，粉白相衬，蔚为大观。秋菊谢后，断了芳菲的消息，冬季天寒地冻，一片寂寞沉闷气氛，梅树的花季，无疑带来了春天的气息，一扫大自然的晦气，是阳春始动的信号。怪不得梅园里聚起了人山人海。

　　梅树的周边种植着毛竹，竹叶郁郁葱葱，肃穆端庄，映衬红白两色梅花的旖旎灿烂，如浓妆对上淡抹，彰显出枝垂梅的艳色。梅和竹素有"岁寒之友"的称呼，是因为竹叶历冬常青不坠，而梅树亦在岁寒发花，两者性习相近。笔者以为，梅园倘有梅无竹，梅花纵然妖娆，由于失去衬托，不免流于浮薄；反过来有竹无梅，竹叶在风中萧萧瑟瑟，徒然增添残冬的料峭寒意。所以梅园里的梅和竹之间，就结成了相须而不可相离的关系了。

　　早春的花树，像梅树、樱树和桃树等，多是花蕊先发，花谢了以后，绿叶始出，然后才是浓荫密布，成就一派盛夏气象。笔者总觉得这些花树，当其花开方盛时，虽然绮丽，却无绿叶扶持，缺少对照层次，有些单调。好在天白农园里粉白两色的梅花，有一片葱蔚的青竹相衬，不然的话，一目望尽，了无余韵，就盘桓流连不了多时了。一物之盛，如果没有相佐之物，又不能变化其形状，看熟了就会生厌，所谓的"审美疲劳"，生厌了就会顾左右旁物，这大概是人情之常吧？好的庭园，其佳处常常在富于变化，譬如路径的回环曲折、隐显互出，加上能以有限的山水树石的布局，蕴寓无限的天然意趣，就是所谓的"以一芥见天地之广大"了。园景无论如何堆砌，总是有限，布局者如果能发挥匠心，以少总多，以偏概全，能逞其身手处，常常在于借景。譬如庭园中的实景，可以借背景加以凸显；庭园中的虚景，可以借旁景加以充实。虚实有无之间，彼此消长盈缩，变化迭出，因此一年四季，景色常新，观赏之目，就不至于熟睹生厌而产生疲劳了。

华夏的梅树有着悠久的栽培历史。《尚书》中就有以盐梅做和羹的记载，是汤汁的上品。戴《礼》和毛《诗》中，也记载着梅实的药用。曹操走马挥鞭，佯称前有梅林，饥渴难忍的三军将士就奋力促行，后世传为佳话。骚人诗客的咏梅之习，经过六朝、李唐的垫铺和渲染，到了宋代大盛，元明之后，几乎没有诗人不咏梅的。大抵倚曲疏瘦和孤傲寂寞，成为赏梅的审美和心理定式。晚清道光、咸丰年间，外患内忧，人才不济，乱局露呈，咏梅的风习也为之嬗变，其中最出名的，大概要属龚定庵的《病梅馆记》了。

龚氏在文中指斥文人画师所提倡的"曲、倚、疏"，为"病梅"的始作俑者，发誓要用五年的时光矫正寓所庭园里的病梅，然后以其余生之力，遍邀同侪，以"直、正、密"遍疗江浙一带的病梅。其有无毕功，定庵并没有在文集中留下记录，所以不得而知。不过他的文章传世百余年，赏梅胜地如江宁、邓尉和西溪一带，梅树似乎"罹疾"依旧，文人墨客笔下的梅花，似乎仍然以"疏影横斜"和"暗香流动"为美，龚氏所直、所正和所密者，大概并没有流传中土。现在观赏了天白农园的梅花，其枝直，其干正，其花密，似乎是龚氏所倡理念的一脉相传。龚氏的足迹未过东瀛，而他所矫正的梅树，似乎仅囿于寓所"病梅"一馆，天白梅园的枝垂梅，暗合龚氏的理念，只能说是出于偶然吧？

日本在远古并无梅树，《魏志·倭人传》提到倭国树植时，首举梅树，但是刊行于8世纪初的《古事记》和《日本书纪》，均无一言提及梅树，直到10世纪中的百科辞典《倭名类聚钞》问世，才有梅树的正式记载。梅树大概是在飞鸟时代传入日本的，不过到了平安时代还是希物，偶然在贵族宅邸如紫宸殿、南殿和东宫等处，一露芳颜，好像是世家阀阅的传代徽章一般，被奉为"宝树"。平安末年，京师瘟疫流行，当时的村上天皇也不免染疾，据说他以梅干疗疾，终得恢复元气。镰仓、室町时代，梅干的药用价值在医师和僧侣的著述间多有传载。战国时代的大名生子，据传要植梅三株，以示庆贺。

到了江户中期，梅实的药食之用开始在民间流布，出现了梅树专业种植户，而且梅干和梅酒也渐渐成为庶民饭桌上的寻常物了。据史籍记载，传入日本的梅树，原先属于华夏的乌梅品种，因为东瀛风土气候的不同，逾淮成枳，其果实多含酸，不能生食，宜于腌渍成梅干，土俗称之为"酸梅"，以区别于华夏的"杏梅"。

日本的歌诗坛坫也有咏梅之习，可以回溯到中古时代。和歌如《万叶集》，汉诗如《怀风藻》中，都载有不少咏梅篇什。《源氏物语》写景叙事时，也常常提到梅树梅花，譬如说源氏宅邸前庭所植的名木就有红梅，其色香两佳；源氏平素爱用的物件中，便有红梅袭、红梅笺和梅熏香。《物语》中记载源氏一族与王公贵戚应酬往来，提到以折梅附寄鸿书，表示心中款曲。这类风习，大概是遣唐使们从长安带回平安京都的吧？

咏梅的风习，似乎在禅师当中特别流行。禅师喜欢宣讲公案，在唐宋间，常常借譬梅一类的草木，用来比喻因缘的深浅和佛理的玄邃。记得日前偶然翻阅日人禅僧的法话，有一位名叫道元的永平寺禅师，其人声名远播，尤其喜欢通过谈梅，来阐释深奥的禅理。他所寓目和赞赏的梅树，大抵开花于苦寒之中，为阳春先驱，其花瓣细微，花香隽永，与世隔绝无争；而梅实青青者可入梅酒，成熟者可制梅干，各有佳用，造福人世，因而与禅的理念相通。这与华夏的咏梅传习如出一辙，也就是后世被龚定庵所诟病的那一套理路了。

另有一种说法，梅的传入日本，可能与稻谷同时，那就要追溯到弥生时代了，算起来应该已经跨越了 2 000 载。根据笔者所查阅的资料，梅树在日本的栽培，遍及东南西北各地，至少有 400 余品种，但其果实可以入用的尚未及 20 种，其余就像天白梅园的枝垂梅，多为观赏性植物。

世人喜欢拈花惹草，常常可以借此观察其性情和德操的取向。三闾大夫屈原喜欢幽兰，五柳先生陶潜喜欢寒菊，唐人多喜欢牡丹，宋人多喜欢梅花，其余如魏晋间"七贤"喜欢竹林，理学大师周敦颐喜欢莲花，都以所钟爱的花树，寄托其品性理念，营造其环境氛围。梅是花中苦寒者，也是花中寂寞者。华夏古来爱花者众，而尤多爱梅者，而且梅花还凌驾众芳，一度被尊为国花，其地位独一无二。笔者自迈入懂得"惜花"的年华以来，经常思忖梅花受到尊奉的理由，经久而未得解。观赏了天白梅园之后，一日恍然得一解，试以言之：华夏古来，百姓以食为天，胼手胝足，能得温饱已为大幸，安居颇为不易。大概是这一缘故，古人常以苦寒为惕，勤勉为箴，松、竹、梅一类经冬而其叶常青、历寒而其花始发的植物，大概是先民艰辛生活的写照吧？怪不得经常被用来自励和励人了。日本在战后重建，经济腾飞，社会渐渐臻于富庶，居民安居乐业，枝垂梅这一类花蕊饱满、花色浓艳的梅树品种，渐得民众青睐，大概也是其民生的写照吧？

原载：2011 年 2 月 2 日 香港《文汇报》

后　记

　　20 世纪 80 年代初，我从上海师院毕业，分配到大百科全书出版社上海分社，进入《中国文学》卷编辑组，协助兼职责任编辑陈伯海教授，审核条目资料，同时也担当文学卷负责人王元化先生的业务助理，因为编务接触过多位撰稿人，他们主要来自社科院文学研究所、北大和复旦等校。1984 年秋季，编务接近尾声，由元化先生推荐，我考入复旦中文系古典文献学硕士课程。囿于当时的风气，三年课程期间花了很多时间学习英语，旁听了几门英语系的研究生课程，如由外籍教师讲授的西方文学批评史等。记得一位美国老师的课，教材采用 Hazard Adams（哈兹得·亚当姆斯）编的厚厚一册红皮封面 *Critical Theory since Plato*（《柏拉图以来的批评理论》）。读中学时念过中文版杜伦博士《哲学的故事》（詹文浒译），便觉得这门课内容亲切，几乎从头到尾都去听了。硕士毕业后，1987 年秋季接着读中国文学批评史博士课程，师从顾易生先生。

　　未久，考过了研究生院外派留学的托福分数线，申请的四所美加学校都发来了录取通知书，但是 1988 年度复旦六个公费留学美国的名额都给了理科博士生。研究生院鉴于我的二外是日语，征询改修日本庆应大学与本校博士联合培养课程的意愿。经得业师同意，决定前往东京，以收集王国维先生在日本六年与京都学派交往资料，为博论做准备。

我在 1988 年 8 月抵达东京，就住在 1904 年鲁迅先生离开东京赴仙台时留下深刻印象的驿站：日暮里。大概是先生在火车上感伤日暮，想起崔颢《登黄鹤楼》诗句："日暮乡关何处是？烟波江上使人愁。"我抵达日暮里时也正是黄昏，最初的联想就是这首让人触动乡情的诗。日暮里的住居是庆应大学留学生科安排的，一所挂牌"荒川庄"的两层木结构住房。楼上四个单元，都住留学生。楼下住着房东夫妇，男主人姓染谷，女主人未从夫姓，依旧使用自己娘家姓荒川。楼居以其姓命名，很可能是父母的遗产，男主人大概是赘婿，不过我未曾考证过。他们有一个成年独女，带着叫纱弥子的幼女跟父母住，好像是离婚回娘家的。

染谷先生患有眼疾，早就提前退休了。荒川太太是主妇，似乎有几处出租的房产忙着管理。荒川太太年轻时应该是位美女，待人接物也格调不俗。她的女儿和外孙女都继承了美貌遗传，尤其是两三岁的纱弥子，非常可爱。染谷荒川一家是我最先接触的日本人，让我了解了普通日本家庭的生活状况。联合培养的课不多，不用每天都去学校，初到时经常待在寓所看书，自习日语。染谷先生每天早上去一次扒金宫（弹子游戏房）输掉太太给他的几千日元零花钱后，就回家闲着没事。太太外出，他一个人无聊时，只要听到我在楼上有响动，就会走到房间窗下的小天井，喊我下去喝茶聊天。荒川太太早回时也会加入我们的闲聊，他们会问我各种在中国生活的旧事和留学的消息，也告诉我他们的家事和日本的风俗人情，有时还会留餐，让我很快就能说一些结巴的日语了。

我在庆应的导师是当时中文系主任教授佐藤一郎先生，所谓联合培养，其实就是去旁听他每周五下午的硕博士课程，讲授明清文学。佐藤先生秉性醇厚，待人诚挚，课后经常带着一帮听讲的学生，去三田校园对面商店街一家叫"山田屋"的料理店聚餐，每次都是他会钞。山田屋的客人大多是庆应关系者，大堂里挂满了庆应的各类锦旗。先生把我介绍给系里另两位老师，村松暎教授和冈晴夫教授，我也偶尔去听他们的研究生课，参加举办的活动。佐藤先生怕我寂寞，有时也会在周末约我出去，去过几次他在横滨的寓所，便跟师母也稔熟了。记得有一次他带我去逛浅草，讲述掌故，还在一家书店给我买了一厚册三省堂版《大辞林》，可以在学习日语时检索词汇。通过与庆应老师们的交往，让我了解了不少日本学者的治学与为人。

在一次庆应的聚会上认识了一位姓竹田的先生，约莫60

岁，在池袋一家叫"鹰"的影像制作公司主管海外业务，对我特别友善，不时开车接我出去。他是天理教会的成员，经常邀我随他参加教会研修和亲睦活动，还去过两次教会在天理县的总部留宿。这些所参与的活动，也让我从近处观察日本特有的教会组织结构及其教友成分。竹田先生虽然隶属教会，却完全不受戒律拘束，是个性情中人，沉湎酒色。他每个月都去中国出差，有时还好几次，回来都会津津乐道所受到的款待。他好像每天都喝酒，每次聚餐都喝到醺然。记得离开日本时，他开车送我去成田机场，那天他也喝了酒，在高速公路上飙车超过限速，小车竟然晃荡起来，亮起黄灯叮咚作响，让人惊骇，几度提醒他注意车速。通过竹田，我见识了一些像他这般放浪形骸却具真性情的日本大叔的生活方式。

四所录取我的美加学校中，多伦多大学不但给了我两份奖学金，在得知我不能应期入学后还为我保留了学籍，让我得以在一年后离开日本，前往加拿大入学。我在多大待了七年多，读完东亚研究系的博士课程。1996年夏季通过博论答辩后，由于一年留学日本的印象以及期待赓续的愿望，试着申请了名古屋商科大学的教职。电话采甄后，学校特地派了校长秘书，一位叫Melanie的英国女士飞达多伦多国际机场来面试。很快我就得到了录用通知，1997年春季便全家飞抵名古屋，开始了在日本未曾规划的连续17年旅居生活。

名古屋商大是一所家族运营的私立大学，坐落在名古屋郊外日进市的一座丘陵上，校园依山枕水，树木葱蔚，景色秀丽。当时的二代校长抱负宏伟，有诸多建树，最大特色为雇用了按比率在日本名列前茅的外籍教员阵容。惜乎生源平庸，无法跻身商科名门之列。该校图书馆的藏书泛博，收罗了大量有关日本文化文明的典籍，还拥有一批昂贵的善本书。我在教务之余，沉潜心思，大量借阅。也是在商大七年期间，开始将在日本国内游览经历，以文言写成多篇游记。本集所收的游历诸作，都是后来的语体改写。

2004 年转去国立筑波大学，在其大学院教汉语，大部分业余时间待在大学红杉树林环绕的公务员宿舍，阅读从其图书馆借出的丰富藏书，尤其留心日本学者对兰学研究的著述。荷兰是江户"锁国"时代日本官方唯一允许在境内从事商贸业务的欧洲列强，日本学者通过荷兰了解欧洲的科学、文化和学术建树，其成果因而命名为"兰学"。幕末开国以后，扩大对外渠道，面向整个欧美列强，遂改称"洋学"。我对兰学及其后续洋学以汉文移译欧洲主要语言的术语特别感兴趣，认为其成就直接影响了现代日语的形成，进而在 20 世纪初由中国留日学生作为中介，又影响了现代汉语的词汇生成。

两年后又转去了大阪，从 2006 年春季开始，在常磐会学园大学专职教了八年汉语。其间又在关西大学和追手门学院大学兼职，教本科生的普通英语和研究生的专业英语。当时陶德民教授主持关西大学的东亚文化交涉学项目，以其丰沛的研究经费和广泛的人脉资源，不时举办各类学术活动。在我是近水楼台，有机会经常参与，开阔了观察了解近现代日本社会和文化运动的视野。

2006 年以后，元化先生病重住院，至其两年后病逝期间，我多次返回上海探访。在先生病榻前结识了吴洪森先生，他当时在香港《文汇报》副刊担任编辑，向我索稿。我于是写了《麻生首相和汉字》一文交付，2009 年初在副刊发表。这是我所写有关日本时事和文化的首篇随笔，刊出后据说受到读者好评，很快被各类媒体转载。受其鼓舞，十余年的厚积终于能发而为文，这一年写了近 20 篇有关日本的随笔，一半发在《文汇报》副刊上，其余发在《中华读书报》《新民周刊》和新加坡《联合早报》等报刊上。2010 年写作更为勤勉，有近 30 篇随笔发表，除了上述报刊之外，还在《南风窗》《中国周刊》《环球》《今晚报》和《东方早报》等报章刊出。其后经常有些约稿，值得特笔一提的是，从 2015 年到 2017 年期间，我在澎湃新闻的"外交学人"专刊上设立"扶桑走马"专栏，刊发了有关日本文化随笔 20 余篇，大部分收录于本集。

学生时代我曾经向慕乾嘉学派的戴段二王，在多大博论立题时一度考虑过中国古典的训诂阐释学，因为英文翻译工程过于费时而作罢。一编《古文辞类纂》早年曾经爱不释手，因而深受桐城派散文的影响，以其"义理考据辞章"为作文圭臬。在草拟本集所收的各篇文章时，自觉尝试以学术论文的工夫，发而为随笔，即通过比较严密的考证梳理，引经据典，辅以文辞章法，旨在抉发义理。每一篇立题后，都往往从追手门和关大两所图书馆借出多册有关书籍阅读，然后谋篇布局。

就写作形式而言，本集所收为随笔散文。随笔和散文以"随""散"冠名，主题看似"随"手拈来，"散"漫持论，其实其上乘者，往往立意精深，娓娓道来，以知识、趣味和美文引人入胜。古人洪迈的《容斋随笔》，西人培根和蒙田辈的随笔散文，就是这方面的佼佼者。本集文章的时间跨幅有十余年，题目看似随散，但主题却定格在所见所闻的日本社会人和事的文化底蕴及其意味上。

再就写作方法而言，本集在整体上将叙述对象置于远近交错的视角。日本有句熟语称"遥远的邻居"，其实就当今的中日关系而论，日本不啻是我们"遥远"的邻居。虽仅隔"一衣带水"，却似远在"天涯海角"。日本很长时间都以中华为师，19世纪后半叶近代化成功，中日关系逆转，在"爱恨情仇"之间跌宕至今。近代以来的日本介绍，"笔头常带感情"，不是"喜爱"，便是"厌恶"，此外就是"不屑"。本编所收各文，是我尝试以"平常心"和"平实"态度记述在旅日期间的所见所闻。

在我看来日本显"远"（距离），是因为我们不能辨识其"近"（现状）；而把握其"近"，还得从"远"（文化、历史）入手。本编文章的初衷是想通过厘清日本历史、文化和信仰诸大端，将"近"在眉睫的邻国凸显出来。

最后谈谈这部文集的出版缘起：2011 年友人刘东教授主编"西方日本研究丛书"，嘱我翻译其中玛丽·伊丽莎白·贝里的专著《秀吉》，翌年该书译出后出版，责任编辑周晓阳发在《中华读书报》的丛书"编辑手记"中这样予以介绍："赵坚老师，人在日本，中英日三语流畅，为译《秀吉》，直接查核日文原始资料，将美国作者引用时的理解错误一一核出，使《秀吉》达到了这样的水平：转译之后的中文书，竟比英文原著更加精确到位！"虽然有些溢美，但多少触及了本书转译过程的辛苦经营。中文版受到读者认可，2018 年出版社以《丰臣秀吉：为现代日本奠定政治基础的人》为题，出版了单行精装本。去年晓阳与我联络新版事宜时，我顺便说起十余年所撰日本文化随笔结集的设想，晓阳十分支持，读完一组样稿后很快就向出版社上报了选题，并获得通过。晓阳提议的书名《谁是日本人》，来自所收文章中一篇之题，该篇非常契合本集的主旨，于是撷出而充作代序。

刘东教授在冗杂教务之余，为文集作了一篇充满感性和机趣的序言，流光溢彩。冠诸文集，蓬荜生辉。他从玛格丽特·米切尔的小说中文被译成《飘》说起，又以文天祥的"风飘絮"

"雨打萍"和苏东坡的"身如不系之舟"诠释"飘"字意蕴。我从杭州到上海、上海到东京、东京到多伦多、多伦多重回日本诸地，最后从大阪到多哈，用一个"飘"字做生涯写照可谓再恰当不过。刘教授感慨设问："在无序无常的生活涡旋中，我们的生命除了这样四处漂泊，还有可供停靠和归依之处吗?"对这种多少是自主选择却又无法把握的"漂泊"结果，我从来回避做价值判断，当然更不敢怨天尤人，所以很羡慕刘教授有勇气对自己的漂泊"将错就错"。"漂泊"既然是我们的宿命，一如刘教授在序中援引惠特曼诗篇对此所做的回应：我们得甘心做一只"沉默而耐心的蜘蛛"，飘到哪儿，就将"游丝"编织到哪儿，在漂泊途中留下我们的"文心"和"魂灵"。

这本文集，就记录了这只蜘蛛旅日时"不停地沉思、探险、投射、寻求可以连结的地方"之过程，尝试通过观察日本社会与文化各个层面而吐丝编织的篇章，探索日本人到底是谁，其文化基因如何成形，他们与其他民族尤其是国人有何异同，这些异同缘何生成发展，究竟蕴含何种意义等。

当然，了解谁是日本人，其终极目的还是为了更多地知道和认识我们自己。

2022 年 4 月 5 日记于卡塔尔基金会教育城寓所